TRANZLATY

Language is for everyone

Езикът е за всички

Folk Tales of Bengal

Народни приказки от Бенгал

Part One
Част първа

1 / 2

Lal Behari Day

English / Български

Copyright © 2025 Tranzlaty
All rights reserved
Published by Tranzlaty
ISBN: 978-1-80572-918-1
Original text by Reverend Lal Behari Day
Folk Tales of Bengal
First published in 1912
www.tranzlaty.com

Folk Tales of Bengal
Народни приказки от Бенгал

Life's Secret
Тайната на живота

Once upon a time there was a king.

Имало едно време един цар.

This King had married two Queens.

Този крал се е оженил за две кралици.

The two queens were called Duo and Suo.

Двете кралици се казвали Дуо и Суо.

Both of the queens were childless.

И двете кралици бяха бездетни.

One day a Faquir came to the palace gate.

Един ден един факир дошъл до портата на двореца.

The Faquir had come to ask for alms.

Факирът беше дошъл да проси милостиня.

Queen Suo went to the door.

Кралица Суо отиде до вратата.

And she gave him a handful of rice.

И тя му даде шепа ориз.

The mendicant asked her a question.

Просякът ѝ зададе въпрос.

"Do you have any children?"

„Имате ли деца?"

The queen had no children.

Кралицата нямаше деца.

"I wish had children, but I have none"

„Иска ми се да имам деца, но нямам"

The holy man refused to take alms from her.

Светият човек отказал да вземе милостиня от нея.

In these times there were different traditions.

В онези времена е имало различни традиции.

And the people believed many different things.

И хората вярваха в много различни неща.

Don't take charity from the hands of a childless woman.

Не приемай милостиня от ръцете на бездетна жена.

Such hands were ceremonially unclean.

Такива ръце бяха церемониално нечисти.

The mendicant offered her a drug.

Просякът ѝ предложил дрога.

This drug was to remove her barrenness.

Това лекарство трябваше да премахне безплодието ѝ.

She expressed her willingness to take the drug.

Тя изрази готовност да вземе лекарството.

The mendicant told her how to take the drug.

Просякът ѝ казал как да приема лекарството.

"This is the potion you must swallow"

„Това е отварата, която трябва да преглътнеш“

"Prepare the juice of a pomegranate flower"

„Пригответе сок от цвят на нар“

"Swallow the drug with the juice"

„Погълнете лекарството със сока“

"If you do this, you will soon have a son"

„Ако направиш това, скоро ще имаш син“

"Your son will be exceedingly handsome"

„Синът ви ще бъде изключително красив“

"His complexion will be beautiful"

„Тенът му ще бъде красив“

"He will have the colour of pomegranate flowers"

„Той ще има цвета на цветовете на нар“

"And you shall call him Dalim Kumar"

„И ще го наречеш Далим Кумар“

"But he will also have enemies"

„Но той ще има и врагове“

"They will try to take your son's life"

„Ще се опитат да отнемат живота на сина ви“

"But there is a secret to his life"

„Но има една тайна в живота му“

"And I will tell you this secret"

„И ще ти кажа тази тайна“

"In front of your palace is a pond"

„Пред двореца ти има езерце“

"In that pond there is a big Boal fish"

„В това езеро има голяма риба боал“

"Your son's life is connected to that fish"

„Животът на сина ви е свързан с тази риба“

"In the heart of the fish is a small box"

„В сърцето на рибата има малка кутийка“

"This small box is made of wood"

„Тази малка кутия е направена от дърво“

"In the box of wood is a necklace of gold"

„В дървената кутия има златна огърлица“

"That necklace is the life of your son"

„Тази огърлица е животът на сина ти“

The mendicant gave her the drugs.

Просякът ѝ даде лекарствата.

And they said their farewells.

И те си казаха сбогом.

Soon all in the palace whispered of an heir.

Скоро всички в двореца зашепнаха за наследник.

Great was the joy of the King.

Голяма беше радостта на Царя.

He had visions of an heir to the throne.

Той имаше видения за наследник на трона.

A never-ending succession of powerful monarchs.

Безкрайна поредица от могъщи монарси.

He dreamt of how they perpetuated his dynasty.

Той мечтаеше как те увековечават династията му.

These ideas floated before his mind.

Тези идеи се носеха пред ума му.

It made him the happiest he had ever been.

Това го правеше най-щастливия, който някога е бил.

Many ceremonies were performed for the occasion.

По този повод бяха проведени много церемонии.

The people of the kingdom played loud music.

Хората от кралството свиреха силна музика.

The birth of a prince was a truly special event.

Раждането на принц беше наистина специално събитие.

Soon queen Suo gave birth to a son.

Скоро кралица Суо родила син.

He was more beautiful than anyone had imagined.

Той беше по-красив, отколкото някой си беше представял.

The King saw his son's face.

Кралят видя лицето на сина си.

And his heart leaped with joy.

И сърцето му подскочи от радост.

Soon the child ate his first rice.

Скоро детето изяде първия си ориз.

Mukhe bhaat was celebrated with great joy.

Mukhe bhaat беше празнуван с голяма радост.

And the whole kingdom was filled with gladness.

И цялото царство се изпълни с радост.

Dalim Kumar grew up to be a fine boy.

Далим Кумар израсна и стана добро момче.

There was one activity he particularly liked.

Имаше едно занимание, което особено харесваше.

He loved playing with the pigeons.

Той обичаше да си играе с гълъбите.

However, the pigeons often flew to Queen Duo.

Гълъбите обаче често летяха до Куин Дуо.

Nobody knows why they did this.

Никой не знае защо са направили това.

And they flew into her apartment.

И те влетяха в апартамента й.

So Dalim Kumar often met Queen Duo.

Така Далим Кумар често се срещаше с Queen Duo.

At first, she happily gave the pigeons back.

В началото тя с радост върна гълъбите.

But later she wasn't as willing to return the pigeons.

Но по-късно тя не беше толкова склонна да върне
гълъбите.

She gave the pigeons up with some reluctance.

Тя се отказа от гълъбите с известно нежелание.

She felt she could use this to her advantage.

Тя чувстваше, че може да използва това в своя полза.

She naturally hated the child.

Тя естествено мразеше детето.

Since Dalim's birth the king had neglected her.

Още от раждането на Далим кралят я беше пренебрегнал.

And the King idolized the mother of Dalim.

И кралят боготвореше майката на Далим.

Somehow, she had heard of the mendicant.

Някак си беше чула за просяка.

She heard he had given queen Suo a medicine.

Тя чула, че е дал лекарство на кралица Суо.

She had also heard about what he had said.

Тя също беше чула какво е казал той.

There was a secret to the prince's life.

Имаше тайна в живота на принца.

She had heard his life was bound to something.

Беше чувала, че животът му е свързан с нещо.

But she did not know what his life was bound to.

Но тя не знаеше с какво е свързан животът му.

She was determined to get the secret.

Тя беше твърдо решена да разкрие тайната.

Of course, the pigeons came back to her.

Разбира се, гълъбите се върнаха при нея.

And the pigeons flew into her room again.

И гълъбите отново влетяха в стаята ѝ.

This time she refused to give the pigeons back.

Този път тя отказа да върне гълъбите.

"I won't just give you your pigeon back"

„Няма просто да ти върна гълъба“

"First, you have to tell me something"

„Първо, трябва да ми кажеш нещо“

"What do you want, aunty?" the boy asked.

„Какво искаш, лельо?“ попита момчето.

"Oh, my darling, do not worry"

„О, скъпа моя, не се тревожи“

"It's just a small thing I want"

„Това е просто едно малко нещо, което искам“

"I want to know where your life is hidden"

„Искам да знам къде е скрит животът ти“

The boy was very confused by this.

Момчето беше много объркано от това.

"What is that, aunty?"

„Какво е това, лельо?"

"Where can my life be, except in me?"

„Къде може да бъде животът ми, освен в мен?"

"No, child, that is not what I meant"

„Не, дете, не това имах предвид."

"A holy mendicant told your mother a secret"

„Един свят просяк е споделил тайна с майка ти"

"Your life is bound up with something"

„Животът ти е свързан с нещо"

"I wish to know what that thing is"

„Искам да знам какво е това нещо "

The boy was confused by what she said.

Момчето беше объркано от казаното от нея.

"I never heard of any such thing"

„Никога не съм чувал за подобно нещо"

But Queen Duo insisted it was true.

Но Куин Дуо настояваше, че е истина.

"Promise to find out from your mother"

„Обещай да разбереш от майка си"

"Ask her where your life is hidden"

„Попитай я къде е скрит животът ти"

"Then I will let you have the pigeons"

„Тогава ще ти дам гълъбите"

"Otherwise, I will keep the pigeons"

„В противен случай ще запазя гълъбите"

The boy wanted his pigeons back.

Момчето искаше гълъбите си обратно.

So he agreed to get the information.

Затова той се съгласи да получи информацията.

But first she made him promise.

Но първо тя го накара да обещае.

"Promise me you won't tell your mother"

„Обещай ми, че няма да кажеш на майка си"

And the boy promised not to tell her.

И момчето обеща да не й каже.
"I promise I won't tell my mum"
„Обещавам, че няма да кажа на майка ми“
Queen Duo freed the prince's pigeons.
Кралица Дуо освободи гълъбите на принца.
Dalim was overjoyed to have his birds again.
Далим беше много щастлив, че отново има птиците си.
And he forgot the entire conversation.
И той забрави целия разговор.

The next day Dalim was playing again.
На следващия ден Далим отново свиреше.
You can imagine what happened again.
Можете да си представите какво се случи отново.
The pigeons flew to Queen Duo's apartment.
Гълъбите отлетяха към апартамента на кралица Дуо.
And they flew into her room again.
И те отново влетяха в стаята й.
Dalim went in to his stepmother's apartment.
Далим влезе в апартамента на мащехата си.
And he asked her for the pigeons.
И той я попита за гълъбите.
Of course she asked him for the information.
Разбира се, тя го попита за информацията.
Dalim could not tell her where his life was hidden.
Далим не можеше да й каже къде е скрит животът му.
"I promise I will ask her today"
„Обещавам, че ще я попитам днес“
"But please can I have my pigeons"
„Но моля те, мога ли да си взема гълъбите?“
She didn't give the pigeons back so quickly.
Тя не върна гълъбите толкова бързо.
But, in the end, he got his pigeons again.
Но накрая той отново си хвана гълъбите.

After playing, Dalim went to his mother.
След като посвири, Далим отиде при майка си.

"Mamma, please tell me where my life is hidden"

„Мамо, моля те, кажи ми къде е скрит животът ми"

"What do you mean, child?" asked the mother.

„Какво имаш предвид, дете?", попита майката.

She was astonished at the question.

Тя беше изумена от въпроса.

Why would her child ask her this?

Защо детето ѝ би я питало това?

"Yes, mamma," replied the child.

„Да, мамо", отвърна детето.

"I have heard of a holy mendicant"

„Чувал съм за един свят просяк"

"He told you something about my life"

„Той ти е разказал нещо за живота ми"

"He said my life is hidden in something"

„Той каза, че животът ми е скрит в нещо"

"Tell me what that thing is"

„Кажи ми какво е това нещо"

"My child, my darling, my treasure"

„Дете мое, мило мое, съкровище мое"

"My golden moon," his mother pleaded.

„Златната ми луна", умоляваше майка му.

"Do not ask such a question"

„Не задавай такъв въпрос"

"Cover my enemies' mouths with ashes"

„Покрийте устата на враговете ми с пепел"

"Let my Dalim live forever," she begged.

„Нека моят Далим живее вечно", умоляваше тя.

But the child insisted knowing the secret.

Но детето настояваше да знае тайната.

He refused to eat or drink until he knew.

Той отказа да яде или пие, докато не разбере.

Queen Suo had no choice but to tell him.

Кралица Суо нямаше друг избор, освен да му каже.

Eventually she told him the secret of his life.

Накрая тя му разкри тайната на живота му.

The next day Dalim was playing again.

На следващия ден Далим отново свиреше.

You can imagine where the pigeons flew.

Можете да си представите къде са летели гълъбите.

Dalim chased after the birds into the apartment.

Далим се втурна след птиците в апартамента.

His stepmother told him many sweet words.

Мащехата му му каза много мили думи.

And finally, she got his secret from him.

И накрая, тя разкри тайната му от него.

She wasted no time to start her wicked plan.

Тя не губи време да започне злия си план.

And she gave orders to her servants.

И тя даде заповеди на слугите си.

"Get some dried stalk from the hemp plant"

„Вземете малко сушено стъбло от конопеното растение"

"Make sure the stalks are very brittle"

„Уверете се, че стъблата са много крехки"

Brittle hemp stalks make a cracking sound.

Крехките стъбла на конопа издават пукащ звук.

The sound is similar to the cracking of joints.

Звукът е подобен на пукането на стави.

And it sounds like the bones of old people.

И звучи като кости на стари хора.

She put the brittle hemp stalks under her bed.

Тя сложи крехките стъбла от коноп под леглото си.

And then she lied on her bed.

И тогава тя легна на леглото си.

She wanted to test the hemp stalks.

Тя искала да тества стъблата на конопа.

The stalks cracked just as much as she wanted.

Стъблата се напукаха точно колкото ѝ се искаше.

She was satisfied with how her plan was going.

Тя беше доволна от това как вървеше планът ѝ.

She gave more orders to her servants.

Тя даде още заповеди на слугите си.

"Tell the King I am very ill"

„Кажете на краля, че съм много болен"

"He must come to see me immediately"

„Той трябва да дойде да ме види веднага"

The king did not love this queen.

Кралят не обичаше тази кралица.

But he still had a duty to care for her.

Но той все още имаше дълг да се грижи за нея.

If she was ill, he had to look after her.

Ако тя беше болна, той трябваше да се грижи за нея.

The King came to her bedroom.

Кралят дойде в спалнята й.

She rolled on the bed in pain.

Тя се търкаляше по леглото от болка.

The King heard the cracking of her bones.

Кралят чу пукането на костите й.

He ordered his best physician to attend her.

Той нареди на най-добрия си лекар да я прегледа.

But the queen had thought of this.

Но кралицата беше помислила за това.

She had already spoken with the physician.

Тя вече беше говорила с лекаря.

"There is only one remedy," he told the king.

„Има само едно лекарство", казал той на краля.

"There's a pond in front of the palace"

„Има езерце пред двореца"

"In the pond there's a large Boal fish"

„В езерото има голяма риба боал"

"The remedy is in that fish"

„Лекарството е в тази риба"

So the king let the physician catch the fish.

И така, царят позволил на лекаря да хване рибата.

Meanwhile Dalim was busy playing.

Междувременно Далим беше зает да свири.

He knew nothing of his aunt's illness.

Той не знаеше нищо за болестта на леля си.

The fish was taken out the water.

Рибата беше извадена от водата.

Dalim fell to the ground immediately.

Далим падна на земята веднага .

He flopped around on the floor.

Той се търкаляше по пода.

And he could not breathe.

И не можеше да диша.

The guards immediately noticed.

Пазачите веднага забелязаха.

Dalim was taken to his mother's room.

Далим беше отведен в стаята на майка му.

And the King was informed of his son.

И кралят беше уведомен за сина си.

He couldn't believe his son's illness.

Той не можеше да повярва на болестта на сина си.

The fish was taken to Queen Duo.

Рибата беше отнесена в Queen Duo.

Queen Duo was being saved.

Кралица Дуо беше спасявана.

At the same time Dalim was dying.

В същото време Далим умираше.

The fish was cut open.

Рибата беше разрязана.

And they found the wooden box.

И намериха дървената кутия.

In the box lay a necklace of gold.

В кутията лежеше златна огърлица.

Queen Duo put on the necklace.

Кралицата Дуо сложи огърлицата.

And Dalim died at the very same moment.

И Далим умря в същия момент.

News of the tragedy reached the king.

Новината за трагедията достигнала до краля.

He was plunged into an ocean of grief.

Той беше потопен в океан от скръб.

News of Queen Duo's recovery did not help.

Новината за възстановяването на Куин Дуо не помогна.

He wept painful and bitter tears.
Той плачеше болезнени и горчиви сълзи.
No one thought he would recover.
Никой не е вярвал, че ще се възстанови.
He could not bear to bury his son.
Той не можеше да понесе да погребе сина си.
Nor did he allow his body to be burned.
Нито пък позволи тялото му да бъде изгорено.
He could not accept that his son had died.
Той не можеше да приеме, че синът му е починал.
His death was so sudden and senseless.
Смъртта му беше толкова внезапна и безсмислена.
He had the dead body moved to a garden-houses.
Той премести тялото на мъртвеца в градински къщички.
This garden-house was in the suburbs.
Тази градинска къщичка се намираше в предградията.
Here his son was laid in state.
Тук синът му беше погребан.
All sorts of provisions were put there.
Там бяха сложени всякакви провизии.
Although everyone knew it was unnecessary.
Въпреки че всички знаеха, че е ненужно.
The young boy did not need food anymore.
Малкото момче вече нямаше нужда от храна.
The house was kept locked day and night.
Къщата беше заключена денем и нощем.
Dalim had had one very close friend.
Далим имаше един много близък приятел.
Only this friend was allowed to visit.
Само на този приятел му беше позволено да го посети.
He was the son of the prime minister.
Той беше син на министър-председателя.
He was entrusted with the key of the house.
На него беше поверен ключът от къщата.
Once a day he could visit his dead friend.
Веднъж на ден можеше да посещава починалия си
приятел.

Queen Suo retired after the loss of her son.

Кралица Суо се оттегли след загубата на сина си.

Now the King spent the nights with Queen Duo.

Сега Кралят прекарваше нощите с Кралица Дуо.

The Queen wanted to avoid suspicion.

Кралицата искаше да избегне подозрения.

So she took the necklace off at night.

Затова тя свали огърлицата през нощта.

But Dalim's life was tied to the necklace.

Но животът на Далим беше свързан с огърлицата.

And his death was not so simple.

И смъртта му не беше толкова проста.

He was dead when the queen wore the necklace.

Той беше мъртъв, когато кралицата носеше огърлицата.

But when she took the necklace off, he returned to life.

Но когато тя свали огърлицата, той се върна към живот.

And so he returned to life every night.

И така всяка нощ той се връщаше към живот.

Every morning she put the necklace on again.

Всяка сутрин тя отново си слагаше огърлицата.

And so, he died again every morning.

И така, той умираше отново всяка сутрин.

At night he ate whatever food he liked.

През нощта ядеше каквато храна му харесваше.

Because there was plenty of food for him.

Защото имаше достатъчно храна за него.

He walked around in the premises.

Той се разхождаше из помещенията.

And he meditated on the strangeness of his life.

И той размишляваше върху странностите на живота си.

Dalim's friend only visited him during the day.

Приятелят на Далим го посещаваше само през деня.

So he always saw him as a lifeless corpse.

Затова винаги го е виждал като безжизнен труп.

But his body never seemed to change.

Но тялото му сякаш никога не се променяше.

There was no sign of putrefaction.

Нямаше никакви признаци на гниене.

The body was lifeless and pale.

Тялото беше безжизнено и бледо.

But there were no symptoms of death.

Но нямаше никакви симптоми на смърт.

It all seemed too strange for him.

Всичко това му се струваше твърде странно.

So he decided to watch the corpse more closely.

Затова той реши да наблюдава трупа по-внимателно.

And he visited his friend at night.

И той посети приятеля си през нощта.

He was astonished at what he saw that night.

Той беше изумен от това, което видя онази нощ.

His dead friend was walking about in the garden.

Неговият мъртв приятел се разхождаше в градината.

At first he thought Dalim might a ghost.

Отначало си помисли, че Далим може би е призрак.

So he went to see if he could touch him.

Затова той отиде да види дали може да го докосне.

And then he saw it was really his friend.

И тогава видя, че това наистина е негов приятел.

Dalim told his friend everything that had happened.

Далим разказал на приятеля си всичко, което се е случило.

He told him all the circumstances of his death.

Той му разказа всички обстоятелства около смъртта си.

And soon they solved the mystery.

И скоро те разрешиха мистерията.

They understood why he revived only at night.

Те разбираха защо той се съживява само през нощта.

Every night the king came to see Queen Duo.

Всяка вечер кралят идвал да види кралица Дуо.

When the King visited, she took off her necklace.

Когато кралят я посетил, тя свалила огърлицата си.

The life of the prince depended on the necklace.

Животът на принца зависеше от огърлицата.

So the two friends worked on a plan.

И така, двамата приятели изготвили план.
Night after night they consulted together.
Нощ след нощ те се съветваха помежду си.
But they could not think of any feasible scheme.
Но те не можаха да измислят никаква осъществима схема.

Eventually the Gods must have taken pity.
В крайна сметка боговете сигурно са се смилили.
And they decided to free Dalim.
И решиха да освободят Далим.
But we must understand how the Gods work.
Но трябва да разберем как действат боговете.
These things are planned long before.
Тези неща се планират отдавна предварително.
The sister of Bidhata-Purusha had had a daughter.
Сестрата на Бидхата-Пуруша имала дъщеря.
Bidhata-Purusha was a great fortune teller.
Бидхата-Пуруша беше страхотен гадател.
He had written something on the child's forehead.
Той беше написал нещо на челото на детето.
"This child will marry the dead bridegroom"
„Това дете ще се ожени за мъртвия младоженец“
Her mother was very saddened by this.
Майка ѝ беше много натъжена от това.
She did not want this destiny for her daughter.
Тя не искаше тази съдба за дъщеря си.
But she could not argue with him.
Но тя не можеше да спори с него.
He never changed what he had written.
Той никога не е променял написаното от него.
The child became exceedingly beautiful.
Детето стана изключително красиво.
But the mother could not take any pleasure in this.
Но майката не можеше да се наслади на това.
Because she knew the destiny of her child.
Защото знаеше съдбата на детето си.
Eventually the girl came to marriageable age.

В крайна сметка момичето достигна омъжена възраст.
She had to find a way to avoid her fate.
Трябваше да намери начин да избегне съдбата си.
So the mother fled the country with her child.
Така майката избягала от страната с детето си.
Perhaps she could avoid her dreadful destiny.
Може би щеше да избегне ужасната си съдба.
But what was written was written.
Но каквото беше написано, беше написано.
And fate cannot be overruled like this.
И съдбата не може да бъде отменена по този начин.
Together they journeyed through the land.
Заедно те пътуваха през земята.
You can imagine how fate was working.
Можете да си представите как е действала съдбата.
They wandered past Dalim's resting place.
Те минаха покрай мястото на покой на Далим.
The shade of the evening was approaching.
Вечерната сянка наближаваше.
"Mother, I am thirsty," said her child.
„Мамо, жаден съм", каза детето й.
"Sit at this gate," replied her mother.
„Седни на тази порта", отвърна майка й.
"I will search for water in the village"
„Ще търся вода в селото"
The girl was curious about the garden.
Момичето беше любопитно за градината.
And in the garden she saw strange house.
И в градината тя видя странна къща.
She pushed the gate, which opened itself.
Тя бутна портата, която се отвори сама.
When she went in, she saw a beautiful palace.
Когато влязла вътре, видяла красив дворец.
But she had an uneasy feeling about the palace.
Но тя изпитваше неприятно чувство относно двореца.
However, the door had shut itself.
Вратата обаче се беше затворила сама.

So she had no way of getting out.

Така че тя нямаше как да се измъкне.

When night came the prince revived.

Когато настъпи нощта, принцът се съживи.

As usual, he walked around in the garden.

Както обикновено, той се разхождаше из градината.

But this time he saw a female figure.

Но този път видя женска фигура.

The figure was standing near the gate.

Фигурата стоеше близо до портата.

Soon he saw that it was a girl.

Скоро видя, че е момиче.

And he saw she was of unsurpassed beauty.

И той видя, че тя е с ненадмината красота.

"Who are you?" he asked her.

„Коя си ти?" – попита я той.

She told Dalim everything that had happened.

Тя разказа на Далим всичко, което се беше случило.

All the details of her little history.

Всички подробности от нейната малка история.

"My uncle is the divine Bidhata-Purusha"

„Моят чичо е божественият Бидхата-Пуруша"

"He wrote on my forehead at birth"

„Той написа на челото ми при раждането ми"

"This child will marry the dead bridegroom"

„Това дете ще се ожени за мъртвия младоженец"

"My mother did not want that life for me"

„Майка ми не искаше такъв живот за мен"

"So we left our house and city"

„И така, напуснахме дома и града си"

"And we wandered through the country"

„И ние се скитахме из страната"

"We had come to the gate of your palace"

„Бяхме стигнали до портата на твоя дворец"

"After our journey I was thirsty"

„След пътуването ни бях жаден"

"So my mother went to look for water"
„И така, майка ми отиде да търси вода“
"And now I am standing here before you"
„И сега стоя тук пред теб“
Dalim Kumar knew the meaning of the story.
Далим Кумар знаеше значението на историята.
"I am the dead bridegroom," he told the girl.
„Аз съм мъртвият младоженец“, казал той на момичето.
"It is me who you will marry"
„За мен ще се ожениш“
"Come with me to the house," he asked of her.
— Ела с мен вкъщи — помоли я той.
But the girl wasn't so easily persuaded.
Но момичето не се поддаде на убеждаване толкова лесно.
"You are standing and speaking to me"
„Стоиш тук и ми говориш“
"How can you be the dead bridegroom?"
„Как можеш да си мъртвият младоженец?“
The prince understood her objection.
Принцът разбра възражението й.
"You will understand it afterwards"
„Ще го разбереш по-късно“
The girl followed the prince into the house.
Момичето последва принца в къщата.
She had been fasting the whole day.
Тя беше постила през целия ден.
So the prince gave her wonderful food.
И така, принцът ѝ дал прекрасна храна.
Meanwhile, the girl's mother had come back.
Междувременно майката на момичето се беше върнала.
She was standing at the gates of the garden.
Тя стоеше на портите на градината.
But her daughter was not there anymore.
Но дъщеря ѝ вече я нямаше.
She cried out for her daughter.
Тя плачеше за дъщеря си.
But she got no reply from her daughter.

Но тя не получи отговор от дъщеря си.
So she went looking for her in the village.
Затова тя тръгнала да я търси в селото.

As usual, Dalim's friend came that night.
Както обикновено, приятелят на Далим дойде онази вечер.
Dalim was still entertaining his guest.
Далим все още забавляваше госта си.
He was not expecting to see a stranger.
Той не очакваше да види непознат.
And the girl retold him her story.
И момичето му преразказа историята си.
You can imagine his surprise when she told him.
Можете да си представите изненадата му, когато тя му каза.
He was able to confirm Dalim's story.
Той успя да потвърди историята на Далим.
Soon they had all accepted destiny.
Скоро всички приеха съдбата си.
That night they fulfilled their fates.
Същата нощ те изпълниха съдбата си.
They decided to unite the couple in matrimony.
Те решили да обединят двойката в брак.
It was going to be impossible to get a priest.
Щеше да бъде невъзможно да се намери свещеник.
So Dalim's friend performed the hymeneal rites.
И така, приятелят на Далим извърши хименеалните обреди.
The friend of the bridegroom left the palace.
Приятелят на младоженеца напусна двореца.
The newly-weds had the palace to themselves.
Младоженците имаха двореца само за себе си.
The happy couple did not sleep much that night.
Щастливата двойка не спа много онази нощ.
So it was long after sunrise that they woke up.
Така че те се събудиха дълго след изгрев слънце.

Of course it was only the young wife that woke up.

Разбира се, само младата съпруга се събуди.

The prince had become a cold corpse again.

Принцът отново се беше превърнал в студен труп.

The queen had put on her necklace.

Кралицата си беше сложила огърлицата.

And life had departed from him again.

И животът отново го напусна.

You can imagine how the young wife felt.

Можете да си представите как се е чувствала младата съпруга.

She shook her husband to try and wake him.

Тя разтърси съпруга си, за да се опита да го събуди.

She kissed him on his cold lips.

Тя го целуна по студените му устни.

But all her efforts were in vain.

Но всичките й усилия бяха напразни.

He was as lifeless as a marble statue.

Той беше безжизнен като мраморна статуя.

The young wife was stricken with horror.

Младата съпруга беше обзета от ужас.

She smote her breast with her fists.

Тя удари гърдите си с юмруци.

She struck her forehead with her palms.

Тя удари челото си с длани.

And she tore her hair from her head.

И тя си отскубна косата от главата.

She ran through the garden like a mad woman.

Тя тичаше през градината като луда жена.

Dalim's friend did not come during the day.

Приятелят на Далим не дойде през деня.

He did not want to see his friend this way.

Той не искаше да вижда приятеля си по този начин.

The poor girl did not know what to do.

Горкото момиче не знаеше какво да прави.

Time could not pass quickly enough.

Времето не можеше да мине достатъчно бързо.

The day seemed as long as a year.
Денят ми се стори дълъг като година.
But the even longest day has its end.
Но дори и най-дългият ден си има край.
The shades of evening were descending.
Вечерните сенки се спускаха.
Her dead husband was awakened into consciousness.
Починалият ѝ съпруг се събуди и дойде в съзнание.
He rose up from his bed again.
Той отново се изправи от леглото си.
And he embraced his new wife.
И той прегърна новата си съпруга.
Again they ate, drank, and became merry.
Те отново ядоха, пиха и се развеселиха.
His friend made his usual appearance.
Приятелят му се появи както обикновено.
And the whole night was spent celebrating.
И цялата нощ премина в празнуване.

They spent the next seven years this way.
Те прекараха следващите седем години по този начин.
During the day Dalim was lifeless.
През деня Далим беше безжизнен.
But at night he came to life.
Но през нощта той оживяваше.
And their life was quite usual.
И животът им беше съвсем нормален.
The princess gave her husband two lovely boys.
Принцесата дари съпруга си с две прекрасни момчета.
They were the exact image of their father.
Те бяха точен образ на баща си.
Of course the king and Queens did not know.
Разбира се, кралят и кралиците не знаеха.
They did not know they were grandparents.
Те не знаеха, че са баба и дядо.
And they did not know Dalim was alive.
И те не знаеха, че Далим е жив.

To be precise I should say he was alive at night.

За да бъда точен, трябва да кажа, че е бил жив през нощта.

They all thought he had long been dead.

Всички си мислеха, че отдавна е мъртъв.

They assumed his corpse would now be gone.

Те предположиха, че трупът му вече го няма.

But the heart of Dalim s wife was yearning.

Но сърцето на жената на Далим копнееше.

She wanted nothing more than her mother-in-law.

Тя не искаше нищо повече от свекърва си.

Over the years she had come up with a plan.

През годините тя беше измислила план.

Perhaps she could see her mother-in-law.

Може би щеше да може да види свекърва си.

Maybe they could get hold of the necklace.

Може би биха могли да се докопат до огърлицата.

She asked for the consent of her husband.

Тя поиска съгласието на съпруга си.

And he allowed her to disguise herself.

И той ѝ позволи да се маскира.

She took on the appearance of a female barber.

Тя прие облика на жена бръснарка.

Like every female barber, she needed equipment.

Като всяка бръснарка, тя се нуждаеше от оборудване.

She took the following tools;

Тя взе следните инструменти;

An iron instrument for preparing finger nails.

Железен инструмент за обработка на ноктите на пръстите.

Another iron instrument for scraping the feet.

Друг железен инструмент за остъргване на краката.

A piece of burnt jhama brick.

Парче изгоряла тухла джама.

For rubbing the soles of the feet.

За разтриване на стъпалата на краката.

And paint for the edges of the feet.

И боя за краищата на краката.

She took all her tools with her.

Тя взе всичките си инструменти със себе си.

And she stood at the gate of the King's palace.

И тя застана пред портата на царския дворец.

I forgot something else she brought.

Бях забравил нещо друго, което тя донесе.

She had come with her two sons.

Тя беше дошла с двамата си сина.

She spoke with the guards.

Тя разговаря с охраната.

"I work as a barber"

„Работя като бръснар"

"I have come to offer my services"

„Дойдох да предложа услугите си"

"I desire to see Queen Suo"

„Желая да видя кралица Суо"

Queen Suo quickly gave her an interview.

Кралица Суо бързо ѝ даде интервю.

The queen was quite fond of the two little boys.

Кралицата много харесваше двете малки момчета.

They strangely reminded her of her own son.

Те странно ѝ напомняха за собствения ѝ син.

And she remembered her lost treasure.

И тя си спомни за изгубеното си съкровище.

Tears fell profusely from her eyes.

Сълзи се стичаха обилно от очите ѝ.

She had not the remotest idea who they were.

Тя нямаше и най-малка представа кои са те.

Of course we know who they are.

Разбира се, че знаем кои са те.

The two little boys are her grandsons.

Двете малки момчета са нейни внуци.

She spoke to the barber.

Тя говори с бръснаря.

"My son died when he was young"

„Синът ми почина, когато беше малък"

"I have given up these vanities"

„Отказах се от тези суети"

"I stopped having my feet ceremoniously dyed"
„Спрях церемониално да си боядисвам краката"
"But I would be glad to see your two fine boys"
„Но бих се радвал да видя двамата ви прекрасни момчета"
The barber agreed to let Queen Suo see her boys.
Бръснарят се съгласи да позволи на кралица Суо да види момчетата си.
But she had one question before she went.
Но тя имаше един въпрос, преди да тръгне.
"Are there other ladies in the palace?
„Има ли други дами в двореца?"
"Someone else I could provide my service to"
„Някой друг, на когото бих могъл да предоставя услугите си"
She was told there was another queen.
Казали ѝ, че има друга кралица.
And she was also allowed to go to that queen.
И на нея ѝ беше позволено да отиде при онази кралица.
Queen Duo allowed her to prepare her nails.
Кралица Дуо ѝ позволи да си подготви ноктите.
And she was allowed to scrape her feet.
И ѝ беше позволено да си одраска краката.
She painted her feet with alakta.
Тя си е боядисала краката с алакта.
And the queen was very pleased with her skill.
И кралицата беше много доволна от умението си.
She also enjoyed the sweetness of her disposition.
Тя също се наслаждаваше на сладостта на нейния нрав.
So she booked to have more of her services.
Така тя резервира, за да получи още от услугите си.
The female barber had come for something else.
Бръснарката беше дошла за нещо друго.
And she quickly noticed the necklace.
И тя бързо забеляза огърлицата.
The necklace was around the Queen's neck.
Колието беше около врата на кралицата.

The day of her second visit had come.

Денят на второто й посещение беше настъпил.

She gave her eldest son the instructions.

Тя даде инструкциите на най-големия си син.

"We are going into the palace again"

„Отново влизаме в двореца"

"When in the palace you have to cry"

„Когато си в двореца, трябва да плачеш"

"Say you would like the queen's necklace"

„Кажи, че искаш огърлицата на кралицата"

"Don't stop crying until you have her necklace"

„Не спирай да плачеш, докато не получиш нейната огърлица"

The female barber went to queen Duo's apartment.

Бръснарката отишла в апартамента на кралица Дуо.

Soon the elder boy started to cry.

Скоро по-голямото момче започна да плаче.

The boy acted his role well.

Момчето се справи добре с ролята си.

Nothing would console the boy.

Нищо не можеше да утеши момчето.

"What is wrong?" Queen Duo asked.

„Какво не е наред ?" попита кралица Дуо.

They boy could hardly speak.

Момчето едва можеше да говори.

"Your necklace is so beautiful"

„Колието ти е толкова красиво"

And he continued to sob.

И той продължи да ридае.

"Can I please hold the necklace?"

„Мога ли да подържа огърлицата?"

Queen Duo did not want to let him.

Кралица Дуо не искаше да го пусне.

"I cannot part with my necklace"

„Не мога да се разделя с огърлицата си"

"It is my most valuable jewel"

„Това е най-ценното ми бижу"

But the boy did not stop crying.
Но момчето не спря да плаче.
So she took the necklace off her neck.
И така, тя свали огърлицата от врата си.
And she put the necklace into the boy's hand.
И тя сложи огърлицата в ръката на момчето.
The boy quickly stopped crying.
Момчето бързо спря да плаче.
And he held the necklace in his hand.
И той държеше огърлицата в ръката си.
The female barber had finished her work.
Бръснарката беше приключила работата си.
She was packing up her tools.
Тя си прибираше инструментите.
And she was about to leave the palace.
И тя се канеше да напусне двореца.
So the queen wanted the necklace back.
И така, кралицата поискала огърлицата обратно.
But the boy would not let her have the necklace.
Но момчето не й позволи да вземе огърлицата.
His mother attempted to snatch the necklace from him.
Майка му се опита да му грабне огърлицата.
But he wept bitterly when she tried.
Но той плака горчиво, когато тя се опита.
And he cried as if his heart would break.
И той плачеше, сякаш сърцето му щеше да се къса.
The female barber politely asked the queen;
Бръснарката учтиво попита кралицата;
"Please let the boy take the necklace home"
„Моля те, нека момчето вземе огърлицата у дома"
"He will fall asleep after drinking his milk"
„Той ще заспи, след като изпие млякото си"
"And then I will bring your necklace back"
„И тогава ще ти върна огърлицата"
She could see she had no choice.
Тя виждаше, че няма избор.
The boy would not allow her to take the necklace.

Момчето не й позволи да вземе огърлицата.

So she agreed to the proposal.

И така, тя се съгласи с предложението.

"Dalim must now be long dead," she thought.

„Далим сигурно отдавна е мъртъв“, помисли си тя.

And she had nothing to worry about.

И тя нямаше за какво да се тревожи.

The princess had the prized necklace.

Принцесата имаше ценната огърлица.

The treasure bound to her husband's life.

Съкровището, свързано с живота на съпруга й.

She rushed back to the garden-house.

Тя се втурна обратно към градинската къщичка.

And she gave the necklace to Dalim.

И тя даде огърлицата на Далим.

Dalim had been alive all morning.

Далим беше жив цяла сутрин.

It was the first time he saw the sun again.

Това беше първият път, когато отново видя слънцето.

Their joy of his life knew no bounds.

Радостта им от живота му не знаеше граници.

Their friend advised them to go to the palace.

Приятелят им ги посъветвал да отидат в двореца.

"Go to the palace tomorrow"

„Отиди в двореца утре“

"Present yourselves to the King and Queen"

„Представете се на краля и кралицата“

"Let them know you're alive and well"

„Кажи им, че си жив и здрав“

The couple accepted their friend's advice.

Двойката приела съвета на приятеля си.

And they prepared everything for their arrival.

И те подготвиха всичко за пристигането си.

An elephant was brought for the prince.

За принца доведоха слон.

A pair of ponies were brought for the boys.

За момчетата доведоха чифт понита.
And there was a grand chaturdala.
И имаше грандиозна чатурдала.
It was furnished with curtains of gold lace.
Беше обзаведена със завеси от златна дантела.
Word was sent to the king and the Queen Suo.
Веста беше изпратена до краля и кралица Суо.
"Prince Dalim Kumar is alive and well"
„Принц Далим Кумар е жив и здрав"
"And he is coming to visit you"
„И той идва да те посети"
"Now he has a wife and two sons"
„Сега той има жена и двама сина "
The King and Queen Suo could hardly believe it.
Кралят и кралицата Суо едва можеха да повярват.
But they were assured that it was all true.
Но те бяха уверени, че всичко е истина.
Queen Duo quickly realized her predicament.
Кралица Дуо бързо осъзна затрудненото си положение.
And she became overwhelmed with grief.
И тя беше обзета от мъка.
A band of musicians followed the prince.
Оркестър музиканти последва принца.
Prince Dalim Kumar approached the palace-gate.
Принц Далим Кумар се приближи до портата на двореца.
The King and Queen Suo went to the gates.
Кралят и кралицата Суо отидоха до портите.
And they welcomed their long-lost son.
И те посрещнаха отдавна изгубения си син.
You can imagine how happy they were.
Можете да си представите колко щастливи бяха.
Dalim told his parents of his death.
Далим съобщил на родителите си за смъртта си.
He told them of the pond by the palace.
Той им разказа за езерото до двореца.
And he told them of the fish in the pond.
И той им разказа за рибите в езерото.

He told them of the wooden box in the fish.

Той им разказа за дървената кутия в рибата.

He told them of the necklace in the wooden box.

Той им разказа за огърлицата в дървената кутийка.

And he told them the secret of his life.

И им разказа тайната на живота си.

He told them how he died each night.

Всяка нощ той им разказваше как е умрял.

Of course he also mentioned his new wife.

Разбира се, той спомена и новата си съпруга.

The king was inflamed with rage at the news.

Кралят се разгневи от новината.

He ordered Queen Duo into his presence.

Той заповяда на кралица Дуо да се яви при него.

A large hole was dug in the ground.

В земята беше изкопана голяма дупка.

The hole was as deep as the height of a man.

Дупката беше дълбока колкото човешки ръст.

Queen Duo was made to stand in the hole.

Куин Дуо беше накарана да стои в дупката.

Prickly thorns were heaped around her.

Около нея бяха струпани бодливи тръни.

The thorns went up to the crown of her head.

Тръните стигаха до темето на главата ѝ.

And in this manner she was buried alive.

И по този начин тя беше погребана жива.

Phakir Chand
Факир Чанд

There was once a king, who had a son.
Имало едно време един цар, който имал син.
The king's minister also had a son.
Царският министър също имал син.
The two sons loved each other dearly.
Двамата синове се обичаха много.
And they did everything together.
И те направиха всичко заедно.
The two sons sat and stood up together.
Двамата синове седнаха и се изправиха заедно.
They walked together to the same places.
Те ходеха заедно до едни и същи места.
They ate their meals together.
Те ядяха заедно.
They slept and got up together.
Те заспаха и станаха заедно.
They spent years in each other's company.
Те прекараха години заедно в компанията си.
One day they both felt a new desire.
Един ден и двамата почувстваха ново желание.
They wanted to see foreign lands.
Те искаха да видят чужди земи.
And so they set out on their journey.
И така те тръгнаха на път.
One of them was the son of a king.
Един от тях беше син на цар.
One of them was the son of his chief minister.
Един от тях беше син на неговия главен министър.
So of course they were both quite rich.
Така че, разбира се, и двамата бяха доста богати.
But they did not take any servants with them.
Но те не взеха никакви слуги със себе си.
They went by themselves, on horseback.
Те отидоха сами, на кон.

The horses were beautiful to look at.

Конете бяха красиви за гледане.

They were Pakshirajes horses.

Това бяха коне от племето Пакшираджи.

Such horses are known as the kings of birds.

Такива коне са известни като царете на птиците.

The two sons rode together for many days.

Двамата сина яздиха заедно много дни.

They passed through extensive plains.

Те преминаха през обширни равнини.

And the plains were covered with paddy.

А равнините бяха покрити с ориз.

And they passed through strange cities.

И те преминаха през странни градове.

And they passed through towns, and villages.

И те минаваха през градове и села.

They passed through treeless deserts.

Те преминаха през безлесни пустини.

And they passed through forests.

И те минаха през гори.

And the forests were dense with trees.

А горите бяха гъсто обрасли с дървета.

These forests were the abode of the tiger.

Тези гори са били обиталище на тигъра.

And the bear also lived in these forests.

И мечката също живееше в тези гори.

One evening they were overtaken by the night.

Една вечер ги застигна нощта.

They had not seen any human habitations.

Те не бяха видели никакви човешки жилища.

But it was getting darker and darker.

Но ставаше все по-тъмно и по-тъмно.

So they dismounted beneath a lofty tree.

И така, те слязоха от конете под едно високо дърво.

They tied their horses to the tree.

Вързаха конете си за дървото.

And then they climbed up the tree.

И тогава се качиха на дървото.
They covered the branches with thick foliage.
Те покриха клоните с гъста зеленина.
So that they could sit on the branches.
За да могат да седят по клоните.
The tree had grown near a large body of water.
Дървото беше израснало близо до голям воден басейн.
The water was as clear as the eye of a crow.
Водата беше бистра като око на врана.
The two friends made themselves comfortable.
Двамата приятели се настаниха удобно.
Of course it wasn't very comfortable in a tree.
Разбира се, не беше много удобно на дърво.
But it wasn't uncomfortable in the tree either.
Но и на дървото не беше неудобно.
They had decided to spend the night there.
Бяха решили да пренощуват там.
They sometimes chatted together in whispers.
Понякога си бъбреха шепнешком.
They felt whispering was better than talking.
Те смятаха, че шепотът е по-добър от говоренето.
Because the region seemed very strange to them.
Защото регионът им се струваше много странен.
And soon they were falling into a doze.
И скоро те започнаха да задремват.
But their attention was suddenly jolted.
Но вниманието им внезапно беше привлечено.
From the water they heard a noise.
От водата чуха шум.
It sounded like the rushing of water.
Звучеше като шум от вода.
In front of them was a terrible sight!
Пред тях се разкри ужасна гледка!
A huge serpent came from under the water.
Огромна змия излезе изпод водата.
The snake swam ashore and slithered around.
Змията доплува до брега и се плъзна наоколо.

But something else attracted their attention.

Но нещо друго привлече вниманието им.

The crested hood of the serpent was shining.

Гребенестият капак на змията блестеше.

The snake had a brilliant manikya embedded.

Змията имаше вградена брилянтна маникя.

The jewel shone like a thousand diamonds.

Бижуто блестеше като хиляда диаманта.

The crystal lit up the water in the tank.

Кристалът освети водата в резервоара.

The embankments and trees were irradiated.

Насипите и дърветата бяха облъчени.

The serpent doffed the jewel from its crest.

Змията свали бижуто от гребена си.

And the serpent threw the jewel on the ground.

И змията хвърли скъпоценния камък на земята.

And then the serpent went in search of food.

И тогава змията тръгна да търси храна.

They could not believe what they had seen.

Те не можеха да повярват на видяното.

They stayed in the safety of the tree.

Те останаха в безопасността на дървото.

But they greatly admired the jewel.

Но те много се възхищаваха на бижуто.

The ruby shed an ineffable luster.

Рубинът излъчваше неописуем блясък.

Everything had a magical glow around it.

Всичко около него сияеше с магическо сияние.

They had never seen anything like it.

Никога не бяха виждали нещо подобно.

Although, they had heard of this treasure.

Въпреки че бяха чували за това съкровище.

The jewel equaled the treasures of seven kings.

Бижуто се равнявало на съкровищата на седем царе.

But their admiration soon changed to fear.

Но възхищението им скоро се превърна в страх.

The serpent came to the foot of their tree.

Змията стигна до подножието на дървото им.

The serpent had found their horses!

Змията беше намерила конете им!

The poor horses had been tied to the tree.

Горките коне бяха вързани за дървото.

The animals had no way of escaping.

Животните нямаха как да избягат.

One by one the serpent ate their horses.

Един по един змията изяде конете им.

But the serpent's appetite did not seem satisfied.

Но апетитът на змията изглеждаше незадоволен.

They feared they would be the next victims.

Те се страхуваха, че ще бъдат следващите жертви.

But their fears were soon relieved.

Но страховете им скоро бяха разсеяни.

The gigantic cobra had not seen them.

Гигантската кобра не ги беше видяла.

And eventually the snake left again.

И накрая змията отново си тръгна.

The minister's son saw an opportunity.

Синът на министъра видя възможност.

This was his chance to take the gem.

Това беше неговият шанс да вземе скъпоценния камък.

But there was one problem they had.

Но имаше един проблем, който имаха.

The jewel shone incredibly bright.

Бижуто блестеше невероятно ярко.

The serpent would know what had happened.

Змията щеше да разбере какво се е случило.

But there was a way to overcome this problem.

Но имаше начин да се преодолее този проблем.

And the minister's son knew the solution.

И синът на министъра знаеше решението.

He had to cover the stone with horse-dung.

Трябваше да покрие камъка с конски тор.

And there was some horse-dung by the tree.

И до дървото имаше малко конски тор.

He quietly came down from the tree.
Той тихо слезе от дървото.
He picked up the horse-dung off the floor.
Той събра конската тор от пода.
And he threw the dung upon the precious stone.
И той хвърли торта върху скъпоценния камък.
And then he climbed up into the tree again.
И тогава той отново се покатери на дървото.
The serpent noticed something had happened.
Змията забеляза, че нещо се е случило.
The light of the jewel had vanished.
Светлината на скъпоценния камък беше изчезнала.
The serpent rushed back with great fury.
Змията се втурна назад с голяма ярост.
The serpent returned to where it had left the stone.
Змията се върна там, където беше оставила камъка.
The serpent let out a frightful hiss at the night.
Змията издаде ужасяващо съскане през нощта.
The snake's groans and convulsions were terrible.
Стоновете и конвулсиите на змията бяха ужасни.
The snake went round and round the jewel.
Змията обикаляше около скъпоценния камък.
But the stone was covered with horse-dung.
Но камъкът беше покрит с конски тор.
This way the serpent could not see its treasure.
По този начин змията не можеше да види съкровището си.
Finally, the serpent breathed its last breath.
Накрая змията издъхна.

The two friends did not sleep much that night.
Двамата приятели не спаха много онази нощ.
In the morning they came down from the tree.
На сутринта те слязоха от дървото.
They went to where the crest-jewel was.
Те отидоха там, където се намираше гербът-бижу.
The mighty serpent was still laying there.

Могъщата змия все още лежеше там.
But now the snake's body was perfectly lifeless.
Но сега тялото на змията беше напълно безжизнено.
The friend of the prince stepped over the dead snake.
Приятелят на принца прекрачи мъртвата змия.
And he picked up the dung covered jewel.
И той вдигна покрития с тор скъпоценен камък.
Both of them went to the bank of the water.
И двамата отидоха до брега на водата.
And they washed the precious stone.
И те измиха скъпоценния камък.
Finally, all the dung had been washed off.
Накрая всичкият тор беше отмит.
And the jewel shone as brilliantly as before.
И бижуто блестеше все така ярко, както преди.
The jewel lit up the entire bed of the tank of water.
Бижуто осветяваше цялото дъно на резервоара с вода.
Now they could see the innumerable fishes.
Сега можеха да видят безбройните риби.
But the light also revealed something else.
Но светлината разкри и нещо друго.
This astonished them more than all the fishes.
Това ги учуди повече от всички риби.
In the bottom of the water there was something.
На дъното на водата имаше нещо.
They could see there were lofty walls.
Те можеха да видят, че има високи стени.
The walls were from a magnificent palace.
Стените бяха от великолепен дворец.
The prince's friend was feeling venturesome.
Приятелят на принца се чувстваше смел.
He convinced the king's son to follow him.
Той убедил царския син да го последва.
And then they wanted to swim to the palace below.
И тогава искаха да плуват до двореца отдолу.
The prince's friend took the jewel in his hand.
Приятелят на принца взе бижуто в ръката си.

And they both dived into the waters.

И двамата се гмурнаха във водите.

Soon they stood at the gate of the palace.

Скоро те застанаха пред портата на двореца.

To their surprise the gate was open.

За тяхна изненада портата беше отворена.

They saw no being, human or superhuman.

Те не видяха никакво същество, човешко или свръхчовешко.

So they decided to venture inside the gate.

Затова решиха да влязат през портата.

Inside the walls there was a beautiful garden.

Вътре в стените имаше красива градина.

In the middle of the garden was a house.

В средата на градината имаше къща.

No one had ever seen so many flowers.

Никой никога не беше виждал толкова много цветя.

There were roses of all imaginable varieties.

Имаше рози от всякакви възможни разновидности.

There were endless numbers of yellow jessamine.

Имаше безкрайно количество жълт жасмин.

And there were numerous white bell flowers.

И имаше многобройни бели цветя от камбанки.

These flowers were the king of smells.

Тези цветя бяха царят на миризмите.

The most scented lily of the valley.

Най-ароматната момина сълза.

There were the flowers from the champaka tree.

Там бяха цветята от дървото чампака.

And a thousand other sweet-scented flowers.

И хиляда други сладко-ухаещи цветя.

Acres covered with the delicious jessamine.

Декари, покрити с вкусния жасмин.

All the plants were gemmed with flowers.

Всички растения бяха обсипани с цветя.

And all the flowers were in full bloom.

И всички цветя бяха в пълен разцвет.

So the air was loaded with rich perfume.
Така въздухът беше изпълнен с богат парфюм.
A wilderness of sweet scents everywhere.
Навсякъде е пълна сладникава пустош.
They went through this paradise of perfumery.
Те преминаха през този рай на парфюмерията.
And eventually they reached the house.
И най-накрая стигнаха до къщата.
The house was surrounded by lofty trees.
Къщата беше заобиколена от високи дървета.
Soon they stood at the door of the house.
Скоро те застанаха пред вратата на къщата.
Now they could see it was a fairy palace.
Сега можеха да видят, че това е дворец на приказките.
The walls were of burnished gold.
Стените бяха от полирано злато.
Here and there shone diamonds of dazzling hue.
Тук-там блестяха диаманти с ослепителен оттенък.
But they did not see any beings.
Но те не видяха никакви същества.
So they went inside the palace.
И така, те влязоха в двореца.
The palace was richly furnished.
Дворецът беше богато обзаведен.
They went from room to room.
Те ходеха от стая в стая.
But they did not see anyone.
Но те не видяха никого.
It seemed to be a deserted house.
Изглеждаше като пуста къща.
At last, however, they found a special room.
Най-накрая обаче намериха специална стая.
In this room there was a young lady.
В тази стая имаше млада дама.
She was sleeping on a golden bed.
Тя спеше на златно легло.
The young lady was of exquisite beauty.

Младата дама беше с изключителна красота.
Her complexion was a mixture of red and white.
Тенът й беше смесица от червено и бяло.
She seemed to be about sixteen years of age.
Изглеждаше на около шестнадесет години.
The two friends gazed upon her.
Двете приятелки я спогледаха.
They were enchanted by her beauty.
Те бяха очаровани от красотата й.
But they could not admire her for long.
Но те не можаха да й се възхищават дълго.
Because the young lady opened her eyes.
Защото младата дама отвори очи.
Her eyes seemed like the eyes of a gazelle.
Очите й приличаха на очи на газела.
On seeing the strangers she said;
Като видя непознатите, тя каза:
"How have you come here, ye unfortunate men?"
„Как стигнахте дотук, нещастни мъже?“
"Be gone, be gone! I beg of you two"
„Махай се, махай се! Моля ви двамата.“
"This is the abode of a mighty serpent"
„Това е обиталището на могъща змия “
"The serpent which has devoured my parents"
„Змията, която погълна родителите ми“
"And my brothers, and all my relatives"
„И братята ми, и всичките ми роднини“
"I am the only one that he has spared"
„Аз съм единственият, когото той е пощадил“
"Flee for your lives while you still can"
„Бягайте, за да си спасите живота, докато все още можете“
"Or else the serpent will eat you both"
„Иначе змията ще ви изяде и двамата“
The prince's friend told her what had happened.
Приятелят на принца й разказал какво се е случило.
"The serpent has breathed his last breath"
„Змията издъхна“

"The snake's body lies lifeless on the floor"
„Тялото на змията лежи безжизнено на пода"
"We took the head-jewel of the serpent"
„Взехме скъпоценния камък на главата на змията"
"The jewel's light showed us to the palace.
„Светлината на скъпоценния камък ни отведе до двореца."
She thanked the strangers for their bravery.
Тя благодари на непознатите за тяхната смелост.
"You have freed me from the infernal serpent"
„Ти ме освободи от адската змия"
"Please live with me in my palace"
„Моля те, живей с мен в моя дворец"
"But please promise never to desert me"
„Но моля те, обещай никога да не ме изоставяш"
They gladly accepted the invitation.
Те с радост приеха поканата.
The king's son was smitten with the princess.
Царският син бил влюбен в принцесата.
He adored the charms of the peerless princess.
Той обожаваше очарованието на несравнимата принцеса.
And he married her after a short time.
И той се ожени за нея след кратко време.
There was no priest at the palace.
В двореца нямаше свещеник.
So the hymeneal knot was tied by other means.
Така че хименеалният възел е бил завързан по друг начин.
A simple exchange of garlands of flowers.
Проста размяна на гирлянди от цветя.
The king's son became inexpressibly happy.
Царският син се зарадва безкрайно.
He delighted in the company of the princess.
Той се наслаждаваше на компанията на принцесата.
The prince's friend also had a wife.
Приятелят на принца също имал жена.
Of course she was living in the upper world.
Разбира се, тя живееше във висшия свят.
But he participated in his friend's happiness.

Но той участваше в щастието на приятеля си.
The time they spent together passed merrily.
Времето, което прекараха заедно, минаваше весело.
But they could not live here forever.
Но те не можеха да живеят тук вечно.
The prince had to return to his kingdom.
Принцът трябваше да се върне в кралството си.
But he knew the return would require some planning.
Но той знаеше, че завръщането ще изисква известно планиране.
The occasion would come with a lot of pomp.
Поводът щеше да дойде с много помпозност.
There were going to be many ceremonies.
Щеше да има много церемонии.
Because there was a lot to be celebrated.
Защото имаше много за празнуване.
First the prince's friend was going to go.
Първо щеше да си отиде приятелят на принца.
And then he was going to return with the attendants.
И тогава щеше да се върне със служителите.
Horses, and elephants for the happy pair.
Коне и слонове за щастливата двойка.
The prince accompanied his friend.
Принцът придружи приятеля си.
Together they went back to the surface.
Заедно те се върнаха на повърхността.
And they saw the upper world again.
И те отново видяха горния свят.
The two friends bid each other adieu.
Двамата приятели си взеха сбогом.
The prince returned to his lovely wife.
Принцът се върна при прекрасната си съпруга.
Before leaving everything had been organized.
Преди тръгването всичко беше организирано.
The prince's friend arranged his return.
Приятелят на принца уреди завръщането му.
He said when he was going to go the embankment.

Той каза кога ще отиде на насипа.

He was going to have the horses that they needed.

Той щеше да има конете, от които се нуждаеха.

Elephants were going to be there too, and attendants.

Слоновете също щяха да бъдат там, както и придружителите им.

They were going to wait upon the prince and princess.

Те щяха да чакат принца и принцесата.

The snake-jewel gave them the rights to this.

Змийската скъпоценност им даваше правото на това.

The prince's friend went back to his country.

Приятелят на принца се върнал в страната си.

To prepare for the return of his friend.

Да се подготви за завръщането на приятеля си.

One day the prince was sleeping.

Един ден принцът спеше.

He had just had his midday meal.

Той току-що беше хапнал следобед.

The princess had never seen the upper regions.

Принцесата никога не беше виждала горните райони.

She felt the desire to see the upper world.

Тя почувства желание да види горния свят.

For this she needed the snake-jewel.

За това й беше необходим змийският скъпоценен камък.

Only this could help her through the water.

Само това можеше да й помогне през водата.

The jewel was shining its bright light in the room.

Бижуто осветяваше стаята с ярката си светлина.

She took the snake-jewel into her hand.

Тя взе змийското бижу в ръката си.

And then she left the palace and the garden.

И тогава тя напусна двореца и градината.

She successfully swam to the upper world.

Тя успешно доплува до горния свят.

No mortal had caught sight of her.

Никой смъртен не я беше зърнал.

At the edge of the water were some steps.
На ръба на водата имаше няколко стъпала.
The steps were for the convenience of bathers.
Стъпалата бяха за удобство на къпещите се.
And this is also where she sat.
И това е и мястото, където тя седеше.
She scrubbed her body with the sand.
Тя търкаше тялото си с пясъка.
She washed her hair with the fresh water.
Тя изми косата си с прясна вода.
And she played with the water for fun.
И тя си играеше с водата за забавление.
She walked about on the water's edge.
Тя се разхождаше по ръба на водата.
And she admired all the scenery around.
И тя се възхищаваше на всички пейзажи наоколо.
But finally she returned back to her palace.
Но най-накрая тя се върна в двореца си.
Her husband was still deep in sleep.
Съпругът ѝ все още спеше дълбоко.
But eventually he had slept enough.
Но в крайна сметка той беше спал достатъчно.
She did not tell him about her adventures.
Тя не му разказа за приключенията си.
The next day her husband fell asleep again.
На следващия ден съпругът ѝ отново заспа.
And again she paid a visit the upper world.
И отново тя посети горния свят.
And she remained unnoticed by mortal man.
И тя остана незабелязана от смъртния човек.
Her success was starting to give her courage.
Успехът ѝ започваше да ѝ дава смелост.
So she repeated her adventure a third time.
И така, тя повтори приключението си за трети път.
The rajah's son was out hunting that day.
Синът на раджата беше на лов този ден.
He had his tent not far from the water.

Той имаше палатката си недалеч от водата.
His attendants were cooking his meal.
Неговите прислужници готвеха за него.
So, he wandered about along the water.
И така, той се разхождаше по водата.
Nearby an old woman was gathering sticks.
Наблизо една възрастна жена събираше клони.
She was collecting dried branches of trees.
Тя събираше сухи клони от дървета.
She needed the sticks for kindling wood.
Тя имаше нужда от пръчките за подпалване.
This was when the princess came out the water.
Точно тогава принцесата излезе от водата.
She gazed around and she saw a man.
Тя се огледа наоколо и видя мъж.
And then she saw there was also a woman.
И тогава тя видя, че има и жена.
The princess knew she didn't want to be seen.
Принцесата знаеше, че не иска да бъде видяна.
So she went back down to her palace.
И така, тя се върна в двореца си.
But the rajah's son had caught a glimpse of her.
Но синът на раджата я беше зърнал.
And the old woman gathering sticks saw her too.
И старата жена, която събираше клонки, също я видя.
The rajah's son stood gazing on the waters.
Синът на раджата стоеше и се взираше във водите.
He had never seen such a beautiful woman.
Той никога не беше виждал толкова красива жена.
She seemed to him to be a deva-kanyas.
Тя му се струваше като дева-каняс.
Heavenly goddesses he had read of in old books.
Небесни богини, за които беше чел в стари книги.
They are said to visit the upper world.
Твърди се, че посещават горния свят.
And the upper world is honored to have them.
И висшият свят е поласкан да ги има.

But it is said to happen only rarely.

Но се казва, че това се случва само рядко.

The way that angels only visit rarely.

Начинът, по който ангелите рядко ги посещават.

He had seen the princess' unearthly beauty.

Той беше видял неземната красота на принцесата.

She had made a deep impression on his heart.

Тя беше оставила дълбок отпечатък в сърцето му.

Although he had seen her only for a moment.

Въпреки че я беше видял само за миг.

But her beauty distracted his mind.

Но красотата й разсея ума му.

He stood there like a statue, for hours.

Той стоеше там като статуя с часове.

All he could do was gaze into the waters.

Всичко, което можеше да направи, беше да се взира във водите.

In the hope of seeing the lovely figure again.

С надеждата да видя отново прекрасната фигура.

But all his time was spent in vain.

Но цялото му време беше прекарано напразно.

The princess did not appear again.

Принцесата не се появи отново.

The rajah's son became mad with love.

Синът на раджата полудя от любов.

He kept muttering, "now here, now gone!"

Той непрекъснато мърмореше: „тук тук, ту изчезна!"

He refused to leave the water's edge.

Той отказа да напусне ръба на водата.

His attendants had to forcibly remove him.

Придружителите му трябваше да го изведат насила.

They took him to his father's palace.

Заведоха го в двореца на баща му.

But he was in a state of hopeless insanity.

Но той беше в състояние на безнадеждна лудост.

He couldn't be made to speak to anyone.

Не можеше да бъде накаран да говори с никого.

And he spent his days sobbing heavily.

И прекарваше дните си в тежки ридания.

No others words came out of his mouth.

Никакви други думи не излизаха от устата му.

"Now here, now gone!"

„Сега тук, сега го няма!"

"Now here, now gone!"

„Сега тук, сега го няма!"

You can imagine the rajah's grief.

Можете да си представите мъката на раджата.

"What could have deranged my son's mind?"

„Какво би могло да разстрои ума на сина ми?"

"'Now here, now gone,' what does it mean?"

„„Сега тук, сега го няма" – какво означава това?"

He could not unravel the words' meaning.

Той не можеше да разгадае значението на думите.

His attendants couldn't decipher the words either.

Неговите придружители също не можеха да разчетат думите.

The land's best physicians were consulted.

Бяха проведени консултации с най-добрите лекари в страната.

But their consultation had no effect.

Но консултацията им не даде резултат.

The sons of æsculapius were not able to help.

Синовете на Ескулап не можаха да помогнат.

No one could ascertain the cause of the madness.

Никой не можеше да установи причината за лудостта.

Without knowing the cause there was no cure.

Без да се знае причината, нямаше лечение.

The physicians tried to ask the prince.

Лекарите се опитаха да попитат принца.

But all he said was, "now here, now gone!"

Но всичко, което каза, беше: „сега тук, сега няма!"

The rajah was distracted with grief.

Раджата беше обзет от мъка.

Day and night he worried for his son.

Ден и нощ той се тревожеше за сина си.

He wished for his son's intellects to return.

Той искаше интелектът на сина му да се върне.

A proclamation was made in the capital.

В столицата беше направена прокламация.

Town criers were sent into the city.

В града бяха изпратени градски глашатаи.

And they beat their drums for attention.

И биеха барабаните си, за да привлекат внимание.

"The rajah's son has lost his mental faculties"

„Синът на раджата е загубил умствените си способности“

"The rajah seeks a cure for his son"

„Раджата търси лек за сина си“

"A reward is offered for the cure"

„За лечението се предлага награда“

"The hand of the rajah's daughter"

„Ръката на дъщерята на раджата“

"Her hand comes with half his kingdom"

„Ръката й идва с половината от царството му“

The drum was beaten around the city.

Барабанът биеха из целия град.

But no one felt they could touch the drum.

Но никой не чувстваше, че може да докосне барабана.

No one knew the cause of his madness.

Никой не знаеше причината за лудостта му.

At last an old woman came forward.

Най-накрая една възрастна жена се появи напред.

And she stepped up to touch the drum.

И тя се приближи, за да докосне барабана.

"I will discover the cause of his madness"

„Ще открия причината за неговата лудост“

"And I will cure him from his disease"

„И ще го излекувам от болестта му“

She had seen what happened to the boy.

Тя беше видяла какво се случи с момчето.

She was at the water's edge that day.

В онзи ден тя беше на брега на водата.

It was her who was gathering up sticks.

Тя беше тази, която събираше клонки.

This woman had a crack-brained son.

Тази жена имаше син с луд мозък.

Her son was named of Phakir-Chand.

Синът ѝ бил кръстен Факир-Чанд.

So she was called Phakir's mother.

Така тя била наречена майката на Факир.

The woman was brought before the rajah.

Жената беше доведена пред раджата.

And the following conversation took place.

И се проведе следният разговор.

"You are the woman that touched the drum"

„Ти си жената, която докосна барабана"

"You know the cause of my son's madness?"

„Знаете ли причината за лудостта на сина ми?"

"Yes, oh incarnation of justice!"

„Да, о, въплъщение на справедливостта!"

"I know the cause of your son's madness"

„Знам причината за лудостта на сина ви"

"But I will not say the cause of his madness"

„Но няма да кажа причината за неговата лудост"

"First I will cure your son of his madness"

„Първо ще излекувам сина ти от лудостта му"

"How can I believe you are able to?"

„Как да повярвам, че си способен?"

"The best physicians of the land have failed"

„Най-добрите лекари на страната се провалиха"

"You need not now believe, my king"

„Сега не е нужно да вярваш, кралю мой"

"Wait till I have performed the cure"

„Чакай, докато извърша лечението"

"Many an old woman knows many secrets"

„Много стари жени знаят много тайни"

"Secrets wise men are unacquainted with"

„Тайни, с които мъдреците не са запознати"

"Very well, let me see what you can do"

„Много добре, нека видя какво можеш да направиш"
"In what time will you perform the cure?"
„За колко време ще извършите лечението?"
"It is impossible to fix the time"
„Невъзможно е да се определи времето"
"Ff course I will begin work immediately"
„Разбира се, че ще започна работа веднага"
"But I need your lordship's assistance"
„Но имам нужда от помощта на Ваше Превъзходителство"
"What help do you require from me?"
„Каква помощ ти е необходима от мен?"
"Your lordship will please order a hut"
„Ваша светлост, моля, поръчайте колиба."
"Have the hut raised on the embankment of the water"
„Нека колибата бъде издигната на брега на водата"
"Where your son first caught the disease"
„Където синът ви се е заразил за първи път"
"I mean to live in that hut for a few days"
„Смятам да поживея в тази колиба няколко дни"
"And please order some of your servants"
„И моля, заповядайте на някои от слугите си"
"They have to be in attendance at a distance"
„Те трябва да присъстват от разстояние"
"Tell them to be about a hundred yards away"
„Кажи им да са на около сто ярда разстояние"
"That way I can call them over when we need them"
„По този начин мога да ги извикам, когато имаме нужда
от тях"
The king had listened attentively.
Кралят слушаше внимателно.
"I will order that to be immediately done"
„Ще наредя това да бъде направено незабавно"
"Do you want anything else?"
„Искаш ли нещо друго?"
"Those are all the preparations I need"
„Това са всички приготовления, от които се нуждая"
"But let me remind you of the agreement"

„Но нека ви напомня за споразумението“
"You promised the hand of your daughter"
„Ти обеща ръката на дъщеря си“
"And you promised half your kingdom"
„И ти обеща половината си царство“
"But I can't marry your daughter"
„Но не мога да се оженя за дъщеря ти“
"Because your daughter has to marry a man"
„Защото дъщеря ти трябва да се омъжи за мъж“
"But I also have a son of marriageable age"
„Но аз също имам син на възраст за брак“
"Allow my son to marry your daughter"
„Позволи на сина ми да се ожени за дъщеря ти“
"Allow him to have half of your kingdom"
„Нека той вземе половината от царството ти“
The king was agreed with the terms.
Кралят се съгласил с условията.
"If you find a cure, he marries my daughter"
„Ако намери лек, той ще се ожени за дъщеря ми“
"And half of my kingdom shall be his"
„И половината от моето царство ще бъде негово“
A temporary hut was quickly erected.
Бързо беше издигната временна колиба.
The hut was built on the embankment of the water.
Хижата е построена на брега на водата.
And Phakir's mother took up her abode.
И майката на Факир се установи там.
An outpost was also erected at some distance.
На известно разстояние беше издигнат и аванпост.
Because the woman might require some attendance.
Защото жената може да се нуждае от известно внимание.
Strict orders were given by Phakir's mother.
Майката на Факир даде строги заповеди.
No one was allowed to go near the water.
Никой нямаше право да се приближава до водата.
Only she was allowed to stay by the water.
Само на нея й беше позволено да остане край водата.

But let us leave Phakir's mother at the water.

Но нека оставим майката на Факир при водата.

Let us hasten down the subterranean palace.

Нека побързаме да слезем в подземния дворец.

To see what the prince and the princess are doing.

Да види какво правят принцът и принцесата.

The princess did want to go up again.

Принцесата наистина искаше да се качи отново.

But she now knew that it would be dangerous.

Но сега знаеше, че ще бъде опасно.

And she had given up the idea of a fourth visit.

И тя се беше отказала от идеята за четвърто посещение.

But women generally have greater curiosity.

Но жените като цяло имат по-голямо любопитство.

And the princess was no exception to the rule.

И принцесата не беше изключение от правилото.

One day her husband was asleep.

Един ден съпругът ѝ спеше.

He always slept after his noonday meal.

Той винаги спеше след обяд.

She took the snake-jewel in her hand.

Тя взе змийското бижу в ръката си.

And she rushed out of the palace.

И тя се втурна от двореца.

And she came up to the upper world.

И тя се качи в горния свят.

There was an upheaval in the waters.

Имаше вълнение във водите.

And Phakir's mother was on high alert.

И майката на Факир беше нащрек.

She was hiding in the hut.

Тя се криеше в колибата.

And she was looking through the chinks.

И тя гледаше през процепите.

The princess saw no human being nearby.

Принцесата не видя никого наблизо.

So she came to the bank of the water.

И така, тя стигна до брега на водата.

Phakir's mother showed herself outside the hut.

Майката на Факир се показа отвън пред колибата.

And she addressed the princess politely.

И тя се обърна учтиво към принцесата.

"Come, my child, thou queen of beauty"

„Ела, дете мое, кралице на красотата"

"Come to me, and I will help you to bathe"

„Ела при мен и ще ти помогна да се изкъпеш"

So saying, she approached the princess.

Казвайки това, тя се приближи до принцесата.

The princess saw she was just an old woman.

Принцесата видя, че е просто една стара жена.

So she made no resistance to her offer.

Затова тя не се съпротивляваше на предложението му.

The old woman was washing the princess' hair.

Старата жена миеше косата на принцесата.

And she noticed the bright jewel in her hand.

И тя забеляза блестящия скъпоценен камък в ръката си.

"Out the jewel here till you are bathed"

„Извади бижуто тук, докато се изкъпеш"

Now the jewel was in the hands of Phakir's mother.

Сега бижуто беше в ръцете на майката на Факир.

She wrapped the jewel up in a cloth.

Тя уви бижуто в кърпа.

And she wrapped the cloth around her waist.

И тя уви плата около кръста си.

Now the princess was unable to escape.

Сега принцесата не можеше да избяга.

And Phakir's mother gave the signal.

И майката на Факир даде сигнала.

The attendants rushed to the water.

Служителите се втурнаха към водата.

And they took the princess captive.

И те взеха принцесата в плен.

The news soon reached the city.

Новината скоро стигна до града.

"Phakir's mother had captured a water-nymph"

„Майката на Факир беше заловила водна нимфа“

And the people rejoiced at the news.

И хората се зарадваха на новината.

All came to see the"daughter of the immortals"

Всички дойдоха да видят „дъщерята на безсмъртните“

She was brought to the palace.

Тя беше доведена в двореца.

And she was brought to the rajah's son.

И тя беше доведена при сина на раджата.

The rajah's son was still of impaired intellect.

Синът на раджата все още беше с увреден интелект.

But that cloud on his brain soon dissipated.

Но този облак в мозъка му скоро се разсея.

"I have found you! I have found you!"

„Намерих те! Намерих те!“

His eyes had been vacant and lusterless.

Очите му бяха празни и без блясък.

But now his eyes had the fire of intelligence.

Но сега очите му блестяха от интелигентност.

He had almost lost the use of his tongue.

Той почти беше загубил езика си.

"Now here, now gone!" was all he had been able to say.

„Сега тук, сега няма!“ беше всичко, което успя да каже.

But this sense too was restored.

Но и това чувство беше възстановено.

The joy of the rajah knew no bounds.

Радостта на раджата не знаеше граници.

There was great festivity in the city.

В града имаше голямо празненство.

The people praised Phakir-Chand's mother.

Хората хвалели майката на Факир-Чанд.

And everyone soon expected the marriage.

И всички скоро очакваха сватбата.

The rajah's son was to wed the water-nymph.

Синът на раджата трябвало да се ожени за водната нимфа.

The princess, however, had made a promise.
Принцесата обаче беше дала обещание.
She told Phakir's mother of her promise.
Тя разказала на майката на Факир за обещанието си.
"I won't as much as look at another man"
„Няма дори да погледна друг мъж“
"For one year my vows shall last"
„Една година ще траят моите обети“
"The marriage cannot happen in that time"
„Бракът не може да се осъществи през това време“
The rajah's son was somewhat disappointed.
Синът на раджата беше донякъде разочарован.
But he readily agreed to the delay.
Но той с готовност се съгласи на отлагането.
"Delay enhances the sweetness of the pleasure"
„Забавянето усилва сладостта на удоволствието“
Of course the princess spent her time in sorrow.
Разбира се, принцесата прекарваше времето си в скръб.
She spent her days and nights sighing.
Тя прекарваше дните и нощите си във въздишки.
And she lamented her idle curiosity.
И тя оплака празното си любопитство.
The curiosity that led her to the upper world.
Любопитството, което я отведе към горния свят.
The curiosity that separated her from her husband.
Любопитството, което я разделяше от съпруга ѝ.
She thought of her unfortunate husband.
Тя си помисли за нещастния си съпруг.
She had left him all alone below the waters.
Тя го беше оставила съвсем сам под водата.
And she wept bitter tears each day.
И тя плачеше горчиви сълзи всеки ден.
She wished that she could run away.
Искаше ѝ се да може да избяга.
But that would have been impossible.
Но това би било невъзможно.
Because she was immured within walls.

Защото беше зазидана в стени.
And there were walls within the walls.
И имаше стени в стените.
And what use was getting out the palace?
И каква полза беше да излизаш от двореца?
She couldn't get to her husband anyway.
Тя така или иначе не можеше да стигне до съпруга си.
She didn't have the serpent jewel.
Тя нямаше змийския скъпоценен камък.
The ladies of the palace tried to comfort her.
Дамите от двореца се опитаха да я утешат.
And Phakir's mother tried to divert her mind.
И майката на Факир се опита да разсее мислите й.
But their efforts were in vain.
Но усилията им бяха напразни.
She took pleasure in nothing.
Тя не се радваше на нищо.
She hardly spoke to anyone.
Тя почти не говореше с никого.
She wept throughout the day.
Тя плака през целия ден.
And she wept through the night.
И тя плака през нощта.

The year of her vow was drawing to a close.
Годината на нейния обет наближаваше своя край.
But she was still disconsolate.
Но тя все още беше отчаяна.
The marriage, however, had to be celebrated.
Сватбата обаче трябваше да се отпразнува.
The rajah consulted the astrologers.
Раджата се консултирал с астролозите.
The day and the hour had been decided.
Денят и часът бяха определени.
The nuptial knot was to be tied.
Брачният възел трябваше да бъде завързан.
Great preparations were made.

Бяха направени големи приготовления.

The confectioners were busy day and night.

Сладкарите бяха заети денем и нощем.

They prepared all sorts of sweetmeats.

Те приготвяха всякакви сладкиши.

Milkmen supplied the palace with tanks of curds.

Млекарите снабдяваха двореца с резервоари с извара.

Great quantities of gunpowder were manufactured.

Произвеждани са големи количества барут.

There were going to be grand fireworks.

Щеше да има грандиозни фойерверки.

Stages were erected everywhere.

Навсякъде бяха издигнати сцени.

And musicians were selected to play music.

И музиканти бяха избрани да свирят музика.

All the city assumed an air of mirth.

Целият град се развесели.

All looked forward to the festivities.

Всички с нетърпение очакваха празненствата.

We must return out attention to the minister's son.

Трябва да обърнем внимание отново на сина на министъра.

He had left his friend in the subterranean palace.

Той беше оставил приятеля си в подземния дворец.

And he had gone to his country.

И той беше отишъл в родината си.

He was bringing horses and elephants.

Той водеше коне и слонове.

And he had with him many attendants.

И имаше със себе си много слуги.

For the return of the king's son.

За завръщането на царския син.

And for the return of his lovely princess.

И за завръщането на неговата прекрасна принцеса.

So that the ceremony had due pomp.

За да има церемонията заслужената помпозност.

The preparations took him many months.

Подготовката му отне много месеци.

But eventually all was prepared.

Но в крайна сметка всичко беше подготвено.

And the minister's son started on his journey.

И синът на министъра тръгна на път.

He was accompanied by a long train of elephants.

Той беше придружен от дълъг керван от слонове.

And behind the elephants were horses.

А зад слоновете имаше коне.

And all the horses had their own attendants.

И всички коне си имаха свои собствени придружители.

He reached the water ahead of schedule.

Той стигна до водата преди планираното време.

So he had two or three days to spare.

Така че той разполагаше с два или три дни свободни.

Tents were pitched in the mango slopes.

Палатките бяха опънати по склоновете с манго.

So the men and cattle had accommodation.

Така че мъжете и добитъкът имаха подслон.

The minister's son kept his eyes on the water.

Синът на министъра не откъсваше очи от водата.

The sun of the appointed day sank below the horizon.

Слънцето на определения ден потъна под хоризонта.

But there was no sign of the prince.

Но нямаше и следа от принца.

Nor did the princess come to the surface.

Нито пък принцесата излезе на повърхността.

He waited two or three days longer.

Той чака още два или три дни.

Still the prince did not make his appearance.

Принцът все още не се появяваше.

What could have happened to his friend?

Какво можеше да се случи с приятеля му?

And where was his beautiful wife?

И къде беше красивата му съпруга?

Had another serpent beaten them to death?

Дали друга змия ги е пребила до смърт?
Possibly the mate of the one that had died.
Вероятно партньорът на починалия.
Had they somehow lost the serpent-jewel?
Дали някак си бяха загубили змийската скъпоценност?
Or had they perhaps visited the upper world?
Или може би бяха посетили горния свят?
And had they been captured in the upper world?
И дали са били пленени във висшия свят?
Such were the reflections of the prince's friend.
Такива бяха размислите на приятеля на принца.
The prince's friend was overwhelmed with grief.
Приятелят на принца беше обзет от мъка.
The waters were quite close to the city.
Водите бяха доста близо до града.
And often the sound of music could be heard.
И често се чуваше звукът на музика.
He asked passers-by what that music meant.
Той попитал минувачите какво означава тази музика.
He was told about the rajah's son.
Разказаха му за сина на раджата.
And he was told of a wonderful young lady.
И му разказаха за една прекрасна млада дама.
And he was told they were going to marry.
И му казаха, че ще се оженят.
And he was told more about the wonderful lady.
И му разказаха повече за прекрасната дама.
She had come out of the waters he was waiting by.
Тя беше излязла от водите, край които той я чакаше.
The marriage ceremony was in two days.
Сватбената церемония беше след два дни.
The minister's son made the connection.
Синът на министъра направи връзката.
The wonderful young lady was the wife of his friend.
Прекрасната млада дама беше съпруга на неговия
приятел.
He resolved, therefore, to go into the city.

Затова той реши да отиде в града.

And he was going to find out all he could.

И щеше да разбере всичко, което може.

If he could, he would rescue the princess.

Ако можеше, щеше да спаси принцесата.

He told the attendants to go home.

Той каза на служителите да се приберат вкъщи.

And he told them to take the elephants.

И той им каза да вземат слоновете.

And he told them to take the horses.

И той им каза да вземат конете.

And he himself went to the city.

И самият той отиде в града.

And he took up his abode in the house of a Brahman.

И той се установи в дома на един брахман.

First, he rested from his journey.

Първо, той си почина от пътуването.

Then the prince's friend had his dinner.

След това приятелят на принца вечеря.

And then he spoke to the Brahman.

И тогава той проговори на брахмана.

"Throughout the city there are musicians and bands"

„Из целия град има музиканти и групи“

"What is the cause of all the celebrations?

„Каква е причината за всички тези празненства?“

The Brahman was rather surprised.

Брахманът беше доста изненадан.

"From what part of the world have you come?"

„От коя част на света идвате?“

"What rock have you been living under?"

„Под каква скала живееш?“

"Have you not heard the wonderful news?"

„Не си ли чул/а прекрасната новина?“

"A young lady of heavenly beauty"

„Млада дама с небесна красота“

"She rose out of the waters"

„Тя се издигна от водите“

"And she is going to the son of our rajah"
„И тя отива при сина на нашия раджа"
The prince's friend wanted to know more.
Приятелят на принца искал да знае повече.
The information could be useful.
Информацията би могла да бъде полезна.
"I have not heard of this news"
„Не съм чувал/а за тази новина"
"I have come from a distant country"
„Идвам от далечна страна"
"The story has not reached us yet"
„Историята все още не е стигнала до нас"
"Will you kindly tell me the particulars?"
„Бихте ли били така любезни да ми кажете
подробностите?"
The Brahman was happy to relay the story.
Брахманът с радост разказа историята.
"The rajah's son went out hunting"
„Синът на раджата излязъл на лов"
"It must have been about this time last year"
„Сигурно е било горе-долу по това време миналата
година"
"They pitched their tents by the waters in the suburbs"
„Те разпънаха палатките си край водите в предградията"
"One day, the rajah's son was walking near the water"
„Един ден синът на раджата се разхождал близо до
водата"
"On this day, he saw a young woman"
„На този ден той видя млада жена"
"I have to mention she was of uncommon beauty"
„Трябва да спомена, че тя беше необикновено красива"
"She had risen from the depth of the waters"
„Тя се беше издигнала от дълбините на водите"
"She gazed about for a minute or two"
„Тя се огледа за минута-две"
"And then the beautiful lady disappeared"
„И тогава красивата дама изчезна"

"The rajah's son, however, had seen her"
„Синът на раджата обаче я беше видял"
"He had been struck by her heavenly beauty"
„Той беше поразен от нейната небесна красота"
"And so he became desperately enamored by her"
„И така той се влюби безнадеждно в нея"
"Indeed, she had affected him greatly"
„Наистина, тя му беше оказала голямо влияние"
"And his mental faculties gave way to passion"
„И умствените му способности отстъпиха място на страстта"
"He was carried home as a mad man"
„Донесоха го у дома като луд"
"He spoke no words except a few"
„Той не каза нито дума, освен няколко"
"'now here, now gone!' was all he said"
„Сега тук, сега няма!" беше всичко, което каза той."
"The rajah sent for all the best physicians"
„Раджата изпрати за всички най-добри лекари"
"They tried to restore his son to reason"
„Опитаха се да върнат сина му към разума"
"But the physicians were powerless"
„Но лекарите бяха безсилни"
"At last the rajah made a proclamation"
„Най-накрая раджата направи прокламация"
"And he had the drum beat around the kingdom"
„И той накара барабаните да бият из цялото кралство"
"There was a reward for anyone who cured his son"
„Имаше награда за всеки, който излекува сина му"
"They would become the rajah's son-in-law"
„Те щяха да станат зет на раджата"
"And they would get half the kingdom"
„ И щяха да получат половината кралство"
"An old woman answered the call of the drum"
„Старица откликна на зова на барабана"
"All knew her as Phakir's mother"
„Всички я познаваха като майката на Факир"

"She said she could cure the rajah's son"

„Тя каза, че може да излекува сина на раджата"

"She had a hut built outside the town"

„Тя си построи колиба извън града"

"In the suburbs, next to the waters"

„В предградията, до водата"

"An in the hut she took her abode"

„И в колибата тя се настани"

"She also had some huts erected close by"

„Тя също така построи няколко колиби наблизо"

"And in those huts attendants waited"

„И в тези колиби чакаха служители"

"In case she might need their help"

„В случай че може да се нуждае от помощта им"

"It seems the goddess rose from the waters"

„Изглежда богинята се е издигнала от водите"

"Phakir's mother and the attendants seized her"

„Майката на Факир и придружителите я хванаха"

"And they carried her in a palki to the palace"

„И я отнесоха в палки до двореца"

"The rajah's son saw the water-nymph"

„Синът на раджата видя водната нимфа"

"And he was soon restored to his senses"

„И скоро той се разбра"

"They would have married there and then"

„Щяха да се оженят още тогава"

"But the water goddess had made a vow"

„Но богинята на водата беше дала обет"

"She wouldn't look at a man for one year"

„Тя не би погледнала мъж цяла година"

"The year of the vow is now over"

„Годината на клетвата вече свърши"

"The music is from the rajah's palace"

„Музиката е от двореца на раджата"

"This, in brief, is the story"

„Накратко, това е историята"

The prince's friend could put the story together.

Приятелят на принца би могъл да сглоби историята.

"a truly wonderful story!"

„Наистина прекрасна история!"

"So where is Phakir's mother?"

„И къде е майката на Факир?"

"And where is Phakir-Chand himself?"

„А къде е самият Факир-Чанд?"

"Has he received the hand of the rajah's daughter?"

„Получил ли е ръката на дъщерята на раджата?"

"And has he received half the kingdom?"

„И получил ли е половината кралство?"

The Brahman could also answer these questions.

Брахманът също би могъл да отговори на тези въпроси.

"No, they have not married yet"

„Не, те все още не са се оженили"

"And he doesn't yet have half the kingdom"

„И той все още не е завладял половината кралство"

"And, I should say, he is a dimwitted lad"

„И, трябва да кажа, той е глупаво момче"

"In fact, no one knows where the lad is"

„Всъщност никой не знае къде е момчето"

"He has been away from home for more than a year"

„Той е далеч от дома повече от година"

"That is his manner," he explained.

„Това е неговият начин на поведение", обясни той.

"He stays away for a long time"

„Той отсъства дълго време"

"And then suddenly he comes home"

„И тогава изведнъж се прибира у дома"

"And then suddenly he leaves again"

„И тогава изведнъж той отново си тръгва"

"I believe his mother expects him to come soon"

„Вярвам, че майка му очаква той да дойде скоро"

This was very useful information.

Това беше много полезна информация.

"What is he like?" he asked.

„Какъв е той?", попита той.

"And what does he do when he returns home?"
„И какво прави, когато се върне у дома?"
These questions the Brahman could also answer.
На тези въпроси Брахманът също можеше да отговори.
"Well, he is about your height"
„Ами, той е горе-долу на твоя ръст"
"Though he is somewhat younger than you"
„Въпреки че е малко по-млад от теб"
"He wears a small piece of cloth round his waist"
„Той носи малко парче плат около кръста си"
"And he rubs his body with ashes"
„И той натрива тялото си с пепел"
"He carries the branch of a tree in his hand"
„Той носи клон на дърво в ръката си"
"And there is a tune to which he dances"
„И има мелодия, на която той танцува"
"He comes to the door of the hut of his mother"
„Той идва до вратата на колибата на майка си"
"And he sings 'dhoop! dhoop! dhoop!'"
„И той пее „dhoop! dhoop! dhoop!"
"His articulation is very indistinct"
„Артикулацията му е много неясна"
"'Come, stay with your mother,' she says"
„ Ела, остани при майка си", казва тя.
"And he always gives the same answer"
„И той винаги дава един и същ отговор"
"'No, I won't remain,' he says unintelligibly"
„Не, няма да остана", казва той неразбираемо.
"You should hear him when he wants to say yes"
„Трябва да го чуеш, когато иска да каже „да""
"To answer in the affirmative he says 'hoom'"
„За да отговори утвърдително, той казва „хум""
A flood of light entered the prince's friend.
Поток от светлина нахлу в приятеля на принца.
He now saw very well how matters stood.
Сега той виждаше много добре как стоят нещата.
The princess must have taken the snake-jewel.

Принцесата сигурно е взела змийското бижу.

And she must have left the palace alone.

И сигурно е напуснала двореца сама.

And she was captured without the king's son.

И тя беше заловена без царския син.

Phakir's mother must have the snake-jewel.

Майката на Факир сигурно има змийския скъпоценен камък.

His friend was still below the water.

Приятелят му все още беше под водата.

The prince had no means of escape.

Принцът нямаше начин да избяга.

He could imagine his friends desolate state.

Можеше да си представи опустошителното състояние на приятелите си.

And he could imagine how hopeless he must be.

И можеше да си представи колко безнадежден трябва да е бил.

The prince's friend was filled with grief.

Приятелят на принца беше изпълнен с мъка.

But that was not cause to give up hope.

Но това не беше причина да се откажем от надеждата.

Perhaps he could rescue his friend.

Може би щеше да успее да спаси приятеля си.

"I must get the jewel from the old woman"

„Трябва да взема бижуто от старата жена"

"Can I not do it by personating Phakir-Chand?"

„Мога ли да не го направя, като се преструвам на Факир-Чанд?"

"His mother is expecting him soon"

„Майка му го очаква скоро"

"Maybe I can rescue the princess the same way"

„Може би мога да спася принцесата по същия начин"

He resolved to act the role of Phakir-Chand.

Той реши да играе ролята на Факир-Чанд.

In the morning he left the Brahman's house.

На сутринта той напуснал дома на брахмана.

And he went to the outskirts of the city.

И той отиде в покрайнините на града.

He divested himself of his usual clothing.

Той се освободи от обичайните си дрехи.

Around his waist he put a narrow piece of cloth.

Около кръста си той сложи тясно парче плат.

The cloth scarcely reached his knees.

Платът едва стигаше до коленете му.

And he rubbed his body well with ashes.

И той добре натърка тялото си с пепел.

And finally he broke some twigs off a tree.

И накрая той отчупи няколко клонки от едно дърво.

And thus he was ready to play his role.

И по този начин той беше готов да изиграе ролята си.

He went to the door of the hut of Phakir's mother.

Той отиде до вратата на колибата на майката на Факир.

And he commenced the operation by dancing.

И той започна операцията с танц.

He danced in a most violent manner.

Той танцуваше по най-бурен начин.

And he sung to the tune of"dhoop! dhoop! dhoop!"

И той изпя на мелодията на "dhoop! dhoop! dhoop!"

The dancing attracted the notice of the old woman.

Танците привлякоха вниманието на възрастната жена.

The critical moment had come.

Критичният момент беше настъпил.

The old woman looked to her door.

Старата жена погледна към вратата си.

"Phakir-Chand, my son, have you come?"

„Факир-Чанд, сине мой, дойде ли?"

"my darling; the gods have become propitious to us"

„Скъпа моя, боговете са станали благосклонни към нас"

Her supposed son uttered the monosyllable, "hoom"

Нейният предполагаем син произнесе едносричното
„хум"

And he danced more violent than before.

И той танцуваше по-яростно от преди.
And he waved the twig in his hand.
И той размаха клонката в ръката си.
"this time you must not go away"
„Този път не бива да си тръгваш"
"you must remain with me"
„Трябва да останеш с мен"
"no, I won't remain," said the prince's friend.
„Не, няма да остана", каза приятелят на принца.
"remain with me," the mother tried again.
„Остани с мен", опита се отново майката.
"i'll get you married to the rajah's daughter"
„Ще те оженя за дъщерята на раджата"
"will you marry, Phakir-Chand?"
„Ще се ожениш ли, Факир-Чанд?"
The minister's son replied—"hoom, hoom"
Синът на министъра отговорил: „Хум, хум"
And he danced even more like a madman.
И той танцуваше още повече като луд.
"will you come with me to the rajah's house?"
„Ще дойдеш ли с мен в къщата на раджата?"
"I'll show you a princess of uncommon beauty"
„Ще ти покажа принцеса с необикновена красота"
"She rose from the waters"
„Тя се издигна от водите"
"hoom, hoom," was the answer from his lips.
„Хум, хум", беше отговорът от устните му.
And his feet stomped violently to"dhoop! dhoop!"
И краката му тропаха яростно: „Дуп! Дуп!"
"Do you wish to see a jewel, Phakir?"
„Искаш ли да видиш скъпоценен камък, Факир?"
"The crest jewel of the serpent"
„Гербът на змията"
"The treasure of seven kings"
„Съкровището на седемте царе"
"hoom, hoom," was the reply.
„Хум, хум", беше отговорът.

The old woman went back into the hut.

Старата жена се върна в колибата.

And she brought out the snake-jewel.

И тя извади змийската скъпоценност.

She put the jewel into the hand of her supposed son.

Тя сложи бижуто в ръката на предполагаемия си син.

The minister's son took the snake-jewel.

Синът на министъра взе змийското бижу.

He wrapped the jewel up in the piece of cloth.

Той уви бижуто в парчето плат.

And he wrapped the cloth around his waist.

И той уви плата около кръста си.

Phakir's mother was delighted beyond measure.

Майката на Факир беше безкрайно възхитена.

Her son had come at just the right time.

Синът й беше дошъл точно навреме.

She went to the rajah's house.

Тя отиде в къщата на раджата.

She announced the news of Phakir's appearance.

Тя обяви новината за появата на Факир.

And also in order to show Phakir the princess.

А също и за да покаже на Факир принцесата.

They were given access to the rajah's palace.

Те получиха достъп до двореца на раджата.

And all parts of the palace were open to them.

И всички части на двореца бяха отворени за тях.

The old woman had saved the rajah's son.

Старата жена беше спасила сина на раджата.

So she was the most important person in the kingdom.

Така че тя беше най-важният човек в кралството.

She took her supposed son around the palace.

Тя разведе предполагаемия си син из двореца.

And she took him to the princess' room.

И тя го заведе в стаята на принцесата.

Phakir's mother introduced her son to the princess.

Майката на Факир запознала сина си с принцесата.

You can imagine the princess was not best impressed.

Можете да си представите, че принцесата не беше особено впечатлена.

She did not appreciate the company of a madman.

Тя не оценяваше компанията на луд.

A madman, half naked, and covered in ash.

Луд, полугол и покрит с пепел.

And he kept dancing in a wild manner.

И той продължи да танцува диво.

The three had spent the day together.

Тримата бяха прекарали деня заедно.

It was soon going to be sunset.

Скоро щеше да залезе слънцето.

The woman asked her son to come with her.

Жената помолила сина си да дойде с нея.

But the supposed Phakir-Chand refused to comply.

Но предполагаемият Факир-Чанд отказал да се подчини.

He said he would stay there that night.

Той каза, че ще остане там онази нощ.

His mother tried to persuade him to come with her.

Майка му се опита да го убеди да дойде с нея.

But he persisted in his determination.

Но той упорстваше в решимостта си.

He said he would remain with the princess.

Той каза, че ще остане с принцесата.

Phakir's mother went home without him.

Майката на Факир се прибра без него.

And she told the guards to look after her son.

И тя казала на охраната да се грижи за сина ѝ.

Eventually all the palace retired to rest.

Накрая целият дворец се оттегли да си почине.

The supposed Phakir spoke to the princess again.

Предполагаемият Факир отново проговори на принцесата.

But this time he spoke in his own voice.

Но този път той говореше със собствения си глас.

"Princess! do you not recognize me?"

„Принцесо! Не ме ли познахте?“

"I am the prince's friend"

„Аз съм приятел на принца"

"I am the friend of your princely husband"

„Аз съм приятел на твоя благороден съпруг"

The princess was astonished for a moment.

Принцесата се смая за миг.

"Who? the prince's friend?"

„Кой? Приятелят на принца?"

"Oh, my husband's best friend"

„ О, най-добрият приятел на съпруга ми"

"Please rescue me from this terrible captivity"

„Моля те, спаси ме от този ужасен плен"

"This is worse than death"

„Това е по-лошо от смъртта"

"All of this is my own fault"

„Всичко това е моя вина"

"Rescue me, oh please, thou best of friends!"

„Спаси ме, о, моля те, най-добър приятелю!"

She then burst into tears.

След това тя избухна в сълзи.

The prince's friend spoke again.

Приятелят на принца отново проговори.

"Do not be disconsolate"

„Не се отчайвай"

"I will try my best to rescue you"

„Ще направя всичко възможно да те спася"

"I will try to have you out of here tonight"

„Ще се опитам да те измъкна оттук тази вечер"

"But you must do whatever I tell you"

„Но трябва да правиш каквото ти кажа"

The princess trusted the prince's friend.

Принцесата се доверявала на приятеля на принца.

"I will do anything you tell me"

„Ще направя всичко, което ми кажеш"

After this the supposed Phakir left the room.

След това предполагаемият Факир напусна стаята.

He passed through the courtyard of the palace.

Той мина през двора на двореца.
Some of the guards challenged him.
Някои от охранителите го предизвикаха.
"hoom hoom!" he replied.
„Хум-хум!", отвърна той.
"I'm just going out for a minute"
„Излизам само за минутка"
"And then I will come back again"
„И тогава ще се върна отново"
They understood that it was the madcap Phakir.
Те разбраха, че това е лудият Факир.
True to his word he did come back shortly.
Верен на думата си, той се върна скоро.
And again he went to the princess.
И отново отиде при принцесата.
An hour afterwards he again went out.
Час по-късно той отново излезе.
And again he was challenged by the guards.
И отново той беше предизвикан от охраната.
He made the same reply as at the first time.
Той отговори със същия отговор като първия път.
The guards began to talk among themselves.
Пазачите започнаха да разговарят помежду си.
"This Phakir surely has no sense"
„Този Факир със сигурност е безразсъден"
"He will go out and come in all night"
„Той ще излиза и ще влиза цяла нощ"
"Let us leave him to do what he likes"
„Нека го оставим да прави каквото си иска"
"There's no use guarding him all night"
„Няма смисъл да го пазим цяла нощ"
The minister's son had worn down the guards.
Синът на министъра беше изтощил охраната.
And he was looking for a way to escape.
И търсеше начин да избяга.
He kept going in and out until three at night.

Той продължаваше да влиза и излиза до три часа през нощта.

This time there were no guards there.

Този път нямаше охрана там.

Because all the guards had fallen asleep.

Защото всички пазачи бяха заспали.

He was overjoyed at the auspicious circumstance.

Той беше изключително щастлив от благоприятното обстоятелство.

Then he went back to the princess.

След това се върна при принцесата.

"Now, princess, is the time for escape"

„Сега, принцесо, е време за бягство“

"The guards are all asleep"

„Всички пазачи спят“

"You must mount on my back"

„Трябва да се качиш на гърба ми“

"Tie the locks of your hair round my neck"

„Вържи кичурите на косата си около врата ми“

"And keep tight hold of me"

„И ме дръж здраво“

The princess did what she was asked of.

Принцесата направи това, което ѝ беше поискано.

He passed unchallenged through the courtyard.

Той премина безпрепятствено през двора.

And he had a lovely burden on his back.

И той носеше прекрасно бреме на гърба си.

Eventually he got to the gate of the palace.

Най-накрая стигна до портата на двореца.

And he went through without being challenged.

И той премина, без да бъде предизвикан.

Then they went to the outskirts of the city.

След това отидоха в покрайнините на града.

Eventually he reached the outer suburbs.

Накрая стигна до външните предградия.

They reached the water from which the princess had risen.

Те стигнаха до водата, от която принцесата беше изплувала.

The princess rejoiced at her escape.

Принцесата се зарадва на бягството си.

But she was still trembling with fear.

Но тя все още трепереше от страх.

The prince's friend untied the snake-jewel.

Приятелят на принца развърза змийската бижутерия.

And together they ascended into the water.

И заедно се изкачиха във водата.

And soon they found back to the subterranean palace.

И скоро се озоваха обратно в подземния дворец.

You can imagine how happy the prince was.

Можете да си представите колко щастлив беше принцът.

He had nearly died of grief.

Той едва не умря от мъка.

And you can imagine the princess' happiness too.

И можете да си представите щастието на принцесата.

All the three of them were mad with joy.

И тримата бяха луди от радост.

For three days they remained in the palace.

Три дни те останаха в двореца.

And they retold the prince the whole story.

И те преразказаха на принца цялата история.

They told of how the princess was seized.

Те разказаха как принцесата е била отвлечена.

They told him of her captivity in the palace.

Те му разказаха за нейния плен в двореца.

They described the marriage that was planned.

Те описаха планирания брак.

They told him of the old woman.

Разказаха му за старата жена.

And they told him all about her Phakir-Chand.

И те му разказаха всичко за нейния Факир-Чанд.

They told him how he had impersonated him.

Те му разказаха как се е представил за него.

And they told him how he freed the princess.

И му разказаха как е освободил принцесата.
I don't need to tell you how grateful they were.
Няма нужда да ви казвам колко благодарни бяха.
The prince's friend truly was a good friend.
Приятелят на принца наистина беше добър приятел.
They thanked him in the warmest terms.
Те му благодариха с най-топли думи.
And they vowed to always follow his counsel.
И те се заклеха винаги да следват съвета му.

They were all resolved to return home.
Всички бяха решени да се върнат у дома.
They wanted to return to their native country.
Те искаха да се върнат в родната си страна.
The king's son, the minister's son, and the princess.
Царският син, синът на министъра и принцесата.
They left the subterranean palace together.
Те напуснаха подземния дворец заедно.
They lighted the passage with the snake-jewel.
Те осветиха прохода със змийския скъпоценен камък.
And they made their way to the upper world.
И те си проправиха път към горния свят.
They had neither elephants nor horses waiting for them.
Нямаха нито слонове, нито коне, които да ги чакат.
So they had no choice but to travel on foot.
Така че те нямаха друг избор, освен да пътуват пеша.
The two friends had been bred in the lap of luxury.
Двамата приятели бяха отгледани в лукс.
Both of them found walking troublesome.
И двамата намираха ходенето за трудно.
But the princess found it infinitely more troublesome.
Но принцесата го намираше за безкрайно по-трудно.
She was used to even finer treatment.
Тя беше свикнала с още по-фино отношение.
The stones of the road were too rough for her.
Камъните на пътя бяха твърде груби за нея.
And the rough stones wounded her tender feet.

И грубите камъни нараняваха нежните ѝ крачета.
Eventually her feet became very sore.
В крайна сметка краката я заболяха много.
At times the king's son carried her on his shoulders.
Понякога царският син я носеше на раменете си.
The load he was carrying was of course lovely.
Товарът, който носеше, разбира се, беше прекрасен.
But although lovely, she was heavy to carry.
Но макар и прекрасна, тя беше тежка за носене.
And she could not be carried a great distance.
И тя не можеше да бъде носена на голямо разстояние.
And therefore she too had to walk often.
И затова и тя трябваше да ходи често.
One evening they arrived beneath a tree.
Една вечер те пристигнаха под едно дърво.
There were no visible signs of human habitations.
Нямаше видими признаци на човешки обитания.
So they decided to make the tree their sleeping place.
Затова решили да направят дървото свое място за спане.
The prince's friend offered to keep guard.
Приятелят на принца предложи да пази стража.
"Both of you can go to sleep"
„И двамата можете да спите"
"I will keep watch over you both tonight"
„Ще ви наблюдавам и двамата тази вечер"
"In order to prevent any danger"
„За да се предотврати всякаква опасност"
The royal couple soon dozed off.
Кралската двойка скоро задряма.
And they were locked in the arms of sleep.
И те бяха заключени в прегръдките на съня.
The faithful friend of the prince did not sleep.
Верният приятел на принца не спеше.
He stayed awake and watched for danger.
Той остана буден и наблюдаваше за опасност.
It so happened they camped under a special tree.
Случи се така, че те лагеруваха под едно специално дърво.

In the tree swung the nest of two birds.

На дървото се люлееше гнездото на две птици.

The immortal birds Bihangama and Bihangami.

Безсмъртните птици Бихангама и Бихангами.

These birds were endowed with human speech.

Тези птици бяха надарени с човешка реч.

And they could also see into the future.

И те можеха да виждат и в бъдещето.

The minister's son listened the bird's conversation.

Синът на министъра слушаше разговора на птицата.

He was more than a little astonished at what he heard!

Той беше повече от малко изумен от чутото!

Bihangama: "The prince's friend risked his own life"

Бихангама: „Приятелят на принца рискува собствения си живот"

"He did everything for the safety of his friend"

„Той направи всичко за безопасността на приятеля си"

"But more dangers will befall the king's son"

„Но още опасности ще сполетят царския син"

"And he will find it difficult to save the prince"

„И ще му бъде трудно да спаси принца"

Bihangami: "Why is that?"

Бихангами: „Защо е така?"

Bihangama: "Many dangers await the king's son"

Бихангама: „Много опасности очакват царския син"

"The prince's father will hear of his son's approach"

„Бащата на принца ще чуе за приближаването на сина си"

"He will send for him an elephant and some horses"

„Той ще изпрати за него слон и няколко коня"

"And he will arrange attendants to meet him"

„И ще уреди придружители да го посрещнат"

"The king's son will ride the elephant"

„Царският син ще язди слона"

"But he will fall from the back of the elephant"

„Но той ще падне от гърба на слона"

"And he will die from his fall from the elephant"

„И той ще умре от падането си от слона"

Bihangami: "But suppose someone prevented this?"

Бихангами: „Но да предположим, че някой е попречил на това?"

"Suppose the king's son is not going to ride on the elephant"

„Да предположим, че царският син няма да язди слона"

"What might happen if he rides on a horse instead?"

„Какво може да се случи, ако вместо това язди кон?"

"Will he not in that case be saved?"

„Няма ли да бъде спасен в такъв случай?"

Bihangama: "Yes, in that case he would escape that fate"

Бихангама: „Да, в такъв случай той би избегнал тази съдба"

"But then a fresh danger would await him"

„Но тогава ще го очаква нова опасност"

"When the king's son is in sight of his father's palace"

„Когато царският син е пред двореца на баща си"

"When he is in the act of passing through the lion-gate"

„Когато минава през лъвската порта"

"In that moment the lion-gate will fall upon him"

„В този момент лъвската порта ще падне върху него"

"And the stones will crush him to death"

„И камъните ще го смажат до смърт"

Bihangami: "But suppose someone gets there first"

Бихангами: „Но да предположим, че някой стигне там пръв"

"Suppose someone destroys the lion-gate"

„Да предположим, че някой разруши лъвската порта"

"If that happens the king's son couldn't go through the lion-gate"

„Ако това се случи, царският син не би могъл да мине през лъвската порта"

"Will not the king's son in that case be saved?"

„Няма ли в такъв случай царският син да бъде спасен?"

Bihangama: "Yes, in that case he would escape his fate"

Бихангама: „Да, в такъв случай той ще избегне съдбата си"

"But then a fresh danger would await him"

„Но тогава ще го очаква нова опасност"

"When the king's son reaches the palace"

„Когато царският син стигне до двореца"

"When he sits at a feast prepared for him"

„Когато седи на пиршество, приготвено за него"

"The head of a fish will be cooked for him"

„Ще му сготвят главата на риба"

"He will put into his mouth the head of the fish"

„Той ще сложи в устата си главата на рибата"

"But the head of the fish will stick in his throat"

„Но главата на рибата ще му заседне в гърлото"

"And he will choke to death on the head of the fish"

„И ще се задави до смърт с главата на рибата"

Bihangami: "But suppose someone snatches the fish"

Бихангами: „Но да предположим, че някой грабне рибата"

"Suppose someone takes the head of the fish from his plate"

„Да предположим, че някой вземе главата на рибата от чинията си"

"Suppose he can't put the fish's head in his mouth"

„Да предположим, че не може да сложи главата на рибата в устата си"

"Will not the king's son in that case be saved?"

„Няма ли в такъв случай царският син да бъде спасен?"

Bihangama: "Yes, in that case he will escape his fate"

Бихангама: „Да, в такъв случай той ще избегне съдбата си"

"But a fresh danger would await him"

„Но го очакваше нова опасност"

"When the prince and princess retire after dinner"

„Когато принцът и принцесата се оттеглят след вечеря"

"When they go into their sleeping apartment"

„Когато влязат в спалния си апартамент"

"They will lie together in bed"

„Те ще лежат заедно в леглото "

"A terrible cobra will come into the room"

„Ужасна кобра ще влезе в стаята"

"And the cobra will bite the king's son to death"

„И кобрата ще ухапе царския син до смърт"
Bihangami: "But suppose someone was in the room"
Бихангами: „Но да предположим, че някой е бил в стаята"
"Suppose this person was waiting for the snake"
„Да предположим, че този човек е чакал змията"
"And suppose that this person cuts the snake into pieces"
„И да предположим, че този човек разсече змията на парчета"
"Will not the king's son in that case be saved?"
„Няма ли в такъв случай царският син да бъде спасен?"
Bihangama: "Yes, in that case he will escape his fate"
Бихангама: „Да, в такъв случай той ще избегне съдбата си"
"In that case the life of the king's son will be saved"
„В такъв случай животът на царския син ще бъде спасен"
"But he who saves him can't repeat these words"
„Но този, който го спасява, не може да повтори тези думи"
"If he tells his secret he will be turned into marble"
„Ако издаде тайната си, ще се превърне в мрамор"
Bihangami: "Can the statue be returned to life?"
Бихангами: „Може ли статуята да бъде върната към живот?"
Bihangama: "Yes, the marble statue can be restored to life"
Бихангама: „Да, мраморната статуя може да бъде възстановена"
"The princess will give birth to a child"
„Принцесата ще роди дете"
"They must wash the statue with the blood of the infant"
„Трябва да измият статуята с кръвта на младенеца"
The prophetical birds had spoken until that point.
Пророческите птици бяха говорили до този момент.
But then they were interrupted by the craw of crows.
Но тогава те бяха прекъснати от грачането на врани.
The eastern sky tinted in a reddish hue.
Източното небе се обагри в червеникав оттенък.
And the travelers beneath the tree bestirred themselves.
И пътниците под дървото се раздвижиха.

The prophetic conversation came to an end.
Пророческият разговор приключи.
But the prince's friend had heard everything.
Но приятелят на принца беше чул всичко.

The next morning they continued their journey.
На следващата сутрин те продължиха пътуването си.
The prince, the princess, and the prince's friend.
Принцът, принцесата и приятелят на принца.
Soon they met the king's procession.
Скоро те срещнаха царската процесия.
There was an elephant, a horse, and a palki.
Имаше слон, кон и палки.
And there was a large number of attendants.
И имаше голям брой придружители.
These animals and men had been sent by the king.
Тези животни и хора бяха изпратени от краля.
The king heard his son was with his friend.
Царят чул, че синът му е с приятеля му.
And he had heard that his son had married.
И беше чул, че синът му се е оженил.
And he heard they were not far from the capital.
И чу, че не са далеч от столицата.
The elephant had been richly caparisoned.
Слонът беше богато украсен.
The elephant was intended for the prince.
Слонът е бил предназначен за принца.
The framework of the palki was of silver.
Рамката на палките беше от сребро.
The palki was meant for the princess.
Палките бяха предназначени за принцесата.
And the horse was for the prince's friend.
А конят беше за приятеля на принца .
The prince was about to mount on the elephant.
Принцът се канеше да се качи на слона.
But then his friend spoke to him.
Но тогава приятелят му проговори с него.

"Allow me to ride on the elephant, please"

„Позволете ми да яздя слона, моля“

"And you can ride back on horseback"

„И можете да се върнете обратно на кон“

The prince was not a little surprised.

Принцът не беше малко изненадан.

The proposal had been made in a very cold manner.

Предложението беше направено по много хладен начин.

Maybe his friend felt a little too entitled.

Може би приятелят му се е чувствал малко прекалено самодоволен.

And the king's son was slightly annoyed.

И царският син беше леко раздразнен.

But he remembered what his friend had done for him.

Но той си спомни какво беше направил приятелят му за него.

And he remembered how he saved the princess.

И той си спомни как е спасил принцесата.

So he mounted the horse without objecting.

И така, той се качи на коня, без да възрази.

But his mind became somewhat alienated from him.

Но умът му някак си се отчужди от него.

The procession towards the capital started again.

Шествието към столицата започна отново.

After some time they came in sight of the palace.

След известно време те се появиха пред двореца.

The lion-gate had been gaily adorned.

Лъвската порта беше весело украсена.

There was a grand reception for the prince.

Имаше грандиозен прием за принца.

And the princess was equally anticipated.

И принцесата беше също толкова очаквана.

But the prince's friend seemed to have an objection.

Но приятелят на принца сякаш имаше възражение.

"I want the lion-gate to be broken down"

„Искам лъвската порта да бъде съборена“

The prince was astounded at the proposal.

Принцът беше изумен от предложението.
The request was very out of the ordinary.
Молбата беше много необичайна.
And he had given no reason for his demand.
И не беше посочил причина за искането си.
But he remembered all his friend had done for him.
Но той си спомняше всичко, което приятелят му беше направил за него.
And he remembered how he saved the princess.
И той си спомни как е спасил принцесата.
So he complied with the wish of his friend.
И така, той изпълни желанието на приятеля си.
And the beautiful lion-gate was torn down.
И красивата лъвска порта беше съборена.
But his mind became even more estranged from him.
Но умът му се отчужди още повече от него.
The procession now went into the palace.
Сега шествието влезе в двореца.
The king gave a warm reception to his son.
Кралят посрещнал сина си радушно.
He welcomed his daughter-in-law equally warmly.
Той посрещна снаха си също толкова топло.
And he was very pleased to see the prince's friend.
И той много се зарадва да види приятеля на принца.
The story of their adventures was related.
Историята за техните приключения беше свързана.
The king expressed great astonishment at the tale.
Кралят изрази голямо учудване от разказа.
And his courtiers were equally impressed.
И неговите придворни бяха еднакво впечатлени.
All praised the minister's son's devotion.
Всички похвалиха предаността на сина на министъра.
And the ladies of the palace praised the princess.
И дамите от двореца похвалиха принцесата.
The connoisseurs of beauty praised the princess.
Ценителите на красотата похвалиха принцесата.
Her complexion was a mixture of milk and vermilion.

Тенът ѝ беше смесица от мляко и цинобър.

Her neck was like that of a swan.

Вратът ѝ беше като на лебед.

Her eyes were like those of a gazelle.

Очите ѝ бяха като на газела.

Her lips were as red as the berry bimba.

Устните ѝ бяха червени като ягодовата бимба.

Her cheeks were as lovely as they could be.

Бузите ѝ бяха възможно най-прекрасни.

And her nose was straight and high.

И носът ѝ беше прав и висок.

Her hair reached down to her ankles.

Косата ѝ стигаше до глезените.

Her walk was as graceful as that of a young elephant.

Походката ѝ беше грациозна като на млад слон.

The princess whom destiny had brought to them.

Принцесата, която съдбата им беше донесла.

They sat around her wanting to know everything.

Те седяха около нея и искаха да знаят всичко.

And they put to her a thousand questions.

И ѝ зададоха хиляди въпроси.

They asked her about her parents.

Те я попитаха за родителите ѝ.

They asked her about the subterranean palace.

Те я попитаха за подземния дворец.

And they asked her all about the serpent.

И те я разпитаха всичко за змията.

The serpent which had killed all her relatives.

Змията, която беше убила всичките ѝ роднини.

Soon it was time for the new arrivals to dine.

Скоро дойде време новопристигналите да вечерят.

The dinner was served up in dishes of gold.

Вечерята беше сервирана в златни чинии.

All sorts of delicacies were on the table.

На масата имаше всякакви лакомства.

The most conspicuous dish was the head of a rohita fish.

Най-забележителното ястие беше главата на риба рохита.

The large fish's head was placed in a golden cup.

Главата на голямата риба била поставена в златна чаша.

And the cup was placed near the prince's plate.

И чашата беше поставена близо до чинията на принца.

All were eating and retelling the adventure.

Всички ядяха и преразказваха приключението.

And suddenly the prince's friend snatched the head.

И изведнъж приятелят на принца грабна главата.

He took the fish's head from the prince's plate.

Той взе главата на рибата от чинията на принца.

"Let me, prince, eat this rohita's head"

„Нека аз, принце, изям главата на този рохита“

The king's son was quite indignant.

Царският син беше доста възмутен.

But he remembered all his friend had done for him.

Но той си спомняше всичко, което приятелят му беше направил за него.

And he remembered how he saved the princess.

И той си спомни как е спасил принцесата.

And so he made no objection to the request.

И затова той не възрази срещу молбата.

But he could not hide his terrible rage.

Но той не можеше да скрие ужасната си ярост.

Of course the prince's friend noticed this.

Разбира се, приятелят на принца забеляза това.

But there was nothing else he could have done.

Но нямаше какво друго да направи.

His conduct, however strange, was necessary.

Поведението му, колкото и странно да беше, беше необходимо.

It was for the safety of his friend's life.

Това беше за безопасността на живота на приятеля му.

Nor could he tell his friend the reason.

Нито пък можеше да каже на приятеля си причината.

Else he would be transformed into a marble statue.

Иначе щеше да се превърне в мраморна статуя.

Soon the dinner was going to be over.

Скоро вечерята щеше да свърши.

The prince's friend had one more request.

Приятелят на принца имал още една молба.

The two friends had spent every night together.

Двамата приятели прекарваха всяка нощ заедно.

But tonight he wanted to go to his own house.

Но тази вечер той искаше да си отиде в собствената къща.

The prince was also shocked at his strange conduct.

Принцът също бил шокиран от странното му поведение.

But he remembered all his friend had done for him.

Но той си спомняше всичко, което приятелят му беше направил за него.

And he remembered how he saved the princess.

И той си спомни как е спасил принцесата.

And he also agreed to this request of his friend.

И той също се съгласи с тази молба на приятеля си.

The prince's friend, however, had other plans.

Приятелят на принца обаче имал други планове.

He had no intentions of going to his own house.

Той нямаше намерение да ходи в собствената си къща.

He was resolved to avert the last peril.

Той беше решен да предотврати последната опасност.

The last thing to threaten the life of his friend.

Последното нещо, което би заплашило живота на приятеля му.

Accordingly, he took a sword into his hand.

Съответно, той взе меч в ръка.

And he stealthily entered the royal room.

И той тайно влезе в кралската стая.

The room of the prince and the princess.

Стаята на принца и принцесата.

He ensconced himself under the bedstead.

Той се сгуши под леглото.

The bed was furnished with mattresses of down.

Леглото беше обзаведено с пухени матраци.

The mosquito curtains were of the richest silk.

Завесите против комари бяха от най-богатата коприна.

And all the bedding was laced with gold.

И цялото спално бельо беше обсипано със злато.

Soon the prince and princess came into the bedroom.

Скоро принцът и принцесата влязоха в спалнята.

They undressed themselves and went to bed.

Съблякоха се и си легнаха.

And soon the royal couple were asleep.

И скоро кралската двойка заспа.

At midnight he heard the slithering of a snake.

В полунощ той чу пълзенето на змия.

The sound was coming from a water passage.

Звукът идваше от воден канал.

A snake of gigantic size entered the room.

Змия с гигантски размери влезе в стаята.

The serpent climbed up the frame of the bed.

Змията се покатери по рамката на леглото.

The minister's son rushed out with the sword.

Синът на министъра се втурна навън с меча.

And he killed the serpent with one blow.

И той уби змията с един удар.

And then he cut the snake into smaller pieces.

И след това той наряза змията на по-малки парчета.

He put the pieces in the dish for holding betel-leaves.

Той сложи парчетата в съда за държане на бетелови листа.

But as he did this, he spilled a drop of blood.

Но докато правеше това, той проля капка кръв.

The drop of blood fell on the breast of the princess.

Капка кръв падна върху гърдите на принцесата.

Because the mosquito curtains had not been let down.

Защото завесите против комари не бяха спуснати.

He worried for the health of the princess.

Той се тревожеше за здравето на принцесата.

The blood might be of some sort of poison.

Кръвта може да е от някакъв вид отрова.

So he resolved to lick up the blood.

Затова той реши да оближе кръвта.

But he could not look at the naked princess.

Но той не можеше да погледне голата принцеса.

It would have been a great sin.

Това щеше да бъде голям грях.

So he blindfolded himself with seven-fold cloth.

И така, той си завърза очите със седем пъти сгънат плат.

And he licked off the drop of blood.

И той облиза капката кръв.

But just at this time the princess awoke.

Но точно в това време принцесата се събуди.

Her scream roused her husband from his sleep.

Викът ѝ събуди съпруга ѝ от съня му.

And he could not believe what he was seeing.

И не можеше да повярва на виждането си.

The prince fell into a great rage.

Принцът изпадна в голяма ярост.

And he was prepared to kill his friend.

И беше готов да убие приятеля си.

But he gave his friend a chance to speak.

Но той даде възможност на приятеля си да говори.

"Please, my friend, restrain your anger"

„Моля те, приятелю, сдържай гнева си"

"I have done this only to save your life"

„Направих това само за да ти спася живота"

The prince was more confused than before.

Принцът беше по-объркан от преди.

"I do not understand what you mean"

„Не разбирам какво имаш предвид"

"From the time we came out of the subterranean palace"

„От момента, в който излязохме от подземния дворец"

"You have been behaving in a most extraordinary way"

„Държиш се по най-необикновен начин"

"First, you insisted on riding my elephant"

„Първо, ти настоя да яздиш слона ми"

"The elephant my father had sent for me"

„Слонът, който баща ми беше изпратил за мен"

"I thought it was vain of you to ask"

„Мислех, че е напразно от твоя страна да питаш"

"But I remembered what you had done for me"
„Но си спомних какво беше направил за мен“
"And I decided to let the matter pass"
„И реших да оставя въпроса да отмине“
"And instead I rode back on horseback"
„И вместо това се върнах на кон“
"Secondly, you insisted on destroying the lion-gate"
„Второ, ти настоя да разрушиш лъвската порта“
"The lion-gate my father had adorned for me"
„Лъвската порта, която баща ми беше украсил за мен“
"I thought it was strange of you to ask"
„Струваше ми се странно да питаш“
"But I remembered what you had done for me"
„Но си спомних какво беше направил за мен“
"And I decided to let the matter pass"
„И реших да оставя въпроса да отмине“
"And I had the lion-gate destroyed"
„И разруших лъвската порта“
"Thirdly, at dinner you behaved most shamefully"
„Трето, на вечеря се държахте изключително срамно“
"You snatched the rohita's head from my plate"
„Грабна главата на рохитата от чинията ми“
"And you insisted on eating the fish head"
„И ти настоя да изядеш рибената глава“
"I thought you felt too entitled"
„Мислех, че се чувстваш прекалено привилегирован/а“
"But I remembered what you had done for me"
„Но си спомних какво беше направил за мен“
"So I decided to let the matter pass"
„Затова реших да оставя въпроса да отшуми“
"You then pretended that you were going home"
„След това се престори, че се прибираш вкъщи“
"And I was very glad you were going home"
„И много се радвах, че се прибираш у дома“
"Because you had made yourself very disagreeable"
„Защото се бяхте направили много неприятен“
"And now you are actually in my bedroom"

„И сега всъщност си в спалнята ми"

"You are bending over the naked bosom of my wife"

„Навеждаш се над голата гръд на жена ми"

"You must have had some evil plan"

„Сигурно си имал някакъв зъл план"

"And now you pretend you are saving my life"

„А сега се преструваш, че ми спасяваш живота"

"But I don't believe you want to save my life"

„Но не вярвам, че искаш да спасиш живота ми"

"I believe you want to destroy my wife's chastity"

„Вярвам, че искаш да разрушиш целомъдрието на жена ми"

The prince's friend knew how things looked.

Приятелят на принца знаеше как изглеждат нещата.

"Oh, do not harbor such thoughts in your mind"

„О, не таете такива мисли в ума си"

"Please do not think badly against me"

„Моля те, не мисли лошо за мен"

"The gods know what I have done"

„Боговете знаят какво съм направил"

"They know I did it to save your life"

„Те знаят, че го направих, за да ти спася живота"

"You would see the reasonableness of my conduct"

„Щеше да видиш разумността на поведението ми"

"But I don't have liberty to state my reasons"

„Но нямам право да излагам причините си"

The prince asked him to explain himself.

Принцът го помолил да обясни какво прави.

"And why are you not at liberty?"

„И защо не си на свобода?"

"Who has put a seal upon your mouth?"

„Кой е сложил печат на устата ти?"

And the prince's friend answered.

И приятелят на принца отговори.

"Destiny has put a seal upon my mouth"

„Съдбата ми е сложила печат на устата"

"If I told you, I would be transformed into marble"

„Ако ти кажа, щях да се превърна в мрамор"
The prince grew angrier with his friend.
Принцът се ядоса още повече на приятеля си.
"You should be transformed into a marble statue!"
„Трябва да се превърнеш в мраморна статуя!"
"You must take me to be a simpleton"
„Сигурно ме приемаш за простак"
"You can't expect me to believe this nonsense"
„Не можеш да очакваш да повярвам на тези глупости "
The minister's son made one last request.
Синът на министъра отправи последна молба.
"Do you wish me then, friend, for me to tell you?
„Искаш ли тогава, приятелю, да ти кажа?"
"You would make your friend turn into stone?"
„Ще превърнеш приятеля си в камък?"
The prince wanted to hear the reason.
Принцът искаше да чуе причината.
He did not care about the consequences.
Не го интересуваха последствията.
"Tell me, or else you are a dead man"
„Кажи ми, иначе си мъртъв човек"
The prince's friend wanted to clear his name.
Приятелят на принца искал да изчисти името си.
He wanted no foul accusations brought against him.
Той не искаше да му бъдат повдигнати никакви гнусни обвинения.
And he deemed it his duty to reveal the secret.
И той сметна за свой дълг да разкрие тайната.
Even if this would put his life at risk.
Дори ако това би изложило живота му на риск.
He again warned the prince not to ask him.
Той отново предупреди принца да не го пита.
But the prince remained inexorable.
Но принцът остана неумолим.
The prince's friend then told him his secret.
Тогава приятелят на принца му разказал тайната си.
"While sleeping under a lofty tree one night"

„Докато една нощ спях под високо дърво"
"I overheard a conversation between two birds.
„Дочух разговор между две птици."
"The prophesizing birds Bihangama and Bihangami"
„Пророкуващите птици Бихангама и Бихангами"
"Bihangama predicted all the dangers in your life"
„Бихангама предсказа всички опасности в живота ти"
"First the bird predicted your father would send an elephant"
„Първо птицата предсказа, че баща ти ще изпрати слон"
"The bird said you would fall from the elephant"
„Птицата каза, че ще паднеш от слона"
"And the bird said you would die from the fall"
„И птицата каза, че ще умреш от падането"
At this point the minister's son's legs turned to stone.
В този момент краката на сина на министъра се вкамениха.
"See? my legs have already turned to stone"
„Виждаш ли? Краката ми вече са се вкаменили"
"Go on with your story," said the prince.
— Продължавай с историята си — каза принцът.
And the prince's friend continued the story.
И приятелят на принца продължи историята.
"The bird said the lion-gate would be gaily decorated"
„Птицата каза, че лъвската порта ще бъде весело украсена"
"And the bird said the lion-gate would collapse on you"
„И птицата каза, че лъвската порта ще се срути върху теб"
"If the lion-gate had fallen on you, you would have died"
„Ако лъвската порта беше паднала върху теб, щеше да умреш"
At this point the minister's son's torso turned to stone.
В този момент торсът на сина на министъра се превърна в камък.
But the prince insisted the minister's son continues.
Но принцът настоял синът на министъра да продължи.
"Go on with your story," said the prince.
— Продължавай с историята си — каза принцът.

"The bird said there would be the head of a fish"
„Птицата каза, че ще има глава на риба“
"And the bird predicted you would choke on the fish"
„И птицата предсказа, че ще се задавиш с рибата“
Now his head was the only thing not of stone.
Сега главата му беше единственото нещо, което не беше от камък.
"See? my whole body has turned to stone"
„Виждаш ли? Цялото ми тяло се е превърнало в камък“
"If I continue, I will become a man of stone"
„Ако продължа, ще се превърна в каменен човек“
"Do you wish me to tell the rest"
„Искаш ли аз да разкажа останалото?“
"Go on with your story," said the prince.
— Продължавай с историята си — каза принцът.
"Very well, I will go on to the end"
„Добре, ще продължа до края“
"But you may repent after I tell you"
„Но може да се покаеш, след като ти кажа“
"And you may wish to restore me to life"
„И може би ще пожелаете да ме върнете към живот“
"I will tell you how to reverse the spell"
„Ще ти кажа как да обърнеш магията“
"In a few months the princess will bear a child"
„След няколко месеца принцесата ще роди дете“
"Wait for the birth of the child"
„Изчакайте раждането на детето“
"Besmear my statue with the infant's blood"
„Намажете статуята ми с кръвта на бебето“
"Only then will I be restored back to life"
„Само тогава ще бъда възстановен към живот“
The last word left his lips, and he turned to stone.
Последната дума излезе от устните му и той се превърна в камък.
The princess jumped out of bed.
Принцесата скочи от леглото.
She opened the vessel for betel-leaves and spices.

Тя отвори съда за бетелови листа и подправки.

And she saw the pieces of a serpent.

И тя видя парчетата от змия.

The prince and the princess were now convinced.

Принцът и принцесата вече бяха убедени.

They saw the good faith of their departed friend.

Те видяха добросъвестността на починалия си приятел.

They saw the benevolence of his actions.

Те видяха благосклонността на действията му.

They went to the marble statue.

Те отидоха до мраморната статуя.

But the statue of their friend was lifeless.

Но статуята на техния приятел беше безжизнена.

They let out a loud cry lamentation.

Те нададоха силен вик и плач.

But their cries were to no purpose.

Но виковете им бяха напразни.

Because the statue was not moved by tears.

Защото статуята не се трогна от сълзи.

The prince and princess knew what they had to do.

Принцът и принцесата знаеха какво трябва да направят.

They concealed the marble figure in a safe place.

Те скриха мраморната фигура на сигурно място.

And they waited for the birth of their child.

И те чакаха раждането на детето си.

In process of time the hour came.

С течение на времето часът дойде.

The princess's travail had arrived.

Родилните мъки на принцесата бяха настъпили.

The princess bore a beautiful boy.

Принцесата роди красиво момче.

The child was the perfect image of his mother.

Детето беше перфектният образ на майка си.

The beauty of their child was striking.

Красотата на детето им беше поразителна.

And they were in awe of him.

И те бяха във възторг от него.

They would have spared his life.
Щяха да му пощадят живота.
But they remembered their best friend.
Но те си спомниха за най-добрия си приятел.
They remembered all he had done for them.
Те си спомниха всичко, което той беше направил за тях.
But now he was a lifeless stone.
Но сега той беше безжизнен камък.
And they remembered the vows they had made.
И си спомниха обетите, които бяха дали.
And they cut the child into two.
И разсякоха детето на две.
They besmeared the statue with the child's blood.
Те оцапали статуята с кръвта на детето.
And their friend became animated back to life.
И техният приятел отново оживя.
They were glad to see him alive again.
Те се радваха да го видят отново жив.
But the prince's friend was overwhelmed with grief.
Но приятелят на принца беше обзет от мъка.
Because he saw the new-born in a pool of blood.
Защото видя новороденото в локва кръв.
So he picked up the dead infant.
И така, той вдигна мъртвото бебе.
He carefully wrapped the child in a towel.
Той внимателно уви детето в кърпа.
And he resolved to get the child restored to life.
И той реши да възкреси детето.
He consulted all the physicians of the country.
Той се консултира с всички лекари в страната.
They all told him the same thing.
Всички му казаха едно и също нещо.
A cure can be found for any illness.
Може да се намери лек за всяка болест.
But life requires the spark of life.
Но животът изисква искрата на живота.
When the spark is gone, it is beyond their jurisdiction.

Когато искрата изчезне, тя е извън тяхната юрисдикция.
And so they had to go on with their lives.
И така, те трябваше да продължат с живота си.

Eventually the prince's friend returned to his wife.
Накрая приятелят на принца се върнал при жена си.
She was a devoted worshipper of the goddess kali.
Тя беше предана поклонница на богинята Кали.
She was the only one who could return life.
Тя беше единствената, която можеше да върне живота.
His wife was living in a distant town.
Жена му живееше в далечен град.
So he set out on a journey to the town.
И така, той тръгна на пътешествие към града.
His wife still lived in her father's house.
Жена му все още живееше в къщата на баща си.
Adjoining the house there was a garden.
До къщата имаше градина.
And in the garden there was a tree.
И в градината имаше дърво.
The child had been stored in that tree.
Детето беше скрито в това дърво.
His wife was overjoyed to see her husband.
Жена му беше много щастлива да види съпруга си.
She had not seen him for a long time.
Тя не го беше виждала отдавна.
But she was surprised when she saw him.
Но тя се изненада, когато го видя.
Her husband was very melancholy that day.
Съпругът ѝ беше много меланхоличен този ден.
He spoke very little to his wife.
Той говореше много малко със съпругата си.
And his wife knew that he was not himself.
И жена му знаеше, че той не е на себе си.
He was brooding over something in his mind.
Той размишляваше върху нещо наум.
She asked the reason for his melancholy.

Тя попита за причината за меланхолията му.
But he kept quiet, and wouldn't tell her.
Но той мълчеше и не искаше да й каже.
One night they were lying together in bed.
Една нощ те лежаха заедно в леглото.
The wife got up and left the marital bed.
Съпругата стана и напусна семейното ложе.
She opened the door and went into the garden.
Тя отвори вратата и влезе в градината.
Her husband had not been able to sleep well.
Съпругът й не можеше да спи добре.
Therefore he awoke from the movement of his wife.
Затова той се събуди от движението на жена си.
He heard her leave in the dead of the night.
Той я чу да си тръгва посред нощ.
And he was determined to follow her.
И той беше решен да я последва.
But he was also determined not to be noticed.
Но той също така беше решен да не бъде забелязан.
She went to a temple of the goddess kali.
Тя отишла в храм на богинята Кали.
The temple was at no great distance from her house.
Храмът не беше на голямо разстояние от дома й.
She worshipped the goddess with flowers.
Тя се покланяла на богинята с цветя.
And she worshiped the goddess with sandal-wood perfume.
И тя се поклони на богинята с парфюм от сандалово дърво.
"Oh mother kali! have mercy upon me"
„О, майко Кали! Смили се над мен"
"Deliver me out of all my troubles"
„Избави ме от всичките ми беди"
The goddess replied to the woman.
Богинята отговори на жената.
"Why, what further grievance have you?
„Ами, какво друго оплакване имате?"
"You long prayed for the return of your husband"

„Дълго време се молеше съпругът ти да се завърне“
"And your prayers have been answered"
„И молитвите ви бяха чути“
"Your husband has returned to you"
„Съпругът ти се върна при теб“
"So then, what ails thee now?"
„И така, какво те мъчи сега?“
The woman answered the goddess.
Жената отговори на богинята.
"True, oh mother, my husband has come to me"
„Вярно е, майко, съпругът ми дойде при мен“
"But he has come to me in a melancholy mood"
„Но той дойде при мен в меланхолично настроение“
"He hardly speaks to me when I speak to him"
„Той почти не ми говори, когато аз говоря с него“
"He takes no delight in me when he is with me"
„Той не се радва на мен, когато е с мен“
"All he does is sit melancholy in a corner"
„Всичко, което прави, е да седи меланхолично в ъгъла“
The goddess replied to her devotee.
Богинята отговори на своя поклонник.
"Ask your husband why he feels melancholy"
„Попитай съпруга си защо се чувства меланхоличен“
"When he tells you, let me know the reason"
„Когато ти каже, кажи ми причината.“
The minister's son overheard the conversation.
Синът на министъра подслуша разговора.
But he stayed unnoticed by the goddess.
Но той остана незабелязан от богинята.
And his wife did not notice him either.
И жена му не го забеляза.
He quietly slunk away before his wife.
Той тихо се измъкна пред жена си.
And he returned back to bed before her.
И той се върна в леглото преди нея.
The following day the wife asked her husband.
На следващия ден съпругата попитала мъжа си.

"My dear husband, why are you in a melancholy mood?"
„Скъпи ми съпруже, защо си в меланхолично настроение?"
Her husband retold the whole story.
Съпругът ѝ преразказа цялата история.
He told her about the jewel serpent.
Той ѝ разказа за скъпоценната змия.
He told her about the subterranean palace.
Той ѝ разказа за подземния дворец.
He told her about the princess being captured.
Той ѝ разказа за залавянето на принцесата.
He told her how he freed the princess.
Той ѝ разказа как е освободил принцесата.
And he told her about Bihangama and Bihangami.
И той ѝ разказа за Бихангама и Бихангами.
He told her how he had turned to stone.
Той ѝ разказа как се е превърнал в камък.
And he told her how he was returned back to life.
И той ѝ разказа как се е върнал към живот.
So he told her also about the killing of the child.
И така, той ѝ разказал и за убийството на детето.
That night his wife left the bed again.
Същата нощ жена му отново стана от леглото.
And she returned to the goddess kali's temple.
И тя се върна в храма на богинята Кали.
And she told the goddess of her husband's melancholy.
И тя разказа на богинята за меланхолията на съпруга си.
The goddess listened intently to what was said.
Богинята слушаше внимателно какво се казваше.
"Bring the child here and I will restore it to life"
„Доведете детето тук и аз ще го възкреся"
The next night she left the marital bed again.
На следващата нощ тя отново напусна брачното ложе.
She went to the tree in the garden.
Тя отиде до дървото в градината.
And she took the child from the tree.
И тя взе детето от дървото.

And she took the child to the goddess kali.

И тя завела детето при богинята Кали.

And the goddess kali returned the child back to life.

И богинята Кали върна детето към живот.

The prince's friend was entranced with joy.

Приятелят на принца беше очарован от радост.

He picked up the reanimated child.

Той вдигна съживеното дете.

And he ran as fast as he could to his friend.

И той хукна колкото може по-бързо към приятеля си.

And he gave him his child, alive and well.

И му даде детето си, живо и здраво.

They all rejoiced with exceedingly great joy.

Всички се зарадваха с извънредно голяма радост.

And they lived together happily till the day of their death.

И те живееха щастливо заедно до деня на смъртта си.

The Indignant Brahman
Възмутеният Брахман

There was once a poor Brahman.
Имало някога един беден брахман.
This poor Brahman had a wife.
Този беден брахман имал жена.
And he also had four children.
И той също имаше четири деца.
He was a very poor man.
Той беше много беден човек.
And he had no resources in the world.
И той нямаше никакви ресурси на света.
He lived from the charity of others.
Той живееше от милосърдието на другите.
During marriages he earned well.
По време на бракове той печелеше добре.
And he earned well during funerals.
И печелеше добре по време на погребения.
But his parishioners did not marry daily.
Но енориашите му не се женили всеки ден.
And they did not die every day either.
И те не умираха всеки ден.
It was difficult to make the two ends meet.
Беше трудно да се свържат двата края.
His wife often rebuked him.
Жена му често го упрекваше.
"Why can you not support me?"
„Защо не можеш да ме подкрепиш?"
"Our children run around naked"
„Децата ни тичат голи наоколо"
"And they suffer from hunger"
„И те страдат от глад„
Though poor, he was a good man.
Макар и беден, той беше добър човек.
And he was diligent in his devotions.
И той беше усърден в своите молитви.

Every day he said his prayers.

Всеки ден той казваше молитвите си.

He prayed at the same time each day.

Той се молеше по едно и също време всеки ден.

His tutelary deity was the Goddess Durga.

Неговото божество-покровител беше богинята Дурга.

She is the consort of Shiva.

Тя е съпругата на Шива.

She is the creative energy of the universe.

Тя е съзидателната енергия на Вселената.

Every day he wrote the name of Durga.

Всеки ден той пишеше името Дурга.

He wrote the name in red ink.

Той написа името с червено мастило.

At least one hundred and eight times.

Поне сто и осем пъти.

He did not drink or eat till he did this.

Той не пи и не яде, докато не направи това.

throughout the day he uttered prayers.

през целия ден той произнасяше молитви.

"O Durga! have mercy upon me"

„О, Дурга! смили се над мен"

He prayed whenever he felt anxious.

Той се молеше винаги, когато се чувстваше тревожен.

And he often felt anxious.

И често се чувстваше тревожен.

Because he lived in poverty.

Защото е живял в бедност.

He prayed when his worries were too much.

Той се молеше, когато тревогите му бяха твърде големи.

And there were many things he worried about.

И имаше много неща, за които се тревожеше.

He worried about his wife and children.

Той се тревожеше за жена си и децата си.

And he worried about supporting them.

И той се тревожеше за издръжката им.

One day he was very sad.
Един ден той беше много тъжен.
On this day he went to a forest.
На този ден той отишъл в гората.
The forest was far outside the village.
Гората беше далеч извън селото.
He let out all his grief.
Той изля цялата си мъка.
And he wept bitter tears.
И той проля горчиви сълзи.
"O Durga! O Mother Bhagavati!"
"О, Дурга! О, Майко Бхагавати!"
"Please put an end to my misery?"
„Моля те, сложи край на мъките ми?"
"I wish I were alone in the world"
„Иска ми се да бях сам на света"
"Then my poverty wouldn't worry me"
„Тогава бедността ми нямаше да ме тревожи"
"But thou hast given me a wife"
„Но ти ми даде жена"
"And my wife has given me children"
„И жена ми ми даде деца"
"O Mother, I beg of you"
„О, майко, моля те"
"Give me the means to support them"
„Дайте ми средства да ги подкрепям"
Shiva and his wife Durga happened to be there.
Шива и съпругата му Дурга се оказали там.
They were taking their morning walk.
Те правеха сутрешната си разходка.
The Goddess Durga saw the Brahman at a distance.
Богинята Дурга видяла Брахмана отдалеч.
"O Lord of Kailas, do you see that Brahman?"
„О, Господарю на Кайлас, виждаш ли този Брахман?"
"He is always taking my name on his lips"
„Той винаги изрича името ми на уста"
"He prays I deliver him from his troubles"

„Той се моли да го избавя от бедите му“

"Can we not do something for the poor Brahman?"

„Не можем ли да направим нещо за бедния брахман?“

"He is oppressed with many cares"

„Той е угнетен от много грижи“

"And he deeply cares for his growing family"

„И той дълбоко се грижи за разрастващото се семейство“

"We should make his life more comfortable"

„Трябва да направим живота му по-комфортен“

"Because the poor man never has enough to eat"

„Защото бедният човек никога няма достатъчно храна“

"And his family doesn't have enough to eat either"

„И семейството му също няма достатъчно храна“

"Let us give him a pot"

„Нека му дадем гърне“

"A pot with an infinite supply of murukku"

„Гърне с безкраен запас от мурукку“

The divine consort was right.

Божественият съпруг беше прав.

The Lord of Kailas agreed to the proposal.

Властелинът на Кайлас се съгласи с предложението.

On the spot he created a magical pot.

На място той създаде вълшебна саксия.

Durga went to the poor Brahman.

Дурга отишла при бедния Брахман.

"O Brahman! My loyal devotee"

„О, Брахман! Мой верен предан“

"I have often thought of your pitiable case"

„Често съм мислил за твоя жалък случай“

"Your repeated prayers have moved my compassion"

„Вашите многократни молитви развълнуваха
състраданието ми“

"Here is a pot for you"

„Ето ти една тенджера“

"You must turn the pot upside down"

„Трябва да обърнеш тенджерата с главата надолу“

"And then you must shake the pot"

„И тогава трябва да разклатиш тенджерата“
"The finest murukku will pour out"
„Най-фината мурукку ще се излее“
"The murukku will keep pouring out forever"
„Мурукку ще се излива вечно“
"Until you put the pot upright again"
„Докато не поставиш тенджерата отново изправена“
"You can eat as much murukku as you like"
„Можеш да ядеш колкото си искаш муруку“
"Your wife and children will hunger no more"
„Жена ти и децата ти вече няма да гладуват“
"And you can sell the murukku if you like"
„И можеш да продадеш муруку, ако искаш“
The Brahman was delighted beyond measure.
Брахманът беше безкрайно възхитен.
He had received a truly valuable treasure.
Той беше получил наистина ценно съкровище.
He made his deepest obeisance to the goddess.
Той отдаде най-дълбокия си поклон пред богинята.
And he expressed his eternal gratefulness.
И изрази вечната си благодарност.

The Brahman had started walking home.
Брахманът беше тръгнал към дома си.
But first he had to test his magical pot.
Но първо трябваше да изпроба вълшебната си тенджера.
He wanted to see if the pot really worked.
Той искаше да види дали тенджерата наистина работи.
He turned the pot upside down.
Той обърна тенджерата с главата надолу.
And he shook the pot, as instructed.
И той разклати тенджерата, както му беше указано.
Lo and behold! The pot really did work.
И ето! Тенджерата наистина проработи.
The finest murukku fell to the ground.
Най-хубавото мурукку падна на земята.
He tied the sweetmeat in his sheet.

Той завърза бонбона в чаршафа си.

And he walked on, towards his village.

И той продължил да върви, към селото си.

By noon the Brahman had gotten hungry.

Към обяд брахманът огладнял.

But he could not eat without his ablutions.

Но той не можеше да яде без да се измие.

First, he had to say his prayers.

Първо, той трябваше да каже молитвите си.

There was an inn on his way.

По пътя му имаше хан.

Close to the inn there was a water tank.

Близо до кръчмата имаше резервоар за вода.

So, he intended to halt there.

И така, той възнамеряваше да спре там.

In order to bathe and say his prayers.

За да се изкъпе и да каже молитвите си.

After this he could eat all the murukku.

След това той можеше да изяде цялото мурукку.

The Brahman sat at the innkeeper's shop.

Брахманът седеше в магазина на ханджията.

The shopkeeper was smoking tobacco.

Търговецът пушеше тютюн.

He put the pot near the shopkeeper.

Той сложи тенджерата близо до продавача.

And he asked him to look after the pot.

И го помоли да се грижи за тенджерата.

"Please take special care of this pot"

„Моля, обърнете специално внимание на тази тенджера"

"I must bathe and say my prayers"

„Трябва да се изкъпя и да се помоля"

"Please look after this pot for me"

„Моля те, погрижи се за тази тенджера вместо мен"

"Make sure nothing happens to this pot"

„Уверете се, че нищо не се случи с тази тенджера"

He thought it was a strange request.

Той смяташе, че това е странна молба.

But he agreed to look after the pot.

Но той се съгласи да се грижи за тенджерата.

And the Brahman gave him the pot.

И брахманът му даде гърнето.

He besmeared his body with mustard oil.

Той намаза тялото си със синапено масло.

And he went to do his ablutions.

И той отиде да се измие.

The innkeeper grew curious about the pot.

Ханджията се заинтересува от тенджерата.

"This pot must have something valuable in it"

„В тази тенджера сигурно има нещо ценно"

"Why else would he be so careful?"

„Защо иначе би бил толкова внимателен?"

His curiosity had been excited.

Любопитството му беше възбудено.

So, he opened the pot.

И така, той отвори тенджерата.

To his surprise the pot was empty.

За негова изненада тенджерата беше празна.

"What can be the meaning of this?"

„Какво може да означава това?"

"Why does he care so much for an empty pot?"

„Защо толкова го е грижа за празна тенджера?"

He began to examine the pot more carefully.

Той започна да разглежда тенджерата по-внимателно.

During his inspection he turned the pot upside down.

По време на проверката си той обърна тенджерата с главата надолу.

And then the finest murukku fell out from the pot.

И тогава от тенджерата падна най-фината мурукку.

And the murukku didn't stop falling out.

И мурукку не спря да се кара.

The innkeeper called his wife and children.

Ханджията повика жена си и децата си.

He wanted them to witness what had happened.

Той искаше те да станат свидетели на случилото се.

An unexpected stroke of good fortune!
Неочакван късмет!
The pot gave copious showers of sugared paddy.
Тенджерата даваше обилни дъждове от захаросан ориз.
He filled all his pots and jars.
Той напълни всичките си тенджери и делви.
He knew he had to have this pot.
Той знаеше, че трябва да има тази тенджера.
So, he replaced the pot with another one.
И така, той замени тенджерата с друга.
He had a pot of the same size and color.
Той имаше саксия със същия размер и цвят.

The Brahman had finished his ablutions.
Брахманът беше завършил измиването си.
He had performed all of his devotions.
Той беше изпълнил всичките си молитви.
He came back to the shop in wet clothes.
Той се върна в магазина с мокри дрехи.
He was still reciting holy texts of the Vedas.
Той все още рецитираше свещените текстове на Ведите.
He put back on his dry clothes.
Той облече отново сухите си дрехи.
In red ink he wrote the name of Durga.
С червено мастило той написа името Дурга.
He wrote her name one hundred and eight times.
Той написа името ѝ сто и осем пъти.
After doing this he broke his fast.
След като направи това, той прекъсна поста си.
And he ate the murukku he had in his sheet.
И той изяде мурукуто, което имаше в чаршафа си.
He was refreshed from the meal.
Той се освежи от храната.
Now he could resume his journey home.
Сега можеше да продължи пътуването си към дома.
So he called to the innkeeper.
И така, той извика ханджията.

"Please could I get my pot back"
„Моля, мога ли да си получа тенджерата обратно?"
The innkeeper gave him back his pot.
Ханджията му върна гърнето.
"There, sir, here is your pot"
„Ето, господине, ето ви тенджерата"
"The pot is exactly where you had put it"
„Тенджерата е точно там, където я беше сложил"
"Your pot is just as you left it"
„Твоята тенджера е точно както си я оставил"
"I made sure no one has touched your pot"
„Уверих се, че никой не е докоснал тенджерата ти"
The Brahman didn't suspect a thing.
Брахманът не подозираше нищо.
He picked up the pot.
Той вдигна тенджерата.
And he proceeded on his journey home.
И той продължи пътя си към дома.

On his journey he had to think.
По време на пътуването си той трябваше да мисли.
He congratulated his good fortune.
Той честити късмета си.
"My wife will be most pleasantly surprised!"
„Жена ми ще бъде много приятно изненадана!"
"The children will devour the murukku!"
„Децата ще изядат муруку!"
"I shall soon become rich"
„Скоро ще стана богат"
"I will be able to lift my head up high"
„Ще мога да вдигна глава високо"
The pains of travelling had been reduced.
Болките от пътуването бяха намалели.
Now his problems were much more pleasant.
Сега проблемите му бяха много по-приятни.
Only anticipation made the journey difficult.
Само очакването правеше пътуването трудно.

He finally reached his home again.

Най-накрая отново стигна до дома си.

He called to his wife and children.

Той извика жена си и децата си.

"Look at what I have brought"

„Вижте какво съм донесъл"

"This pot is an unfailing source of wealth".

„Тази тенджера е неизчерпаем източник на богатство."

"We will never have to struggle again"

„Никога повече няма да се налага да се борим"

"I will turn the pot upside down"

„Ще обърна тенджерата с главата надолу"

"And then you will see something.

„И тогава ще видиш нещо.

"Something you've never seen before"

„Нещо, което никога преди не сте виждали"

"A stream of the finest murukku will flow"

„Ще потече поток от най-финия мурукку"

You can imagine what his wife was thinking.

Можете да си представите какво си е мислила жена му.

"My husband has gone mad," she thought.

„Съпругът ми е полудял", помисли си тя.

She was soon confirmed in her opinion.

Скоро мнението ѝ беше потвърдено.

Nothing fell from the pot, as promised.

Нищо не падна от тенджерата, както беше обещано.

He turned the pot upside down again and again.

Той обръщаше тенджерата с главата надолу отново и отново.

The Brahman was overwhelmed with grief.

Брахманът бил обзет от мъка.

He realized that he had been tricked.

Той осъзна, че е бил измамен.

The innkeeper must have swapped the pot.

Ханджията сигурно е сменил тенджерата.

He must have stolen Durga's pot.

Сигурно е откраднал гърнето на Дурга.

And he must have replaced the pot with a normal one.
И сигурно е сменил тенджерата с нормална.
He went back to the innkeeper the next day.
На следващия ден той се върна при ханджията.
And he accused him of having changed his pot.
И го обвини, че му е сменил тенджерата.
At first the innkeeper acted surprised.
В началото ханджията се престори на изненадан.
Then he pretended to be angry at the accusation.
След това се престори на ядосан от обвинението.
Finally, he chased him out of his shop.
Накрая го изгони от магазина си.

He had no way of getting the pot back.
Той нямаше как да си върне тенджерата.
The Brahman knew what he had to do.
Брахманът знаеше какво трябва да направи.
He went to see the goddess Durga again.
Той отново отишъл да види богинята Дурга.
Siva and Durga honored him with their presence.
Шива и Дурга го почетоха с присъствието си.
Durga spoke to the poor Brahman.
Дурга проговори на бедния брахман.
"So, you have lost the pot I gave you"
„Значи, загубил си тенджерата, която ти дадох"
"I take pity on your situation"
„Съжалявам за положението ти"
"Here is another magical pot"
„Ето още една вълшебна тенджера"
"Take this pot, and make good use of it"
„Вземи тази тенджера и я използвай добре"
The Brahman was elated with joy.
Брахманът беше във възторг от радост.
He made obeisance to the divine couple.
Той се поклони на божествената двойка.
And he took the pot with him.
И той взе тенджерата със себе си.

Again he had to see if the pot worked.

Отново трябваше да провери дали гърнето работи.

He turned the pot upside down.

Той обърна тенджерата с главата надолу.

And he shook the pot as before.

И той разклати тенджерата както преди.

And he waited for the murukku to fall out.

И той чакаше мурукку да падне.

But no, horror of horrors!

Но не, ужас на ужасите!

Murukku did not fall from the pot.

Муруку не падна от гърнето.

Instead of murukku, demons jumped out.

Вместо мурукку, демони изскочиха.

They began to beat the astonished Brahman.

Те започнали да бият изумения брахман.

The Brahman received punches and kicks.

Брахманът получавал удари с юмруци и ритници.

But he kept his presence of mind.

Но той запази присъствие на духа си.

He turned the pot the right way up.

Той обърна тенджерата нагоре по правилния начин.

And he covered the pot up again.

И той отново покри тенджерата.

Fortunately his quick thinking worked.

За щастие, бързото му мислене проработи.

The demons disappeared as soon as he did this.

Демоните изчезнаха веднага щом той направи това.

The Brahman tried to understand what this meant.

Брахманът се опитал да разбере какво означава това.

It must be to punish the innkeeper!

Сигурно е, за да накажат ханджията!

So he went to the innkeeper again.

И така, той отново отиде при ханджията.

He gave him the new pot.

Той му даде новата тенджера.

He begged of him to look after the pot.

Той го умоляваше да се грижи за тенджерата.

Just like he had done before.

Точно както беше правил преди.

He went for his ablutions and prayers.

Той отиде за измиване и молитви.

The innkeeper was delighted.

Ханджията беше във възторг.

He had been given a second godsend.

Беше му даден втори божи дар.

He agreed to take the greatest care of the pot.

Той се съгласи да се грижи максимално за тенджерата.

He waited for the Brahman to go.

Той чакаше брахманът да си отиде.

And he called his wife and children.

И той се обади на жена си и децата си.

"This is another pot from the Brahman"

„Това е още един съд от Брахмана“

"This time I hope it is not murukku"

„Този път се надявам да не е мурукку“

"I hope this pot is full of sandesa"

„Надявам се, че тази тенджера е пълна със сандеса“

"Come, be ready with the baskets"

„Ела, приготви кошниците“

"I will turn the pot upside down"

„Ще обърна тенджерата с главата надолу“

"And then I will shake the pot"

„И тогава ще разклатя тенджерата“

And he did what he said he would do.

И той направи това, което обеща, че ще направи.

But the room did not fill with food.

Но стаята не се напълни с храна.

This time the room filled with demons.

Този път стаята се изпълни с демони.

The demons caught hold of the innkeeper.

Демоните хванаха ханджията.

And the demons also caught his family.

И демоните хванаха и семейството му.

And the demons beat them mercilessly.

И демоните ги биеха безмилостно.

They would have completely destroyed the shop.

Щяха да унищожат магазина напълно.

But the victims ran to the Brahman.

Но жертвите хукнали към брахмана.

The Brahman had returned from his ablutions.

Брахманът се беше завърнал от измиването си.

The Brahman showed mercy to them.

Брахманът проявил милост към тях.

And he accepted their request.

И той прие молбата им.

But there was one condition to his help.

Но имаше едно условие за помощта му.

"I will only help if I get my pot back"

„Ще помогна само ако си върна гърнето"

The innkeeper didn't have much choice.

Ханджията нямаше голям избор.

He had to accept the Brahman's conditions.

Той трябваше да приеме условията на брахмана.

The Brahman put the pot upright again.

Брахманът отново постави тенджерата изправена.

And he put the lid on the pot.

И той сложи капака на тенджерата.

He took his pot back from the innkeeper.

Той взе гърнето си обратно от ханджията.

And he returned back to his village.

И той се върна обратно в селото си.

Now the Brahman had two magical pots.

Сега брахманът имал два магически съда.

The Brahman shut the door of his house.

Брахманът затвори вратата на къщата си.

And he called his family again.

И той отново се обади на семейството си.

He turned the murukku-pot upside down.

Той обърна гърнето с муруку с главата надолу.

And he shook the murukku-pot as before.

И той разтърси гърнето с муруку както преди.
This time the magic pot worked.
Този път вълшебната тенджера проработи.
An endless stream of the finest murukku.
Безкраен поток от най-добрите мурукку.
The family devoured the sweetmeat.
Семейството погълна сладкото.
They ate to their hearts' content.
Те ядоха до насита.
All the pots and pans were filled.
Всички тенджери и тигани бяха пълни.

The next day the Brahman became confectioner.
На следващия ден брахманът станал сладкар.
He opened a shop in his house.
Той отвори магазин в дома си.
And he sold the best murukku.
И той продаде най-хубавото муруку.
The whole village came to the Brahman's house.
Цялото село се събрало в къщата на брахмана.
They all wanted to buy the wonderful murukku.
Всички искаха да купят прекрасното мурукку.
They had never seen such murukku in their life.
Те никога не бяха виждали такова мурукку през живота
си.
It was the most delicious murukku they ever had.
Това беше най-вкусното муруку, което някога са яли.
No one had ever made anything like this dessert.
Никой досега не беше правил нещо подобно на този
десерт.
The reputation of the Brahman's murukku spread.
Славата за мурукку на брахмана се разпространила.
Soon people from outside the city came.
Скоро дойдоха хора от извън града.
Cartloads of the sweetmeat were sold every day.
Всеки ден се продаваха колички, пълни със сладкото месо.
The Brahman quickly became very rich.

Брахманът бързо станал много богат.

He built a large brick house.

Той построи голяма тухлена къща.

And he lived like a nobleman of the land.

И живееше като благородник в страната.

Once, however, his luck almost changed.

Веднъж обаче късметът му почти се обърна.

His children had taken the wrong pot.

Децата му бяха взели грешната тенджера.

A large number of demons came out.

Излязоха голям брой демони.

And they caught hold of the Brahman's wife.

И те хванаха жената на брахмана.

And they also caught his children.

И хванаха и децата му.

They were striking them mercilessly.

Те ги удряха безмилостно.

Fortunately the Brahman came back into the house.

За щастие, брахманът се върнал в къщата.

He turned the pot back to its proper position.

Той върна тенджерата на правилното ѝ място.

He wanted to prevent a similar catastrophe.

Той искаше да предотврати подобна катастрофа.

So the Brahman had a private room built.

И така, брахманът построил отделна стая.

And he put the pot in a secret place.

И той сложи тенджерата на тайно място.

Mortals, however, do not have the luck of Gods.

Смъртните обаче нямат късмета на боговете.

Uninterrupted prosperity is not their fortune.

Непрекъснатият просперитет не е тяхното богатство.

The demon-pot had been put out of the way.

Демоничният съд беше премахнат от пътя.

But why might accident not befall the murukku pot?

Но защо е възможно злополука да не сполети гърнето мурукку?

One day the Brahman and his wife were absent.

Един ден брахманът и жена му отсъстваха.

The children decided to shake the pot.

Децата решиха да разклатят тенджерата.

Each of them wanted to do the honors.

Всеки от тях искаше да окаже почестите.

So there was a fight to get the pot.

Така че имаше борба за получаване на гърнето.

In the struggle the pot fell to the ground.

В борбата тенджерата падна на земята.

Like any other earthen pot, it broke.

Като всеки друг глинен съд, той се счупи.

Eventually the Braham came back home again.

Накрая Брахам се върнал у дома.

You can imagine how the news grieved him.

Можете да си представите колко го натъжи новината.

Of course the children were well cudgeled.

Разбира се, децата бяха добре нагушкани.

But anger could not replace the pot.

Но гневът не можеше да замести гърнето.

After some days he went to the forest again.

След няколко дни той отново отишъл в гората.

He offered many a prayer for Durga's favor.

Той отправи много молитви за благоволението на Дурга.

At last Siva and Durga appeared to him.

Накрая Шива и Дурга му се явили.

They listened to how the pot had been broken.

Те слушаха как е била счупена тенджерата.

Durga decided to give him another pot.

Дурга решила да му даде още един съд.

But this pot was accompanied with a caution.

Но тази саксия беше придружена с предпазливост.

"Brahman, take care of this pot"

„Брахман, пази се от този съд“

"Do not break or lose this pot again"

„Не чупете и не губете тази тенджера отново“

"Next time I will not give you another pot"

„Следващия път няма да ти дам друга тенджера“

The Brahman made obeisance to the Gods.

Брахманът отдаде почит на боговете.

And he went straight back to his house.

И той се върна директно вкъщи.

This time he did not halt at the innkeepers'.

Този път не спря при ханджията.

He shut the door of his house.

Той затвори вратата на къщата си.

He called his family to him.

Той извика семейството си при себе си.

And he turned the pot upside down.

И той обърна тенджерата с главата надолу.

And then he began to shake the pot.

И тогава той започна да разклаща тенджерата.

They were only expecting murukku.

Те очакваха само мурукку.

But this time it was not murukku.

Но този път не беше мурукку.

A stream of beautiful sandesa poured out.

Поток от красива сандеса се изля.

It was the finest sandesa you can imagine.

Това беше най-добрата сандеса, която можете да си представите.

It truly was the food of Gods.

Това наистина беше храната на боговете.

The Brahman set up another shop.

Брахманът отворил друг магазин.

Now he was selling sandesa.

Сега продаваше сандеса.

The fame of his shop soon drew large crowds.

Славата на магазина му скоро привлече големи тълпи.

People came from all over the country.

Хора идваха от цялата страна.

At all festivals and marriage feasts.

На всички празници и сватбени пиршества.

And at all funeral celebrations in the area.

И на всички погребални тържества в района.

No one bought any other sandesa.
Никой не е купувал други сандеси.
All day long the pot produced sandesa.
През целия ден тенджерата произвеждала сандеса.
Gigantic jars were filled with sweet.
Гигантски буркани бяха пълни със сладкиши.
And the jars were sent all over the country.
И бурканите бяха изпратени из цялата страна.

The Brahman's wealth made the Zemindar jealous.
Богатството на брахмана карало земиндарите да завиждат.
In these days all villages had a Zemindar.
В онези дни всяко село е имало Земиндар.
He had heard strange things about the sandesa.
Беше чувал странни неща за сандесата.
He heard the dessert came from a magic pot.
Той чу, че десертът идва от вълшебна тенджера.
So he devised a plan to get this pot.
И така, той измисли план как да се сдобие с тази саксия.
His son was going to get married.
Синът му щеше да се жени.
To celebrate there was a great feast.
За да отпразнуват, имаше голям празник.
Many hundreds of people were invited.
Стотици хора бяха поканени.
Mountain-loads of sandesa were required.
Необходими бяха цели планини от сандеса.
The Zemindar made a proposal to the Brahman.
Земиндарът направил предложение на брахмана.
"Bring the magical pot to my house"
„Донесете вълшебната тенджера в моята къща"
At first the Brahman refused to bring the pot.
Отначало брахманът отказал да донесе гърнето.
But the Zemindar insisted.
Но Земиндар настояваше.
"I will have hundreds of guests"
„Ще имам стотици гости"

"I will need mountains of sandesa"
„Ще ми трябват планини от сандеса“
"More sandesa than you can carry"
„Повече сандеса, отколкото можеш да носиш“
"Bring the vessel to my house"
„Донесете съда в моята къща“
"It will be easier for you and me"
„Ще бъде по-лесно и за теб, и за мен“
Eventually the Brahman agreed.
В крайна сметка брахманът се съгласи.
Himalayas of sandesa were shaken out.
Хималаите от сандеса бяха разтърсени.
But the Zemindar got hold of the pot.
Но Земиндар се докопа до гърнето.
The Zemindar insulted the Brahman.
Земиндарът обидил брахмана.
And he chased him out of his house.
И го изгони от къщата му.
The Brahman didn't give vent to anger.
Брахманът не даде воля на гнева си.
Instead, he quietly went back to his house.
Вместо това, той тихо се върна вкъщи.
He went to the private room.
Той отиде в самостоятелната стая.
And he took out the demon-pot.
И той извади демоничния съд.
He came back to the Zemindar's house.
Той се върна в къщата на Земиндар.
And he went to the door of the Zemindar.
И той отиде до вратата на Земиндар.
He turned the pot upside down.
Той обърна тенджерата с главата надолу.
And then shook the magical pot.
И след това разклати вълшебната тенджера.
A hundred demons fell out of the pot.
Сто демона паднаха от гърнето.
The chaos was impossible to describe.

Хаосът беше невъзможен за описание.

The unearthly visitors flooded the party.

Неземните посетители наводниха купона.

They caught hundreds of the guests.

Те хванаха стотици гости.

And the demons beat them mercilessly.

И демоните ги биеха безмилостно.

The women were dragged by their hair.

Жените бяха влачени за косите.

The Zemindar was chased from room to room.

Земиндарят беше гонен от стая в стая.

The demons' mischief was getting out of hand.

Злобата на демоните излизаше извън контрол.

Someone had to put an end to their mischief.

Някой трябваше да сложи край на пакостите им.

Else all the men would have been killed.

Иначе всички мъже щяха да бъдат убити.

And the house would have been torn to the ground.

И къщата щеше да бъде срината до основи.

The Zemindar fell at the feet of the Brahman.

Земиндарът падна в краката на брахмана.

And he begged to be shown mercy.

И той се молеше да му бъде проявена милост.

The Brahman showed him great mercy.

Брахманът му показа голяма милост.

And he put the demons back in the pot.

И той върна демоните обратно в гърнето.

The Zemindar never disturbed the Brahman again.

Земиндар никога повече не безпокои брахмана.

Nor was he disturbed by anyone else.

Нито пък беше обезпокояван от някой друг.

And he lived for many happy years.

И той живя много щастливи години.

The Story of the Rakshasas
Историята на Ракшасите

There was once a poor dimwitted Brahman.

Имало едно време един беден, глупав брахман.

This dimwitted man had a wife, but no children.

Този глупак имал жена, но нямал деца.

But him not having children was probably for the best.

Но това, че той нямаше деца, вероятно беше за най-добро.

Because he was barely able to meet his own needs.

Защото едва успяваше да задоволи собствените си нужди.

And he could hardly supply enough for his wife.

И едва успяваше да осигури достатъчно за жена си.

But his dimwittedness was not even his biggest problem.

Но неговата глупост дори не беше най-големият му проблем.

This dimwitted man was also a rather lazy man!

Този глупак беше и доста мързелив!

He was averse to making any long journeys.

Той не се съпротивляваше на всякакви дълги пътувания.

Had he travelled further he might have had enough.

Ако беше пътувал по-далеч, може би щеше да му е достатъчно.

He could have got presents from rich men.

Можеше да получава подаръци от богати мъже.

This would have enabled them to live comfortably.

Това би им позволило да живеят комфортно.

There was a great king in a neighbouring country.

Имало един велик цар в съседна страна.

The mother of the great king had just died.

Майката на великия цар току-що беше починала.

So this king was celebrating the funeral obsequies.

Значи този крал е празнувал погребалната церемония.

And the funeral was celebrated with great pomp.

И погребението беше отпразнувано с голяма помпозност.

Brahmans and beggars were coming from faraway lands.

Брахмани и просяци идвали от далечни земи.

They all came expecting to receive rich presents.
Всички те дойдоха с очакването да получат богати подаръци.
The Brahman's wife requested him to also go.
Съпругата на брахмана го помолила също да отиде.
"Seize this opportunity and get us a little money"
„Възползвайте се от тази възможност и ни спечелете малко пари"
But his constitutional indolence stood in the way.
Но конституционната му леност му пречеше.
The woman, however, gave her husband no rest.
Жената обаче не давала почивка на съпруга си.
Finally she extorted from him the promise.
Накрая тя изтръгна обещанието от него.
He promised his wife that he would go.
Той обеща на жена си, че ще отиде.
The good woman, accordingly, cut down a plantain tree.
Добрата жена, следователно, отсякла едно живовляково дърво.
And she burnt the plantain tree to ashes.
И тя изгори живовляка на пепел.
With the ashes she cleaned the clothes of her husband.
С пепелта тя почистила дрехите на съпруга си.
And she made his clothes as white as any cleaner could.
И тя избеля дрехите му, както можеше да направи всеки чистач.
Her husband was going to the palace of a great king.
Съпругът ѝ отивал в двореца на велик цар.
The king could not be approached by men in rags.
Кралят не можеше да бъде приближен от мъже в дрипи.
Besides, Brahman are bound to appear neat and clean.
Освен това, Брахман са длъжни да изглеждат спретнати и чисти.
At last, one morning the Brahman left his house.
Най-накрая, една сутрин, брахманът напуснал дома си.
And he made his way to the palace of the great king.
И той се отправи към двореца на великия цар.

I have already mentioned he was a dimwitted man.
Вече споменах, че беше глупав човек.
He did not inquire which road he should take.
Той не попита кой път да поеме.
Instead, he walked on and on without directions.
Вместо това той продължи да върви, без да знае посоката.
And he followed wherever his nose pointed him.
И той го следваше, където и да го водеше носът му.
I don't need to say he was not on the right road.
Няма нужда да казвам, че не е бил на правилния път.
The regions he wandered became less and less inhabited.
Регионите, по които той се скиташе, ставаха все по-малко населени.
Soon he met no human being for many miles.
Скоро той не срещна човешко същество на много километри.
But there were many other things he saw there.
Но имаше и много други неща, които видя там.
Things he had never seen in all his life.
Неща, които никога не беше виждал през целия си живот.
He saw hillocks of cowries on the roadside.
Той видя купчини каури край пътя.
Cowries were shells used as money in those times.
Кауритата са били черупки, използвани като пари по онова време.
He kept going and saw hillocks of jewels.
Той продължи напред и видя купища скъпоценни камъни.
Next, he saw hillocks of four-anna pieces.
След това видя купчини от монети от по четири ана.
Further along were hillocks of eight-anna pieces.
По-нататък се виждаха хълмчета от осем ана.
And further yet were hillocks of rupees.
А още по-нататък имаше хълмове от рупии.
But the Brahman's surprise did not end there.
Но изненадата на брахмана не свърши дотук.
Next there was a hill of burnished gold-mohurs.

След това имаше хълм от полирани златни мохури.
The burnished gold-mohurs were shining brightly.
Полираните златни мохури блестяха ярко.
Because the gold-mohurs had been freshly minted.
Защото златните мохури бяха прясно отсечени.
Close to the hill of gold-mohurs was a large house.
Близо до хълма със златни мохури имаше голяма къща.
The house looked like the palace of a powerful king.
Къщата приличаше на дворец на могъщ крал.
At the door stood a lady of exquisite beauty.
На вратата стоеше дама с изящна красота.
The lady, seeing the Brahman, said;
Жената, като видя брахмана, каза:
"Come to me, my beloved husband"
„Ела при мен, любим мой съпруже"
"You married me when I was young"
„Ожени се за мен, когато бях млад"
"But you never came back after our marriage"
„Но ти никога не се върна след сватбата ни"
"Though I have been daily expecting you"
„Въпреки че те очаквах всеки ден"
"Blessed be this day," said the lady.
„Благословен да е този ден", каза дамата.
"On this day I see the face of my husband"
„На този ден виждам лицето на съпруга си"
"Come, my sweet, come in," she asked of him.
„Ела, мили мой, влез", помоли го тя.
"You must be fatigued from your long journey"
„Сигурно си уморен от дългото си пътуване"
"Wash your feet and rest, and eat and drink"
„Измий си краката, почини си, яж и пий"
"And after that we shall make ourselves merry"
„И след това ще се развеселим"
The Brahman was astonished beyond measure.
Брахманът бил безкрайно изумен.
He had no recollection marrying twice.
Той нямаше спомен да се е женил два пъти.

He remembered marrying the wife he left at home.

Той си спомни как се ожени за жената, която остави у дома.

But he did not remember marrying this lady.

Но той не си спомняше да се е оженил за тази дама.

But he remembered that he was a Kulin Brahman.

Но той си спомни, че е Кулин Брахман.

Perhaps his father got him married as a child.

Може би баща му го е оженил, когато е бил дете.

But what he thought did not matter much.

Но какво си мислеше той, нямаше голямо значение.

The woman was certain he was her husband.

Жената беше сигурна, че той е нейният съпруг.

And he had no reason to say he was not her husband.

И той нямаше причина да каже, че не е неин съпруг.

Because her beauty was more than he could fathom.

Защото красотата ѝ беше повече, отколкото той можеше да си представи.

As beautiful as the Goddesses of Indra's heaven.

Красиви като богините от небесата на Индра.

And he was sure that she was wealthy too.

И той беше сигурен, че тя също е богата.

These thoughts went through the Brahman's mind.

Тези мисли преминаха през ума на брахмана.

But the lady interrupted his flow of thought.

Но дамата прекъсна потока на мислите му.

"Are you doubting whether I am your wife?"

„Съмняваш ли се дали съм твоя жена?“

"Have you lost all memories of that happy event?

„Загубихте ли всички спомени от това щастливо събитие?“

"All the pomp and circumstance of our nuptials"

„Цялата помпозност и обстоятелство на нашата сватба“

"Come in, beloved; this is your house"

„Влез, любими; това е твоят дом“

"Because whatever is mine is thine also"

„Защото всичко, което е мое, е и твое“

The fair lady easily persuaded the Brahman.

Красивата дама лесно убедила брахмана.
And he succumbed to her loving entreaties.
И той се поддаде на нейните любящи молби.
And he went into the house of the lady.
И той влезе в къщата на дамата.
The house was not an ordinary one.
Къщата не беше обикновена.
The house was in fact a magnificent palace.
Къщата всъщност беше великолепен дворец.
All the apartments were large and lofty.
Всички апартаменти бяха големи и високи.
Every room in the palace was richly furnished.
Всяка стая в двореца беше богато обзаведена.
But one thing surprised the Brahman very much.
Но едно нещо много изненада брахмана.
There was no other person in all the house.
Нямаше никой друг в цялата къща.
The only one there was the lady herself.
Единствената там беше самата дама.
He could not account for the strange phenomenon.
Той не можеше да си обясни странното явление.
They meet anyone on their walks either.
Те също срещат някого по време на разходките си.
The fact was that the lady was not a human being.
Истината беше, че дамата не беше човешко същество.
What the lady really was was a Rakshasi.
Това, което наистина беше дамата, беше ракшаси.
She had eaten up the king and queen.
Тя беше изяла краля и кралицата.
And she had eaten all the members of the royal family.
И тя беше изяла всички членове на кралското семейство.
And gradually she had eaten their servants too.
И постепенно тя изяде и слугите им.
This was why there were no humans far and wide.
Ето защо наоколо нямаше хора.
The Rakshasi and the Brahman now lived together.
Ракшасите и брахманът сега живеели заедно.

After a week the former said to the latter;
След една седмица първият казал на втория;
"I am very anxious to see my sister"
„Много съм нетърпелив да видя сестра си"
"As you know, my sister is your other wife"
„Както знаеш, сестра ми е твоята друга съпруга "
"You must go and fetch my sister; your other wife"
„Трябва да отидеш да доведеш сестра ми; другата ти
жена."
"Then we shall all live together happily"
„Тогава всички ще живеем заедно щастливо"
"You must go to get her early tomorrow"
„Трябва да отидеш да я вземеш рано утре."
"I will give you clothes and jewels for her"
„Ще ти дам дрехи и бижута за нея"
Next morning the Brahman set out for his home.
На следващата сутрин брахманът тръгнал към дома си.
He was furnished with fine clothes.
Той беше обзаведен с изискани дрехи.
And he wore around his wrists costly ornaments.
И носеше около китките си скъпи украшения.

The poor woman was in great distress.
Горката жена беше в голямо страдание.
The funeral ceremony of the king's mother was over.
Погребалната церемония на майката на краля беше
приключила.
All the Brahmans and Pandits had returned.
Всички брамини и пандити се бяха върнали.
And they were loaded with donations.
И бяха отрупани с дарения.
But her husband had not returned.
Но съпругът ѝ не се беше върнал.
No one could give any news of him.
Никой не можеше да даде никакви новини за него.
Because no one had seen him there.
Защото никой не го беше видял там.

The woman therefore could only come to one conclusion.

Следователно жената можеше да стигне само до едно заключение.

He must have been murdered on the road by highwaymen.

Сигурно е бил убит на пътя от разбойници.

She was in this terrible suspense.

Тя беше обзета от ужасно напрежение.

But then one day she heard some rumors.

Но един ден тя чула някои слухове.

People in her village were talking about her husband.

Хората в селото ѝ говореха за съпруга ѝ.

They said they saw him coming back.

Казаха, че са го видели да се връща.

And they said he was dressed in fine clothes.

И казаха, че е бил облечен в хубави дрехи.

And they said he had fine jewels for his wife.

И казаха, че имал изящни бижута за жена си.

And sure enough the Brahman soon appeared.

И наистина, Брахман скоро се появи.

And he was carrying fine jewels for his wife.

И носеше изящни бижута за жена си.

On seeing his wife the Brahman thus accosted her;

Като видял жена си, брахманът се обърнал към нея по следния начин;

"Come with me, my dearest wife"

„Ела с мен, най-скъпа моя съпруго"

"I have found my first wife"

„Намерих първата си жена"

"She lives in a stately palace"

„Тя живее във величествен дворец"

"Near her palace are hillocks of rupees"

„Близо до двореца ѝ има хълмове с рупии"

"And there is a large hill of gold-mohurs"

„И има голям хълм от златни мохури"

"Why should you pine away in wretchedness?"

„Защо трябва да се изтощаваш от нещастие?"

"Why would you stay in this horrible place?"

„Защо би останал на това ужасно място?"
"Come with me to the house of my first wife"
„Ела с мен в къщата на първата ми жена"
"There we shall all live together happily"
„Там всички ще живеем заедно щастливо"
At first, she thought her half-witted man had gone mad.
В началото тя си помисли, че нейният глупав мъж е полудял.
She could not imagine the hillocks of rupees.
Тя не можеше да си представи хълмовете от рупии.
And she could not imagine a hill of gold-mohurs.
И тя не можеше да си представи хълм от златни мохури.
But then she saw how he was beautifully dressed.
Но тогава тя видя колко красиво е облечен.
Beautiful clothes of exquisite silks and satins.
Красиви дрехи от изящни копринени и сатенени материи.
Ornaments set with diamonds and precious stones.
Орнаменти, инкрустирани с диаманти и скъпоценни камъни.
Clothes fit for the queen of the land.
Дрехи, достойни за кралицата на страната.
Clothes only princesses were in the habit of putting on.
Дрехи, които само принцесите имаха навика да носят.
She concluded in her mind that something was amiss:
Тя заключи наум, че нещо не е наред:
Her stupid husband must have been tricked.
Глупавият й съпруг сигурно е бил измамен.
He must have fallen into the meshes of a Rakshasi.
Сигурно е попаднал в мрежите на някой ракшаси.
The Brahman, however, insisted his wife went with him.
Брахманът обаче настоял жена му да отиде с него.
"Feel free to stay here and pine away in poverty"
„Чувствайте се свободни да останете тук и да се изтощите в бедност"
"As for me, I will return to the palace of my first wife"
„Що се отнася до мен, аз ще се върна в двореца на първата си жена"

The good woman did her best to stop her husband.
Добрата жена направи всичко възможно да спре съпруга си.
But in the end she resolved to go with him.
Но накрая тя реши да тръгне с него.
Perhaps she could judge the matter better at the palace.
Може би щеше да прецени въпроса по-добре в двореца.

They set out accordingly the next morning.
Съответно, те тръгнаха на следващата сутрин.
They went the same road the Brahman had travelled.
Те тръгнаха по същия път, по който беше изминал брахманът.
The woman was not a little surprised by what she saw.
Жената беше не малко изненадана от видяното.
She saw the hillocks of cowries and of jewels.
Тя видя хълмчетата от каури и скъпоценни камъни.
And she saw hillocks of eight-anna pieces.
И тя видя купчини монети от по осем ана.
And she saw the hillocks of rupees too.
И тя видя и хълмчетата от рупии.
And last of all she saw a lofty hill of gold-mohurs.
И накрая тя видя висок хълм от златни мохури.
She saw also an exceedingly beautiful lady.
Тя видя и една изключително красива дама.
The lady of the palace was hastening towards her.
Дамата на двореца бързаше към нея.
The lady fell on the neck of the Brahman woman.
Дамата падна на врата на брахманката.
And she wept tears of joy, and said:
И тя заплака от радост и каза:
"Welcome, beloved sister!"
„Добре дошла, любима сестро!"
"This is the happiest day of my life!"
„Това е най-щастливият ден в живота ми!"
"I see the face of my dearest sister again!"
„Виждам отново лицето на най-скъпата си сестра!"

The husband and his two wives entered the palace.
Съпругът и двете му съпруги влязоха в двореца.
Now he was lodged in a stately mansion.
Сега той беше настанен във величествено имение.
The most delectable food appeared, as if by enchantment.
Най-вкусната храна се появи, сякаш по магия.
He was caressed and endeared by his two wives.
Той беше гален и обожаван от двете си съпруги.
Both wives did their best to make him happy.
И двете съпруги правеха всичко възможно, за да го
направят щастлив.
Both wives did their best to make him comfortable.
И двете съпруги направиха всичко възможно, за да му е
удобно.
His two wives were competing for his love.
Двете му съпруги се съревноваваха за любовта му.
The Brahman had a jolly time of it.
Брахманът си прекарал весело.
He was steeped in an ocean of enjoyment.
Той беше потопен в океан от удоволствие.
The Brahman lived in this state of Elysian pleasure.
Брахманът живееше в това състояние на елисейско
удоволствие.
Some fifteen or sixteen years he spent this way.
Около петнадесет или шестнадесет години прекара той по
този начин.
**During this time his two wives presented him with two
sons.**
През това време двете му съпруги му дарили двама сина.
The Rakshasi's son was the elder.
Синът на ракшаси беше по-възрастният.
He looked more like a god than a human being.
Той приличаше повече на бог, отколкото на човек.
He was named Sahasra-Dal.
Той беше наречен Сахасра-Дал.
His name meant the thousand-branched.
Името му означаваше „хилядоразклонен“.

The son of the Brahman woman was a year younger.
Синът на брахманката бил с една година по-млад.
He was named Champa-Dal
Той беше наречен Чампа-Дал
His name meant the branch of a champaka tree.
Името му означавало клон на дърво чампака.
The two brothers loved each other dearly.
Двамата братя се обичаха силно.
They were both sent to the same school.
И двамата бяха изпратени в едно и също училище.
The school was several miles distant from the palace.
Училището беше на няколко мили разстояние от двореца.
Every day they rode their two little ponies to school.
Всеки ден те яздеха двете си малки понита до училище.
The Brahman woman had always been suspicious.
Брахманката винаги е била подозрителна.
A thousand little circumstances gave her clues.
Хиляди малки обстоятелства ѝ дадоха насоки.
She knew her sister-in-law was not a human being.
Тя знаеше, че снаха ѝ не е човешко същество.
She was sure her sister-in-law was a Rakshasi.
Тя беше сигурна, че снаха ѝ е ракшаси.
But her suspicion had not yet ripened into certainty.
Но подозрението ѝ все още не беше узряло в увереност.
Because the Rakshasi exercised great self-restraint.
Защото ракшасите проявявали голямо самообладание.
She never did anything which human beings did not do.
Тя никога не е правила нещо, което човешките същества
не правят.
But she couldn't hide her demonic nature forever.
Но тя не можеше да крие демоничната си природа
завинаги.
Her demonic nature was eventually going to reveal itself.
Демоничната ѝ природа в крайна сметка щеше да се
разкрие.

The Brahman had little to keep him busy.

Брахманът нямаше много работа, която да го занимава.
In order to pass his time he went hunting.
За да си прекара времето, той ходеше на лов.
The first day he returned with an antelope.
Първия ден той се върна с антилопа.
The antelope was laid in the courtyard of the palace.
Антилопата беше положена в двора на двореца.
The Rakshasi saw the antelope with great interest.
Ракшасите наблюдаваха антилопата с голям интерес.
At the sight of the raw meat her mouth began to water.
При вида на суровото месо устата й започна да се налива.
The antelope was never taken to the kitchen.
Антилопата никога не е била водена в кухнята.
Instead, the Rakshasi took the antelope to another room.
Вместо това, ракшасите завели антилопата в друга стая.
In this room she began devouring the antelope.
В тази стая тя започна да поглъща антилопата.
The Brahman woman saw everything from a secret room.
Брахманката виждаше всичко от тайна стая.
Her Rakshasi sister tore a leg off the antelope.
Нейната сестра ракшаси откъсна крак от антилопата.
She saw how she opened her tremendous jaw.
Тя видя как отвори огромната си челюст.
And in one mouthful she swallowed up the leg.
И на една хапка тя глътна крака.
The other limbs were devoured in the same manner.
Останалите крайници бяха погълнати по същия начин.
And opening her jaw even further, she swalled the body.
И отваряйки още повече челюстта си, тя глътна тялото.
Only a little bit of the meat was kept for the kitchen.
Само малка част от месото беше запазена за кухнята.
On the second day the Brahman caught another antelope.
На втория ден брахманът хванал друга антилопа.
On the third day the Brahman caught another antelope.
На третия ден брахманът хванал друга антилопа.
The Rakshasi was unable to restrain her appetite.
Ракшаси не можа да сдържи апетита си.

The raw flesh brought out her demonic nature.

Суровата плът изваждаше наяве демоничната й природа.

And she devoured each antelope like the last.

И тя погълна всяка антилопа като предишната.

On the third day the Brahman woman expressed her surprise.

На третия ден брахманката изрази изненадата си.

"Nearly three whole antelopes have disappeared"

„Почти три цели антилопи са изчезнали"

"All that is left is a little bit of meat"

„Всичко, което е останало, е малко месо"

The Rakshasi did not appreciate the accusation.

Ракшасите не оцениха обвинението.

"Do I eat raw flesh?" she asked fiercely.

„Да ям ли сурово месо?" — попита тя яростно.

"Perhaps you do eat raw flesh," replied the Brahman woman.

„Може би наистина ядете сурово месо", отвърна брахманката.

"I have nothing to prove the contrary"

„Нямам какво да доказвам обратното"

The Rakshasi knew she had been discovered.

Ракшасите знаеха, че е била открита.

Her eyes became even fiercer than before.

Очите й станаха още по-свирепи от преди.

And she vowed to get her revenge.

И тя се закле да си отмъсти.

The Brahman woman concluded her fate was sealed.

Брахманката заключила, че съдбата й е предопределена.

She thought her husband would meet the same fate.

Тя си мислеше, че съпругът й ще сполети същата съдба.

She did not expect her son to be spared either.

Тя също не очакваше синът й да бъде пощаден.

That night she hardly slept at all.

Тази нощ тя почти не спа.

The Rakshasi had prevented her from seeing her husband.

Ракшасите й бяха попречили да види съпруга си.

Early next morning Champa-Dal went to school.

Рано на следващата сутрин Чампа-Дал отиде на училище.

Before he went to school she gave her son a golden bottle.

Преди да отиде на училище, тя дала на сина си златна бутилка.

In the golden bottle was her own breast milk.

В златното шише имаше нейното собствено кърма.

"Carefully watch the colour of the milk"

„Внимателно следете цвета на млякото"

"If the milk turns red, your father has been killed"

„Ако млякото стане червено, баща ти е убит"

"If the milk turns redder, then I have been killed"

„Ако млякото стане по-червено, значи съм убит"

"If the milk turns red you must gallop away"

„Ако млякото стане червено, трябва да си тръгнеш в галоп"

"Gallop as fast as your horse can carry you"

„Галопирай толкова бързо, колкото конят ти може да те носи"

"If you do not run away, you will be devoured"

„Ако не избягаш, ще бъдеш погълнат"

That morning the Rakshasi made a suggestion to her husband.

Същата сутрин ракшаси направила предложение на съпруга си.

"Let us bathe in the river this morning"

„Хайде да се изкъпем в реката тази сутрин"

She would not take no for an answer.

Тя не приемаше „не" за отговор.

The river was some distance from the palace.

Реката беше на известно разстояние от двореца.

The Brahman followed her as meekly as a lamb.

Брахманът я последва кротко като агне.

The Brahman woman saw that her doom was near.

Брахманката видя, че съдбата й е близо.

But it was beyond her power to avert the catastrophe.

Но беше извън нейните сили да предотврати катастрофата.

The Brahman and the Rakshasi did indeed reach the river.

Брахманът и ракшасите наистина стигнаха до реката.

Soon after the Rakshasi changed into her real dimensions.

Скоро след това Ракшаси се промени в истинските си измерения.

She tore the Brahman limb from limb.

Тя разкъса Брахмана край по край.

She devoured him like she had devoured the antelope.

Тя го погълна, както беше погълнала антилопата.

Then she ran back to her palace.

След това тя хукна обратно към двореца си.

The wive's fate was the same as the Brahman's.

Съдбата на съпругата била същата като тази на брахмана.

Young Champ Dal had done as his mother instructed.

Младият Чамп Дал беше направил както му беше наредила майка му.

He was diligently observing the golden bottle.

Той внимателно наблюдаваше златната бутилка.

He paid special attention to the colour of the milk.

Той обърна специално внимание на цвета на млякото.

He was horror-struck to find the milk redden a little.

Той се ужаси, когато установи, че млякото леко се е зачервило.

"My father has been killed," he cried.

„Баща ми е убит", извика той.

Soon after the milk completely reddened.

Скоро след това млякото напълно се зачерви.

"Now my mother has been killed too," he cried.

„Сега и майка ми е убита", извика той.

Quickly he rushed to mount his pony.

Той бързо се втурна да яхне понито си.

His half-brother, Sahasra-Dal, was surprised.

Неговият полубрат, Сахасра-Дал, беше изненадан.

"Where are you going, Champa?"

„Къде отиваш, Чампа?“

"Why are you crying, brother?"

„Защо плачеш, братко?“

"Let me accompany you to wherever you are going"

„Нека те придружа, където и да отиваш“

But Champa-Dal now feared his brother.

Но Чампа-Дал сега се страхуваше от брат си.

"Oh! do not come to me," he objected.

„О, не идвай при мен!“ — възрази той.

"Your mother has devoured my father and mother"

„Майка ти изяде баща ми и майка ми“

"Don't you come and devour me"

„Не идвай и не ме поглъщай“

"I will not devour you," he promised his brother.

„Няма да те изям“, обеща той на брат си.

"I'll save you," he promised his brother.

„Ще те спася“, обеща той на брат си.

And he galloped after his brother, Champa-Dal.

И той препусна след брат си, Чампа-Дал.

Soon his mother, the Rakshasi, appeared at a distance.

Скоро майка му, ракшаси, се появи в далечината.

She demanded Champa-Dal to come to her.

Тя поиска Чампа-Дал да дойде при нея.

But Champa-Dal knew better than to go to the Rakshasi.

Но Чампа-Дал знаеше, че е по-добре да не отива при ракшасите.

"Champa-Dal will not come to you, but I will"

„Чампа-Дал няма да дойде при теб, но аз ще дойда“

And instead, Sahasra-Dal went to his mother.

И вместо това, Сахасра-Дал отишъл при майка си.

The young prince always carried a sword with him.

Младият принц винаги носел меч със себе си.

With his sword he cut off his mother's head.

С меча си той отряза главата на майка си.

Champa-Dal had not stayed to witness this.

Чампа-Дал не беше останал, за да стане свидетел на това.

He had galloped off as far as his pony could carry him.

Той беше препуснал в галоп, докъдето можеше да го носи понито му.

Because he was running for his life.

Защото бягаше, за да си спаси живота.

But Sahasra-Dal soon caught up with his brother.

Но Сахасра-Дал скоро настигна брат си.

And he told him that his mother was no more.

И му каза, че майка му вече я няма.

This was small consolation to Champa-Dal.

Това беше малка утеха за Чампа-Дал.

The Rakshasi had already devoured both his parents.

Ракшасите вече бяха погълнали и двамата му родители.

But he could still not trust Sahasra-Dal's friendship.

Но той все още не можеше да се довери на приятелството на Сахасра-Дал.

They both rode as fast as their horses could carry them.

И двамата яздиха толкова бързо, колкото можеха да ги носят конете им.

And their horses could carry them very far.

И конете им можеха да ги носят много далеч.

Because their horses were Pakshirajes horses.

Защото конете им бяха коне от племената на пакшираджите.

Pakshirajes horses are the kings of birds.

Конете от племето Пакширадж са царете на птиците.

On their horses they travelled over hundreds of miles.

На конете си те пътуваха стотици мили.

An hour or two before sundown they reached a village.

Час-два преди залез слънце стигнаха до едно село.

Here they became the guests of a respectable family.

Тук те станали гости на едно уважавано семейство.

But the two brothers saw the family was in gloom.

Но двамата братя видяха, че семейството е в униние.

Something was agitating the family very much.

Нещо много тревожеше семейството.

Some of the family held private consultations.

Някои от семейството проведоха частни консултации.

And others in the family were weeping.

И други в семейството плачеха.

The mother was the eldest lady in the house.

Майката беше най-възрастната жена в къщата.

"I will go, as I am the eldest," she said.

„Ще отида, тъй като съм най-голямата“, каза тя.

"I have lived long enough"

„Живях достатъчно дълго“

"At most my life would be cut short by a year or two"

„Най-много животът ми ще бъде съкратен с година или две“

The youngest member of the house was a little girl.

Най-младият член на къщата беше малко момиченце.

"I will go, as I am young," she said.

„Ще отида, тъй като съм млада“, каза тя.

"I am useless to the family"

„Аз съм безполезен за семейството“

"If I die, I shall not be missed"

„Ако умра, няма да ми липсва“

The head of the house was the son of the old lady.

Главата на къщата беше синът на старата дама.

"I am the representative of the family," he said.

„Аз съм представител на семейството“, каза той.

"It is but reasonable that I should give up my life"

„Няма нищо лошо в това да се откажа от живота си“

He also had a younger brother.

Той имаше и по-малък брат.

"You are the pillar of the family," he said.

„Ти си стълбът на семейството“, каза той.

"If you go the whole family is ruined"

„Ако си тръгнеш, цялото семейство е съсипано“

"It is not reasonable that you should go"

„Не е разумно да си тръгваш“

"I will go, as I shall not be much missed"

„Ще отида, защото няма да ми липсва много“

The two strangers listened to all this conversation.

Двамата непознати слушаха целия този разговор.

You can imagine their curiosity was not little.

Можете да си представите, че любопитството им не беше малко.

They wondered what the discussion could be about.

Те се чудеха за какво може да е дискусията.

Sahasra-Dal took the risk of being thought meddlesome.

Сахасра-Дал пое риска да бъде сметната за натрапчива.

"What is the subject of your consultations?"

„Каква е темата на вашите консултации?"

"What is the reason for your deep miserable?"

„Каква е причината за дълбокото ти нещастие?"

"Why are your words full of countenances?"

„Защо думите ти са пълни с изражения на лицата?"

The head of the house gave the following answer.

Главата на къщата даде следния отговор.

"There is something you must know, me worthy guests"

„Има нещо, което трябва да знаете, скъпи гости."

"These lands are infested by a terrible Rakshasi"

„Тези земи са нападнати от ужасен ракшаси"

"This Rakshasi has depopulated all the regions here"

„Този ракшаси обезлюди всички региони тук"

"This town, too, would have been depopulated"

„И този град щеше да се обезлюди"

"But that our king became suppliant to the Rakshasi"

„Но че нашият крал станал умолител на ракшасите"

"He begged her to show mercy to us his people"

„Той я умоляваше да прояви милост към нас, неговия народ"

The Rakshasi replied to the king.

Ракшасите отговорили на краля.

"I will consent to show mercy to your subjects"

„Ще се съглася да проявя милост към поданиците ти"

"But there is one condition for my mercy"

„Но има едно условие за моята милост"

"Every night I demand one human being"

„Всяка нощ изисквам едно човешко същество"

"I don't mind if it is a male or a female"

„Нямам значение дали е мъж или жена"

"Put the human being in a temple for me to feast"

„Поставете човешкото същество в храм, за да се угощавам."

"If I get a human being every night I will rest satisfied"

„Ако всяка вечер получавам човешко същество, ще си почина спокойно"

"Promise me this and I will commit no further depredations"

„Обещай ми това и няма да извърша повече грабежи"

"Your subjects will be spared from my ravenous hunger"

„Поданиците ви ще бъдат пощадени от моя ненаситен глад"

"Our king had no other alternative than to agree"

„Нашият крал нямаше друг избор, освен да се съгласи"

"What human can ever hope to contend against a Rakshasi?"

„Кой човек може някога да се надява да се изправи срещу ракшаси?"

"From that day the king made a new law"

„От този ден царят издаде нов закон"

"Every family has to send one member to the temple"

„Всяко семейство трябва да изпрати един член в храма"

"To appease the wrath of the terrible Rakshasi"

„За да умилостиви гнева на ужасния Ракшаси"

"To satisfy the endless hunger of the Rakshasi"

„За да задоволи безкрайния глад на ракшасите"

"All the families in this neighbourhood have had their turn"

„Всички семейства в този квартал са имали своя ред"

"This night it is the turn of our family"

„Тази вечер е ред на нашето семейство"

"One of us is to devote ourself to destruction"

„Един от нас е да се посвети на унищожението"

"We are therefore discussing who should go to the Rakshasi"

„Затова обсъждаме кой трябва да отиде при Ракшаси"

"You can now perceive the cause of our distress"

„Сега можете да разберете причината за нашето страдание“
The two friends consulted together for a few minutes.
Двамата приятели се съветваха няколко минути.
After this time they concluded their consultation.
След това време те приключиха консултацията си.
Sahasra-Dal was the spokesman for the brothers.
Сахасра-Дал беше говорител на братята.
“Most worthy host, do not any longer be sad”
„Достопочтен домакиню, не бъди повече тъжен“
“You have been very kind to us”
„Бяхте много мили с нас“
“We have resolved to requite your hospitality”
„Решихме да се отплатим за гостоприемството ви“
“We will go to the temple instead of you”
„Ние ще отидем в храма вместо теб“
“We shall go as your representatives”
„Ще отидем като ваши представители“
“We will become the food of the Rakshasi”
„Ще станем храна на ракшасите“
The whole family protested against the proposal.
Цялото семейство протестира срещу предложението.
They declared that guests were like gods.
Те заявиха, че гостите са като богове.
“The host must ensure the comfort of the guests”
„Домакинът е длъжен да осигури комфорта на гостите“
“The guests must not suffer for the host”
„Гостите не трябва да страдат заради домакина“
But the two strangers could not be persuaded.
Но двамата непознати не можеха да бъдат убедени.
“We will stand as proxies for your family”
„Ще бъдем пълномощници на вашето семейство“
There was a great deal of objection to the proposal.
Имаше много възражения срещу предложението.
But eventually the guests persuaded their hosts.
Но в крайна сметка гостите убедиха домакините си.
Finally the hosts consented to the arrangement.

Накрая домакините се съгласиха с уговорката.

Sahasra-Dal and Champa-Dal rode off on their horses.
Сахасра-Дал и Чампа-Дал отпътуваха на конете си.
Immediately after candle light they reached the temple.
Веднага след запалването на свещите те стигнаха до храма.
They went into the temple, and shut the door.
Те влязоха в храма и затвориха вратата.
Sahasra told his brother to go to sleep.
Сахасра казал на брат си да си ляга да спи.
"I will guard over your sleep"
„Ще пазя съня ти“
"I will watch out for the terrible Rakshasi"
„Ще внимавам за ужасния Ракшаси“
Champa was soon in a fine sleep.
Чампа скоро заспа чудесно.
Sahasra lay awake, waiting for the Rakshasi.
Сахасра лежеше буден и чакаше ракшаси.
Nothing happened during the early hours of the night.
Нищо не се случи в ранните часове на нощта.
But then the gong of the king's bell sounded.
Но тогава прозвуча гонгът на кралската камбана.
It was midnight, the dead hour of the night.
Беше полунощ, мъртвият час на нощта.
Sahasra heard the sound as of a rushing tempest.
Сахасра чу звука като от вихрушка на буря.
He used the knowledge he had of Rakshasas.
Той използвал знанията, които имал за Ракшасите.
He concluded the Rakshasi was nigh.
Той заключи, че ракшасите са близо.
A thundering knock was heard at the door.
На вратата се чу оглушително чукане.
The following words accompanied the knock at the door:
Следните думи съпроводиха почукването на вратата:
"How, mow, khow! A human being I smell"
„Как, кос, хоу! Мирише ми на човешко същество.“
"Who keeps guard inside this temple?"

„Кой пази вътре в този храм?“

To this question Sahasra-Dal made the following reply:

На този въпрос Сахасра-Дал отговори следното:

"Sahasra-Dal keeps guard inside this temple"

„Сахасра-Дал пази стража в този храм“

"Champa-Dal keeps guard inside this temple"

„Чампа-Дал пази стража в този храм“

"Two winged horses keep guard inside this temple"

„Два крилати коня пазят вътре в този храм“

Rakshasa blood flowed through Sahasra-Dal's veins.

Кръвта на Ракшаса течеше във вените на Сахасра-Дал.

The Rakshasi knew Sahasra-Dal was not human.

Ракшаси знаеха, че Сахасра-Дал не е човек.

And so the Rakshasi turned away with a groan.

И така, ракшаси се обърна със стон.

After an hour the Rakshasi returned to the temple.

След час ракшаси се върна в храма.

The Rakshasi thundered at the door again.

Ракшасите отново затропаха с гръм по вратата.

"How, mow, khow! A human being I smell"

„Как, кос, ох! Мирише ми на човешко същество.“

"Who keeps guard inside this temple?"

„Кой пази вътре в този храм?“

To this question Sahasra-Dal again replied:

На този въпрос Сахасра-Дал отново отговори:

"Sahasra-Dal keeps guard inside this temple"

„Сахасра-Дал пази стража в този храм“

"Champa-Dal keeps guard inside this temple"

„Чампа-Дал пази стража в този храм“

"Two winged horses keep guard inside this temple"

„Два крилати коня пазят вътре в този храм “

The Rakshasi again groaned and went away.

Ракшаси отново изпъшка и си тръгна.

At two o'clock the Rakshasi appeared once more.

В два часа ракшаси се появи отново.

And at three o'clock the Rakshasi came again.

И в три часа ракшасите дойдоха отново.

Each time the Rakshasi made the same inquiry.
Всеки път ракшаси задавал едно и също запитване.
And each time the Rakshasi left with a groan.
И всеки път ракшаси си тръгваше със стон.
After three o'clock, however, Sahasra-Dal felt very sleepy.
След три часа обаче Сахасра-Дал се почувства много сънлива.
He could not any longer keep awake.
Той вече не можеше да остане буден.
He therefore roused Champa.
Затова той събуди Чампа.
And he told him to keep guard over the temple.
И му каза да пази храма.
"The Rakshasi will come again in an hour"
„Ракшасите ще дойдат отново след час"
"The Rakshasi will ask who keeps guard here"
„Ракшасите ще попитат кой пази тук"
"You must mention Sahasra's name first"
„Първо трябва да споменеш името на Сахасра"
Having given these instructions he went to sleep.
След като даде тези инструкции, той заспа.
At four o'clock the Rakshasi again made her appearance.
В четири часа ракшаси отново се появи.
The Rakshasi thundered at the door, and said:
Ракшаси затропа гърмежа на вратата и каза:
"How, mow, khow! A human being I smell"
„Как, кос, хоу! Мирише ми на човешко същество."
"Who keeps guard inside this temple?"
„Кой пази вътре в този храм?"
Champa-Dal was in a terrible fright.
Чампа-Дал беше ужасно уплашен.
He had forgotten the instructions of his brother.
Той беше забравил инструкциите на брат си.
"Champa-Dal keeps guard inside this temple"
„Чампа-Дал пази стража в този храм"
"Sahasra-Dal keeps guard inside this temple"
„Сахасра-Дал пази стража в този храм"

"Two winged horses keep guard inside this temple"
„Два крилати коня пазят вътре в този храм"
The Rakshasi uttered a shout of exultation.
Ракшаси издаде вик на ликуване.
And the Rakshasi laughed how only demons can laugh.
И ракшасите се засмяха така, както само демоните могат
да се смеят.
With a dreadful noise the door broke open.
С ужасен шум вратата се отвори с трясък.
The noise roused Sahasra from his sleep.
Шумът разбуди Сахасра от съня му.
Within a moment he sprung to his feet.
След миг той скочи на крака.
He had his sword with him not only by day.
Той носеше меча си не само през деня.
He had his sword with him by night too.
Той носеше меча си и през нощта.
His sword was as supple as a palm-leaf.
Мечът му беше гъвкав като палмов лист.
And he cut off the head of the Rakshasi.
И той отряза главата на ракшаси.
The huge mountain of a body fell to the ground.
Огромната планина от тяло падна на земята.
The body made a great noise when it fell.
Тялото издаде силен шум, когато падна.
And the body covered many surrounding acres.
И тялото покри много околни декари.
Sahasra-Dal kept the severed head of the Rakshasi.
Сахасра-Дал запази отсечената глава на ракшаси.
And he slept again with the head near him.
И той отново заспа с главата до себе си.

Early in the morning some wood-cutters came.
Рано сутринта дойдоха дървосекачи.
The wood-cutters were passing near the temple.
Дървосекачите минаваха близо до храма.
The wood-cutters saw the huge body on the ground.

Дървосекачите видяха огромното тяло на земята.

So they walked towards the temple.

И така, те тръгнаха към храма.

Soon they saw that it was a carcass.

Скоро видяха, че това е труп.

The carcass of the terrible Rakshasi.

Трупът на ужасния Ракшаси.

The Rakshasi that had nearly depopulated the land.

Ракшасите, които почти бяха обезлюдили земята.

There had been a bounty for this Rakshasi.

Имаше обявена награда за този Ракшаси.

The king offered the hand of his daughter.

Кралят предложи ръката на дъщеря си.

And the king had offered half the kingdom.

И кралят беше предложил половината кралство.

He would trade it all for the head of the Rakshasi.

Той би заменил всичко за главата на ракшасите.

The wood-cutters saw no claimant at hand.

Дървосекачите не видяха никакъв претендент наблизо.

So they went to get the reward.

И така, те отидоха да вземат наградата.

Each wood-cutter cut off a limb from the Rakshasi.

Всеки дървосекач отрязваше клон от ракшаси.

And each wood-cutter went to the king.

И всеки дървосекач отишъл при царя.

And each wood-cutter tried to claim the reward.

И всеки дървосекач се опитваше да си вземе наградата.

"I am the destroyer of the great man eater"

„Аз съм унищожителят на великия човекоядец"

"I have come to claim my reward"

„Дойдох да си взема наградата"

The king knew there could only be one hero.

Кралят знаеше, че може да има само един герой.

So he made an inquiry with his minister.

Затова той направи запитване до своя министър.

"What family's turn was it last night?"

„На кое семейство беше ред снощи?"

"And who is the head of that family?"

„И кой е главата на това семейство?“

The king's minister set out to find the family.

Кралският министър тръгнал да търси семейството.

He brought the head of the family to the king.

Той довел главата на семейството при царя.

And the head of the family told of his guests.

И главата на семейството разказа за гостите си.

"Last night two youthful travelers came to me"

„Снощи двама млади пътешественици дойдоха при мен“

"We offered to be their hosts for the night"

„Предложихме да им бъдем домакини за през нощта“

"Soon they discovered the problem we had"

„Скоро откриха проблема, който имахме“

"And they volunteered to take our place"

„И те се предложиха доброволно да заемат нашето място“

"They went to the temple, instead of one of us"

„Те отидоха в храма, вместо един от нас“

The king took his men to the temple.

Царят завел хората си в храма.

The door of the temple was broken open.

Вратата на храма беше разбита.

They found the two brothers sleeping.

Те намериха двамата братя да спят.

And the horses were safe in the temple too.

И конете бяха в безопасност в храма.

And the head of the Rakshasi was there too.

И главата на ракшасите също беше там.

There was no doubt about who had killed the monster.

Нямаше съмнение кой е убил чудовището.

The real hero had been discovered.

Истинският герой беше открит.

And the king kept true to his word.

И кралят удържа на думата си.

He gave the hand of his daughter to Sahasra-Dal.

Той даде ръката на дъщеря си на Сахасра-Дал.

And he gave him half his kingdom too.

И му даде половината от царството си.
Champa-Dal remained with his friend.
Чампа-Дал остана с приятеля си.
And he rejoiced in Sahasra-Dal's prosperity.
И той се радваше на просперитета на Сахасра-Дал.
And they lived together happily for some time.
И те живееха щастливо заедно известно време.

But one day a misunderstanding arose between them.
Но един ден между тях възникна недоразумение.
The queen-mother had a certain maid-servant.
Кралицата-майка имала една прислужница.
This maid-servant was the most useful domestic.
Тази прислужница беше най-полезната прислужница.
She could turn her hand to any task.
Тя можеше да се захване с всяка задача.
And she had uncommon strength for a woman.
И тя притежаваше необичайна сила за жена.
Her intelligence was not lacking either.
Интелигентността й също не й липсваше.
And she had a remarkable amount of energy.
И тя притежаваше забележително количество енергия.
She would have been quickly missed in the palace.
В двореца бързо щяха да я забравят.
The zenana was completely dependent on her.
Зенана беше напълно зависима от нея.
Hence her services were highly valued.
Затова услугите й бяха високо ценени.
The queen-mother appreciated her very much.
Кралицата-майка я оцени много.
And the ladies of the palace valued her too.
И дамите от двореца също я ценели.
But this valuable woman was not a woman.
Но тази ценна жена не беше жена.
What this woman was was a Rakshasi.
Тази жена беше ракшаси.
She had put on the appearance of a woman.

Тя беше приела вида на жена.

She had her own nefarious reasons for doing this.

Тя си имаше свои собствени зловещи причини да прави това.

And then she took service in the royal household.

И след това тя пое служба в кралското домакинство.

At night she used to assume her own real form.

През нощта тя приемаше истинската си форма.

When everyone in the palace was asleep.

Когато всички в двореца спяха.

And then she went about in search of food.

И тогава тя тръгна наоколо да търси храна.

Because her hunger was not satisfied at the palace.

Защото гладът й не беше задоволен в двореца.

A Rakshasi needs much more food than a man or woman.

Ракшаси се нуждае от много повече храна, отколкото мъж или жена.

At this time Champa-Dal had no wife.

По това време Чампа-Дал нямал съпруга.

So he often slept outside the zenana.

Така че той често спеше извън зенаната.

He was not far from the outer gate of the palace.

Той не беше далеч от външната порта на двореца.

And from there he could observe her.

И оттам можеше да я наблюдава.

He saw her devouring sundry goats and sheep.

Той я видя как поглъща разни кози и овце.

And he saw her devouring horses and elephants.

И той я видя как поглъща коне и слонове.

This of course was not good for the maid-servant.

Това, разбира се, не беше добре за прислужницата.

Champa-Dal was in the way of her supper.

Чампа-Дал й пречеше да си приготви вечерята.

So she was determined to get rid of him.

Затова тя беше решена да се отърве от него.

One day she went to the queen-mother.

Един ден тя отишла при кралицата-майка.

"Queen-mother," she said to her.

„Кралице-майко“, каза й тя.

"I can no longer work in the palace"

„Вече не мога да работя в двореца“

"Why?" asked the queen-mother.

„Защо?“ попита кралицата-майка.

"What is the matter, Dasi" she wanted to know.

„Какво има, Даси?“ — искаше да знае тя.

"How can I go on without you?"

„Как мога да продължа без теб?“

"Tell me your reasons for leaving"

„Кажи ми причините за напускането си“

The maid-servant explained her situation.

Прислужницата обясни ситуацията си.

"I am but a poor woman in this palace"

„Аз съм само една бедна жена в този дворец“

"A woman like me can't preserve her honour here"

„Жена като мен не може да запази честта си тук“

"Your son-in-law has a friend, Champa-Dal"

„Зет ти има приятел, Чампа-Дал“

"He always cracks indecent jokes with me"

„Той винаги ми прави неприлични шеги“

"I would rather beg for my rice than to lose my honour"

„По-скоро бих просил ориза си, отколкото да загубя честта си“

"If Champa-Dal remains in the palace I must go away"

„Ако Чампа-Дал остане в двореца, аз трябва да си тръгна“

The maid-servant was irreplicable in the palace.

Прислужницата беше незаменима в двореца.

The queen-mother knew what sacrifice to make.

Кралицата-майка знаеше каква жертва да направи.

Champa-Dal was going to have to leave the palace.

Чампа-Дал щеше да трябва да напусне двореца.

And she told Sahasra-Dal all her reasons.

И тя разказа на Сахасра-Дал всичките си причини.

"Champa-Dal is a bad man"

„Чампа-Дал е лош човек“

"His character and morals are loose"
„Характерът и моралът му са разхлабени"
"He must leave this palace at once"
„Той трябва незабавно да напусне този дворец"
Sahasra-Dal did his best to persuade her otherwise.
Сахасра-Дал направи всичко възможно да я убеди в
противното.
He earnestly pleaded on behalf of his friend.
Той искрено се молеше от името на приятеля си.
But his efforts were in vain.
Но усилията му бяха напразни.
The queen-mother had made up her mind.
Кралицата-майка беше взела решение.
He had to be driven out of the palace.
Трябваше да бъде изгонен от двореца.
Sahasra-Dal had not the courage to tell his friend.
Сахасра-Дал нямаше смелостта да каже на приятеля си.
He therefore wrote a letter to him.
Затова той му написал писмо.
In the letter he was vague about the reason.
В писмото той не уточни причината.
But either way, he was going to have to leave.
Но така или иначе, щеше да се наложи да си тръгне.
Champa-Dal went to have a bath.
Чампа-Дал отиде да се изкъпе.
And the letter was put in his room.
И писмото беше сложено в стаята му.
Champa-Dal was grieved upon reading the letter.
Чампа-Дал се наскърби, когато прочете писмото.
He mounted his fleet of horses.
Той яхна конете си.
And on his horses he left the palace.
И на конете си той напусна двореца.

Champa's horses were uncommonly fleet.
Конете на Чампа бяха необичайно бързи.
Soon he had traversed thousands of miles.

Скоро той беше изминал хиляди мили.
And eventually he reached a new city.
И най-накрая стигна до нов град.
He stood at the gateway of a magnificent palace.
Той стоеше на входа на един великолепен дворец.
He dismounted from his horse.
Той слезе от коня си.
And he entered the palace.
И той влезе в двореца.
But in the palace he met not a single creature.
Но в двореца не срещна нито едно същество.
He went from apartment to apartment.
Той ходеше от апартамент на апартамент.
All the rooms were richly furnished.
Всички стаи бяха богато обзаведени.
But none of the rooms were lived in.
Но никоя от стаите не беше обитаема.
But in the end he came to a different room.
Но накрая той стигна до друга стая.
In this room there was a young lady.
В тази стая имаше млада дама.
The young lady was of heavenly beauty.
Младата дама беше с божествена красота.
And she was lying down on a splendid bedstead.
И тя лежеше на разкошно легло.
The beautiful young lady was asleep.
Красивата млада дама спеше.
Champa-Dal looked upon the sleeping beauty.
Чампа-Дал погледна спящата красавица.
He was captivated by what he was seeing.
Той беше запленен от това, което виждаше.
He had not seen any woman so beautiful.
Той не беше виждал толкова красива жена.
Upon the bed there were two sticks.
Върху леглото имаше две пръчки.
The two sticks were near the woman's head.
Двете пръчки бяха близо до главата на жената.

One of the sticks was made of silver.

Една от пръчките беше направена от сребро.

And the other stick was made of gold.

А другата пръчка беше направена от злато.

Champa took the silver stick into his hand.

Чампа взе сребърната пръчка в ръката си.

And with the stick he touched the body of the lady.

И с пръчката докосна тялото на дамата.

But no change was perceptible to her sleep.

Но в съня ѝ не се забелязваше никаква промяна.

He then took up the gold stick.

След това той взе златната пръчка.

And with the stick he touched the body of the lady.

И с пръчката докосна тялото на дамата.

This time the young lady did awake.

Този път младата дама се събуди.

Eyeing the stranger, she inquired who he was.

Оглеждайки непознатия, тя попита кой е той.

"I am Champa-Dal," he told her.

„Аз съм Чампа-Дал“, каза ѝ той.

"There was once a poor dimwitted Brahman"

„Имало едно време един беден, глупав брахман“

"This dimwitted man had a wife, but no children"

„Този глупак имаше жена, но нямаше деца“

"But him not having children was probably for the best"

„Но вероятно е било най-добре, че няма деца“

"Because he was barely able to meet his own needs"

„Защото едва успяваше да задоволи собствените си нужди“

"And he could hardly supply enough for his wife"

„И едва успяваше да осигури достатъчно за жена си“

"But his dimwittedness was not even his biggest problem"

„Но неговата глупост дори не беше най-големият му проблем“

And he continued the story as we have followed it.

И той продължи историята, както я проследихме.

"My mother concluded her fate was sealed"

„Майка ми заключи, че съдбата ѝ е предопределена“
"And she thought my father would meet the same fate"
„И тя си мислеше, че баща ми ще сполети същата съдба“
"And she did not expect me to be spared either"
„И тя не очакваше да бъда пощаден“
"That night she hardly slept at all"
„Тази нощ тя почти не спа“
"The Rakshasi had prevented her from seeing my father"
„Ракшасите ѝ бяха попречили да види баща ми“
"Early next morning I went to school"
„Рано на следващата сутрин отидох на училище“
"Before I went to school she gave me a golden bottle"
„Преди да тръгна на училище, тя ми подари златна
бутилка“
"In the golden bottle was her own breast milk"
„В златното шише беше нейното собствено кърма“
"I was told to carefully watch the colour of the milk"
„Казаха ми внимателно да наблюдавам цвета на млякото“
And he continued the story as we have followed it.
И той продължи историята, както я проследихме.
"We will stand as proxies for your family"
„Ще бъдем пълномощници на вашето семейство“
"There was a great deal of objection to our proposal"
„Имаше много възражения срещу нашето предложение“
"But eventually we persuaded our hosts"
„Но в крайна сметка убедихме домакините си“
"Finally the hosts consented to the arrangement"
„Накрая домакините се съгласиха с уговорката“
And he continued the story as we have followed it.
И той продължи историята, както я проследихме.
"So I often slept outside the zenana"
„Така че често спях извън зенаната“
"I was not far from the outer gate of the palace"
„Не бях далеч от външната порта на двореца“
"And from there I could observe her"
„И оттам можех да я наблюдавам“
"I saw her devouring sundry goats and sheep"

„Видях я да поглъща разни кози и овце "
"And I saw her devouring horses and elephants"
„И я видях да поглъща коне и слонове"
And he continued the story as we have followed it.
И той продължи историята, както я проследихме.
"One day a letter was put in my room"
„Един ден в стаята ми беше поставено писмо"
"I was grieved upon reading the letter"
„Бях натъжен, когато прочетох писмото"
"I mounted my fleet of horses"
„Яхнах конете си"
"And on my horses he left the palace"
„И на моите коне той напусна двореца"
"My horse are uncommonly fleet"
„Конете ми са необичайно бързи"
"Soon I had traversed thousands of miles"
„Скоро бях изминал хиляди мили"
"And eventually I reached a new city"
„И накрая стигнах до нов град"
And he continued the story as we have followed it.
И той продължи историята, както я проследихме.
"I took the silver stick into his hand"
„Взех сребърната пръчка в ръката му"
"And with the stick I touched your body"
„И с пръчката докоснах тялото ти"
"But no change was perceptible to your sleep"
„Но не се усети никаква промяна в съня ти"
"I then took up the gold stick"
„Тогава взех златната пръчка"
And with the stick he touched your body.
И с пръчката той докосна тялото ти.
"This time you did awake from your sleep"
„Този път се събуди от съня си"
The young lady had listened to Champa-Dal's story.
Младата дама беше изслушала историята на Чампа-Дал.
The young lady was in fact a princess.
Младата дама наистина беше принцеса.

"Unhappy man! why have you come here?"

„Нещастен човече! Защо си дошъл тук?"

"This is the country of Rakshasas"

„Това е страната на Ракшасите"

"No less than seven hundred Rakshasas live here"

„Тук живеят не по-малко от седемстотин ракшаси"

"Every morning the Rakshasas leave"

„Всяка сутрин Ракшасите си тръгват"

"They go to the other side of the ocean"

„Те отиват от другата страна на океана"

"And they search for provisions there"

„И те търсят провизии там"

"And before dusk they return again"

„И преди здрач те се връщат отново"

"My father was king in these regions"

„Баща ми беше крал в тези краища"

"His kingdom had millions of subjects"

„Неговото царство е имало милиони поданици"

"They lived in flourishing towns and cities"

„Те живееха в процъфтяващи градове"

"But some years ago the Rakshasas invaded"

„Но преди няколко години Ракшасите нахлуха"

"And they devoured all the subjects of the kingdom"

„И те погълнаха всички поданици на царството"

"The Rakshasas devoured my father and my mother"

„Ракшасите погълнаха баща ми и майка ми"

"The Rakshasas devoured my brothers and sisters"

„Ракшасите погълнаха моите братя и сестри"

"And they devoured all the cattle of the country"

„И те погълнаха целия добитък на страната"

"There is no living human being in these regions"

„В тези региони няма жив човек"

"I am the last human living left"

„Аз съм последният жив човек, който е останал"

"I too would have been devoured long ago"

„И аз щях да бъда погълнат отдавна"

"But an old Rakshasi took a liking to me"

„Но един стар ракшаси ме хареса"

"She prevents the other Rakshasas from eating me"

„Тя пречи на другите ракшаси да ме изядат"

"Do you see those sticks of silver and gold?"

„Виждаш ли онези сребърни и златни пръчки?"

"Every morning she kills me with the silver stick"

„Всяка сутрин тя ме убива със сребърната пръчка"

"Every evening she re-animates me with the gold stick"

„Всяка вечер тя ме съживява със златната пръчка"

"I do not know how to advise you"

„Не знам как да те посъветвам"

"If the Rakshasas see you, you are a dead man"

„Ако ракшасите те видят, ти си мъртъв човек"

Then they talked in a very affectionate manner.

След това те си говориха по много нежен начин.

And they laid their heads together.

И те сложиха глави заедно.

And they thought to devise a means of escape.

И те помислиха да измислят начин да избягат.

Some way to get out of the hands of the Rakshasas.

Някакъв начин да се измъкнем от ръцете на ракшасите.

The hour of the return of the Rakshasas was coming.

Часът на завръщането на Ракшасите наближаваше.

The seven hundred flesh-eaters were soon returning.

Седемстотинте месоядни скоро се завръщаха.

Keshavati called out to Champa-Dal.

Кешавати извика към Чампа-Дал.

(Because that was the name of the princess)

(Защото това беше името на принцесата)

"Hide yourself in the heaps of the sacred trefoil"

„Скрий се в купчините на свещения трилистник"

But first Champ Dal picked up the silver stick.

Но първо Чамп Дал взе сребърната пръчка.

He touched Keshavati with the silver stick.

Той докосна Кешавати със сребърната пръчка.

And as soon as he touched her, she died.

И щом я докосна, тя умря.

Then he went to the center of the temple of Siva.

След това той отиде в центъра на храма на Шива.

And he hid beneath the heaps of sacred trefoil.

И той се скри под купчините свещен трилистник.

From his hiding place he heard the sound of wind rushing.

От скривалището си той чу звука на нахлуващия вятър.

Then he heard terrible noises in the palace.

Тогава той чу ужасни шумове в двореца.

The Rakshasas had come home from their hunt.

Ракшасите се бяха върнали от лов.

They had filled their stomachs with meat.

Бяха напълнили стомасите си с месо.

Sundry goats, sheep, cows, horses, buffaloes.

Разни кози, овце, крави, коне, биволи.

And they had devoured elephants too.

И бяха погълнали и слонове.

The old Rakshasi returned to the palace too.

Старият Ракшаси също се върна в двореца.

She went to the room of the sleeping princess.

Тя отиде в стаята на спящата принцеса.

And she woke her with the stick made of gold.

И тя я събуди с пръчката, направена от злато.

"Hye, mye, khye! A human being I smell"

„Хей, май, хай! Усещам миризма на човешко същество.“

"I am the only human being here," said the princess.

„Аз съм единственото човешко същество тук“, каза принцесата.

"Eat me if you like," added Keshavati.

„Изяж ме, ако искаш“, добави Кешавати.

To this the Rakshasi replied:

На това ракшаси отговорил:

"Let me eat up your enemies"

„Нека изям враговете ти“

"Why should I eat you?" she asked the princess.

„Защо да те ям?“, попита тя принцесата.

She laid herself down on the ground.

Тя легна на земята.
She was as long and high as the Vindhya Hills.
Тя беше дълга и висока като хълмовете Виндхя.
And in this position she fell asleep.
И в тази позиция тя заспа.
The other Rakshasas and Rakshasis soon fell asleep too.
Другите ракшаси и ракшаси скоро също заспаха.
Because they were tired from their gigantic labour.
Защото бяха уморени от гигантския си труд.
Keshavati also composed herself to sleep.
Кешавати също се приготви да заспи.
But Champa did not dare to come out from under the leaves.
Но Чампа не смееше да излезе изпод листата.
And he tried his best to pray to the god of repose.
И той се стараеше с всички сили да се моли на бога на
покоя.

At daybreak all seven hundred Rakshasas got up again.
На разсъмване всичките седемстотин ракшаси отново
станаха.
They went on their usual predatory excursion.
Те тръгнаха на обичайната си хищническа екскурзия.
And along with them went the old Rakshasi.
И заедно с тях тръгна и старият Ракшаси.
But first the old Rakshasi picked up the silver stick.
Но първо старият Ракшаси вдигна сребърната пръчка.
And she touched Keshavati with the silver stick.
И тя докосна Кешавати със сребърната пръчка.
Soon the coast was clear for Champa-Dal.
Скоро брегът беше чист за Чампа-Дал.
And he dared to come out from under the pile of leaves.
И той се осмели да излезе изпод купчината листа.
He walked back into the room of the princess.
Той се върна в стаята на принцесата.
And he touched her with the golden stick.
И той я докосна със златната пръчка.
And the princess revived from her death again.

И принцесата отново се съживи от смъртта си.
They sauntered about in the gardens.
Те се разхождаха из градините.
They enjoyed the cool breeze of the morning.
Те се наслаждаваха на хладния утринен бриз.
They bathed in a lucid pool of water.
Те се къпеха в бистра локва вода.
And they ate and drank food in the palace.
И те ядоха и пиха храна в двореца.
And they spent the day in sweet converse.
И прекараха деня в сладки разговори.
And they concocted a plan for their deliverance.
И те измислиха план за своето избавление.
Keshavaity was going to speak to the old Rakshasi.
Кешавайти щеше да говори със стария Ракшаси.
She was going to ask on what a Rakshasa's life depended.
Тя щеше да попита от какво зависи животът на един
ракшас.
And with that secret they were going to act accordingly.
И с тази тайна щяха да действат съответно.

The hour of the return of the Rakshasas was coming again.
Часът на завръщането на Ракшасите отново наближаваше.
And events unfolded as they had the evening before.
И събитията се развиха както предната вечер.
The seven hundred flesh-eaters were returning to the palace.
Седемстотинте месоядни се връщаха към двореца.
Champ Dal touched Keshavati with the silver stick.
Чамп Дал докосна Кешавати със сребърната пръчка.
She died like the had died the night before.
Тя умря така, както беше умряла предната нощ.
Champa-Dal went to the centre of the temple of Siva.
Чампа-Дал отишъл в центъра на храма на Шива.
He hid beneath the heaps of sacred trefoil again.
Той отново се скри под купчините свещен трилистник.
He heard the sound of wind rushing.
Той чу звука на нахлуващия вятър.

And he heard terrible noises in the palace.

И чу ужасни шумове в двореца.

The Rakshasas had come home from their hunt.

Ракшасите се бяха върнали от лов.

They had filled their stomachs with meat.

Бяха напълнили стомасите си с месо.

Sundry goats, sheep, cows, horses, buffaloes.

Разни кози, овце, крави, коне, биволи.

And they had devoured elephants too.

И бяха погълнали и слонове.

The old Rakshasi returned to the palace too.

Старият Ракшаси също се върна в двореца.

She went to the room of the sleeping princess.

Тя отиде в стаята на спящата принцеса.

And she woke her with the stick made of gold.

И тя я събуди с пръчката, направена от злато.

"Hye, mye, khye! A human being I smell"

„Хей, май, хай! Усещам миризма на човешко същество.“

"I am the only human being here," said the princess.

„Аз съм единственото човешко същество тук“, каза
принцесата.

"Eat me if you like," added Keshavati.

„Изяж ме, ако искаш“, добави Кешавати.

To this the Rakshasi replied:

На това ракшаси отговорил:

"Let me eat up your enemies"

„Нека изям враговете ти“

"Why should I eat you?" she asked the princess.

„Защо да те ям?“, попита тя принцесата.

She laid herself down on the ground.

Тя легна на земята.

And she looked like a part of the Himalaya mountains.

И тя изглеждаше като част от Хималаите.

Keshavati had a phial of heated mustard oil.

Кешавати имаше ампула със загрято синапено масло.

And she approached the foot of the Rakshasi.

И тя се приближи до подножието на Ракшаси.

"Mother, your feet are sore from walking"

„Мамо, краката те болят от ходене“

"Let me rub your sore feet with oil"

„Нека натъркам болните ти крака с олио“

And she began to rub with oil the Rakshasi's feet.

И тя започна да маже с олио краката на ракшаси.

Then a few tear-drops fell from the eyes of the princess.

Тогава няколко сълзи паднаха от очите на принцесата.

And the tear-drops landed on the monster's legs.

И сълзите кацнаха върху краката на чудовището.

The Rakshasi tasted the tear-drops with her lips.

Ракшаси вкуси сълзите с устните си.

And she found the tear-drops tasted briny.

И тя откри, че сълзите имат солен вкус.

"Why are you weeping, darling?" asked the Rakshasi.

„Защо плачеш, скъпа?“ – попита ракшаси.

"What aileth thee?" she wanted to know.

„Какво ти е?“, искаше да знае тя.

The princess tried to stop herself from crying.

Принцесата се опита да се сдържи да не се разплаче.

"Mother, I am weeping because you are old"

„Майко, плача, защото си стара“

"When you die one of the Rakshasas will devour me"

„Когато умреш, един от Ракшасите ще ме погълне“

"When I die?! Don't be foolish, girl"

„Когато умра?! Не бъди глупава, момиче“

"Don't you know that Rakshasas never die?"

„Не знаеш ли, че ракшасите никога не умират?“

"We are not naturally immortal"

„Ние не сме естествено безсмъртни“

"There is a secret to our strength"

„Има тайна за нашата сила“

"But no human can unravel this secret"

„Но никой човек не може да разгадае тази тайна“

"But let me tell you the secret"

„Но нека ти кажа тайната“

"So that you are comforted a little"

„За да се утешиш малко“
"Do you see the pool of water in the palace?"
„Виждаш ли басейна с вода в двореца?“
"In that pool of water is a Sphatikasthamba"
„В този воден басейн има Спхатикастхамба“
"The Sphatikasthambha is deep in the water"
„Сфатикастхамбха е дълбоко във водата“
"And on the Sphatikasthambha are two bees"
„И на Sphatikasthambha има две пчели“
"A human being would have to dive into the water"
„Човешко същество би трябвало да се потопи във водата“
"The human being would have to bring the bees onto dry land"
„Човекът ще трябва да изведе пчелите на сушата “
"Then the human being would have to kill the two bees"
„Тогава човекът ще трябва да убие двете пчели“
"But not a drop of their blood must touch the ground"
„Но нито капка от кръвта им не трябва да докосва земята“
"Only then can a human kill a Rakshasa"
„Само тогава човек може да убие ракшаса“
"But if the blood touches the ground, a thousand Rakshasas will rise"
„Но ако кръвта докосне земята, хиляда Ракшаси ще се издигнат“
"But what human will find out this secret?"
„Но кой човек ще разбере тази тайна?“
"And what human can achieve this feat?"
„И кой човек може да постигне този подвиг?“
"No human knows the secret to the life of a Rakshasa"
„Никой човек не знае тайната на живота на ракшаса“
"And no human can achieve such a feat"
„И никой човек не може да постигне такъв подвиг“
"So there is no reason to be sad, my darling"
„Така че няма причина да си тъжна, скъпа моя“
"I am practically immortal," she confirmed.
„Аз съм практически безсмъртна“, потвърди тя.
Keshavati treasured the secret in her memory.

Кешавати пазеше тайната в паметта си.
And then she went back to sleep.
И тогава тя отново заспа.

Next morning the Rakshasas, as usual, went away.
На следващата сутрин ракшасите, както обикновено, си тръгнаха.
Champa came out of his hiding-place.
Чампа излезе от скривалището си.
And he roused Keshavati from her sleep.
И той събуди Кешавати от съня ѝ.
The princess told him the secret she had learnt.
Принцесата му разказа тайната, която беше научила.
Champa-Dal immediately started to prepare himself.
Чампа-Дал веднага започна да се подготвя.
He brought to the pool a knife.
Той донесе нож до басейна.
And he brought a quantity of ashes.
И той донесе известно количество пепел.
He took off his heavy clothes.
Той свали тежките си дрехи.
He put a drop or two of mustard oil into each ear.
Той сложи по една-две капки синапено масло във всяко ухо.
To prevent water from entering into his ears.
За да се предотврати навлизането на вода в ушите му.
He swam out into the middle of the water.
Той заплува към средата на водата.
And from there he dove down into the pool.
И оттам той се гмурна в басейна.
Soon he reached the top of the crystal pillar.
Скоро той стигна върха на кристалната колона.
And on Sphatikasthambha were the two bees.
А на Спхатикаштамбха бяха двете пчели.
He caught hold of the two bees he found there.
Той хвана двете пчели, които намери там.
And he swam up again in a singular breath.

И той отново изплува нагоре с един-единствен дъх.
He took the knife he had left at the edge of the water.
Той взе ножа, който беше оставил на ръба на водата.
And over the ashes he cut up the bees.
И върху пепелта той наряза пчелите.
A drop or two of the blood fell from the bees.
Капка-две от кръвта паднаха от пчелите.
But their blood did not touch the ground.
Но кръвта им не докосна земята.
Instead, their blood landed on the ashes.
Вместо това, кръвта им се разля върху пепелта.
A terrible scream was heard at a distance.
В далечината се чу ужасен писък.
The scream was the wailing of the Rakshasas.
Викът беше воплите на ракшасите.
They were all running home as fast as they could.
Всички тичаха към дома си колкото можеха по-бързо.
They wanted to prevent the bees from being killed.
Те искаха да предотвратят избиването на пчелите.
But they could not reach the palace in time.
Но те не успяха да стигнат до двореца навреме.
Because the bees had already perished.
Защото пчелите вече бяха измрели.
The moment the bees were killed, all the Rakshasas died.
В момента, в който пчелите бяха убити, всички ракшаси умряха.
Their carcases fell on the very spot they were standing.
Труповете им паднаха на мястото, където стояха.
Their carcases now blocked the gateway of the palace.
Труповете им сега блокираха входа на двореца.
In this manner the seven hundred Rakshasas were destroyed.
По този начин седемстотинте ракшаси бяха унищожени.

Afterwards Champa-Dal and Keshavati got married.
След това Чампа-Дал и Кешавати се ожениха.
They made the traditional exchange of garlands of flowers.

Те направиха традиционната размяна на гирлянди от
цветя.
The princess had never been out of the house.
Принцесата никога не беше излизала от къщата.
So she naturally expressed a desire to see the outer world.
Така че тя естествено изрази желание да види външния
свят.
Every morning and evening they went on long walks.
Всяка сутрин и вечер те ходеха на дълги разходки.
There was a large river Keshavati wished to bathe in.
Имаше голяма река, в която Кешавати искаше да се
изкъпе.
As she bathed one of Keshavati's hairs came off.
Докато се къпеше, един от косъмчетата на Кешавати
падна.
There was a special custom in those times.
В онези времена е имало специален обичай.
A woman never threw away a hair away by itself.
Една жена никога не е изхвърляла и косъм сам.
A sea-shell was floating in the water.
Морска мида плуваше във водата.
So Keshavati tied the strand of hair to the sea-shell.
И така, Кешавати завърза кичура коса за морската
раковина.
And then the couple returned to the palace.
И тогава двойката се върна в двореца.
Meanwhile the sea-shell floated down the stream.
Междувременно морската раковина се носеше по
течението.
And in due time the sea-shell reached another bathing spot.
И след известно време морската раковина стигна до друго
място за къпане.
This was the bathing spot Sahasra-Dal went to.
Това беше мястото за къпане, където отиде Сахасра-Дал.
Here Champa-Dal's brother performed his ablutions.
Тук братът на Чампа-Дал извършил измиването си.
On this day Sahasra-Dal was in the water.

На този ден Сахасра-Дал беше във водата.
He was bathing and swimming with his friends.
Той се къпеше и плуваше с приятелите си.
And so the sea-shell floated past the men.
И така, морската раковина прелетя покрай мъжете.
The men were in a playful mood that day.
Мъжете бяха в игриво настроение този ден.
"Whoever gets to the sea-shell first wins"
„Който стигне пръв до морската раковина, печели"
And so they all swam towards the sea-shell.
И така всички плуваха към морската раковина.
Sahasra-Dal was the strongest swimmer among his friends.
Сахасра-Дал беше най-силният плувец сред приятелите
си.
And so he was the first the reach the sea-shell.
И така той беше първият, който стигна до морската
раковина.
Examining the seashell, he found a hair tied to it.
Докато разглеждаше мидата, той намери косъм, завързан
за нея.
But it was a hair of extraordinary length.
Но това беше косъм с необикновена дължина.
He had never seen such a long hair.
Никога не беше виждал толкова дълга коса.
The strand of hair was exactly seven cubits long.
Кичурът коса беше дълъг точно седем лакътя.
"This strand of hair must belong to a woman"
„Този кичур коса сигурно принадлежи на жена"
"And this woman must be very remarkable"
„И тази жена трябва да е много забележителна"
"I must see who this remarkable woman is"
„Трябва да видя коя е тази забележителна жена"
Sahasra-Dal was determined to find the remarkable woman.
Сахасра-Дал била решена да намери забележителната
жена.
He went home from the river in a pensive mood.
Той се прибра от реката в замислено настроение.

And he did not proceed to the zenana for breakfast.

И не отиде към зенаната за закуска.

Instead he remained in the outer part of the palace.

Вместо това той остана във външната част на двореца.

The queen-mother heard about Sahasra-Dal's meloncholy.

Кралицата-майка чула за меланхолията на Сахасра-Дал.

And she heard he had not come to breakfast.

И тя чу, че не е дошъл на закуска.

So she went to him and asked the reason.

Затова тя отиде при него и го попита за причината.

He showed her the strand of hair he had found.

Той ѝ показа кичура коса, който беше намерил.

"I must see the woman who's head this strand of hair adorned"

„Трябва да видя жената, чиято глава е украсена с този кичур коса.“

The queen-mother was happy to help her son-in-law.

Кралицата-майка с радост помагала на зет си.

"Very well," she said to him.

— Много добре — каза му тя.

"You shall soon have that lady in the palace"

„Скоро ще имате тази дама в двореца“

"I promise you to bring her here"

„Обещавам ти да я доведеш тук“

The queen mother already had a plan.

Кралицата майка вече имаше план.

Her favourite maid-servant would be good at the job.

Любимата ѝ прислужница щеше да се справи добре с работата.

Because this maid-servant was very resourceful.

Защото тази прислужница беше много находчива.

Of course the queen-mother did not really know her maid.

Разбира се, кралицата-майка всъщност не познаваше прислужницата си.

She did not know her favourite maid was a Rakshasi.

Тя не знаеше, че любимата ѝ прислужница е ракшаси.

"Please find the owner of this strand of hair," she asked.

„Моля, намерете собственика на този кичур коса", помоли
тя.

And her maid-servant more than politely agreed.

И нейната прислужница се съгласи повече от учтиво.

"It would my pleasure to find this woman"

„Ще ми бъде удоволствие да намеря тази жена"

"I will soon bring her to the palace"

„Скоро ще я доведа в двореца"

"I will need a boat build from Hajol wood"

„Ще ми трябва лодка, направена от дърво от хайол"

"The oars of the boat must be made from Mon-Paban wood"

„Греблата на лодката трябва да са направени от дърво
Мон-Пабан"

The boat makers soon made the boat.

Майсторите на лодки скоро изработиха лодката.

And the boat was launched on the stream.

И лодката беше пусната по течението.

The maid-servant went on board of the boat.

Слугинята се качи на борда на лодката.

With her she took some baskets of wicker.

Със себе си тя взе няколко кошници от ракита.

The baskets of wicker were of curious workmanship.

Кошниците от ракита бяха с любопитна изработка.

She also took with her some sweetmeats.

Тя взе със себе си и няколко сладкиша.

Into the sweetmeats some poison had been mixed.

В сладкишите беше примесена някаква отрова.

She snapped her fingers thrice.

Тя щракна с пръсти три пъти.

And then she uttered the following charm:

И тогава тя изрече следното заклинание:

"Boat of Hajol! Oars of Mon Paban!"

"Лодка на Хаджол! Весла на Мон Пабан!"

"Take me to the Ghat,"

„Заведи ме до Гхат"

"The Ghat in which Keshavati bathes"

„Гхатът, в който Кешавати се къпе"

The boat heeded to her command.

Лодката се вслуша в нейната команда.

And the boat flew like lightning over the waters.

И лодката полетя като светкавица над водите.

And the boat left many towns and cities behind.

И лодката остави зад себе си много градове и села.

At last the boat stopped at a bathing-place.

Най-накрая лодката спря на място за къпане.

The Rakshasi maid-servant had reached her goal.

Ракшаската прислужница беше постигнала целта си.

She concluded it was the bathing ghat of Keshavati.

Тя заключи, че това е гхатът за къпане на Кешавати.

She landed with the sweetmeats in her hand.

Тя кацна с бонбоните в ръка.

She went to the gate of the palace, and cried aloud:

Тя отиде до портата на двореца и извика на глас:

"Oh Keshavati! Keshavati! I am your aunt"

„О, Кешавати! Кешавати! Аз съм твоя леля!"

"Oh Keshavati, I am your mother's sister"

„О, Кешавати, аз съм сестра на майка ти"

"I have come to see you, my darling"

„Дойдох да те видя, скъпа моя"

"I have come after so many years"

„Дойдох след толкова години"

"Are you home, Keshavati?" she asked.

„Вкъщи ли си, Кешавати?", попита тя.

The princess heard the words of the false-aunt.

Принцесата чу думите на лъжелелята.

She came out of her room and to the entrance of the palace.

Тя излезе от стаята си и се отправи към входа на двореца.

She had no doubt that it was really her aunt.

Тя нямаше никакво съмнение, че това наистина е леля ѝ.

And she embraced and kissed her aunt.

И тя прегърна и целуна леля си.

They both wept rivers of joy.

И двамата плакаха реки от радост.

Although you should know the Rakshasi wept first.

Въпреки че трябва да знаеш, че ракшасите плакаха първи.

Keshavati wept with her out of empathy.

Кешавати плака с нея от съчувствие.

Champa-Dal also believed the Rakshasi to be her aunt.

Чампа-Дал също вярвала, че ракшасите са й леля.

They all ate and drank and enjoyed the happy occasion.

Всички ядоха, пиха и се насладиха на щастливото събитие.

And then they took rest in the middle of the day.

И след това си починаха посред бял ден.

And they celebrated again in the evening.

И вечерта отново празнуваха.

The next day the celebrations continued at breakfast.

На следващия ден празненствата продължиха на закуска.

Champa-Dal had a habit of sleeping after breakfast.

Чампа-Дал имаше навика да спи след закуска.

Towards afternoon, the supposed aunt said to Keshavati:

Към следобед предполагаемата леля казала на Кешавати:

"Let us both go to the river and wash ourselves:

„Хайде и двамата да отидем до реката и да се измием:“

Keshavati replied, "How can we go now?"

Кешавати отговорил: „Как можем да отидем сега?“

"My husband is sleeping," she explained.

„Съпругът ми спи“, обясни тя.

"Do not worry about your husband's sleep," said the aunt.

„Не се тревожи за съня на съпруга си“, каза лелята.

"Let him sleep as much as he likes"

„Нека спи колкото си иска“

"Let me put these sweetmeats near his bedside"

„Нека сложа тези сладкиши близо до леглото му“

"That way, when he awakes, he has something to eat"

„По този начин, когато се събуди, ще има какво да яде“

Then they then went to the river-side.

След това отидоха до брега на реката.

They went close to the spot where the boat was.

Те се приближиха до мястото, където беше лодката.

From a distance Keshavati saw the baskets of wicker-work.

Отдалеч Кешавати видя плетените кошници.

"Aunt, what beautiful things are those!"

„Лельо, какви красиви неща са това!"

"I wish I could get some of those wicker baskets"

„Иска ми се да можех да си взема някои от онези плетени кошници"

Her aunt happily obliged her.

Леля ѝ с радост ѝ се отзова.

"Come, my child, and look at the wicker baskets"

„Ела, дете мое, и виж плетените кошници"

"You can have as many baskets as you like"

„Можете да имате колкото кошници искате"

Keshavati at first refused to go into the boat.

Кешавати първоначално отказал да влезе в лодката.

But her aunt was very persuasive.

Но леля ѝ беше много убедителна.

And finally she went onto the boat.

И най-накрая тя се качи на лодката.

But once on the boat her aunt did a strange thing.

Но веднъж на лодката, леля ѝ направи нещо странно.

The aunt snapped her fingers thrice and said:

Лелята щракна с пръсти три пъти и каза:

"Boat of Hajol! Oars of Mon-Paban!"

"Лодка на Хаджол! Весла на Мон-Пабан!"

"Take me to the Ghat,"

„Заведи ме до Гхат"

"The Ghat in which Sahasra-Dal bathes"

„Гхат, в който се къпе Сахасра-Дал"

And the boat heeded to her command.

И лодката се вслуша в нейната команда.

And the boat flew like an arrow over the waters.

И лодката полетя като стрела над водите.

Keshavati was frightened and began to cry.

Кешавати се уплаши и започна да плаче.

But the boat went on despite her crying.

Но лодката продължи въпреки плача ѝ.

And the boat left behind many towns and cities.

И лодката остави зад себе си много градове и села.
In a trice the boat reached its destination.
За миг лодката стигна до местоназначението си.
The ghat where Sahasra-Dal was in the habit of bathing.
Гхатът, където Сахасра-Дал е имал навика да се къпе.
Keshavati was taken to the palace.
Кешавати беше отведен в двореца.
Sahasra-Dal admired her beauty and the length of her hair.
Сахасра-Дал се възхищаваше на красотата й и дължината
на косата й.
And the ladies of the palace tried their best to comfort her.
И дамите от двореца се стараеха с всички сили да я
утешат.
But she set up a loud cry of protest.
Но тя нададе силен вик на протест.
And she wanted to be taken back to her husband.
И тя искаше да бъде върната при съпруга си.
Finally she saw that she had been taken captive.
Накрая тя видя, че е била пленена.
So she spoke to the ladies of the palace.
И така, тя разговаря с дамите от двореца.
"Upon marriage I made a vow to my husband"
„При брака си дадох обет на съпруга си“
"I promised not to look upon the face of any other man"
„Обещах да не поглеждам лицето на никой друг мъж“
"I promised to uphold this vow for six months"
„Обещах да спазвам този обет шест месеца“
She was then lodged away from the others in the palace.
След това тя била настанена отделно от останалите в
двореца.
And she was given a small house to live in.
И й дадоха малка къща, в която да живее.
The window of the house overlooked the road.
Прозорецът на къщата гледаше към пътя.
There she spent the livelong day.
Там тя прекара целия ден.
And there she spent the livelong night.

И там тя прекара цялата нощ.
Because she had very little sleep.
Защото е спала много малко.
Because her time was spent in sighing and weeping.
Защото времето ѝ преминаваше във въздишки и плач.

In the meantime Champa-Dal awoke from his sleep.
Междувременно Чампа-Дал се събуди от съня си.
He was distracted with the grief of not finding his wife.
Той беше разсеян от мъката, че не е намерил жена си.
His suspicions turned to the aunt of Keshavati.
Подозренията му се насочиха към лелята на Кешавати.
He knew she was a cheat and an impostor.
Той знаеше, че тя е измамница и самозванка.
It must have been her who carried away Keshavati.
Сигурно тя е отвлякла Кешавати.
He did not eat the sweetmeats left for him.
Той не изяде сладкишите, оставени за него.
Because he suspected the sweets to have been poisoned.
Защото подозираше, че сладкишите са били отровени.
He threw one of the sweets to a crow.
Той хвърли един от сладкишите на една врана.
The moment the crow ate the sweet, it dropped down dead.
В момента, в който враната изяде сладкото, тя падна мъртва.
This confirmed his suspicion of the pretend aunt.
Това потвърди подозрението му към фалшивата леля.
Maddened with grief, he rushed out of the house.
Обезумял от мъка, той се втурна от къщата.
He was determined to go wherever his feet took him.
Той беше решен да отиде накъдето го отведат краката му.
Like a madman he blubbered, "Oh Keshavati! Oh Keshavati!"
Като луд той изригна: „О, Кешавати! О, Кешавати!“
He travelled on foot day after day.
Той пътуваше пеша ден след ден.
And he followed whatever way his feet took him.

И той следваше пътя, който го водеха краката му.
Six months he spent travelling in this wearisome manner.
Шест месеца прекара той в това изморително пътуване.
After six month he reached the capital of Sahasra-Dal.
След шест месеца той стигнал до столицата Сахасра-Дал.
He passed by the gate of the palace.
Той мина покрай портата на двореца.
And from the road he could see a small house.
И от пътя можеше да види малка къща.
And from in the house he could hear sighs.
И от къщата се чуха въздишки.
Champa-Dal instantly recognized his wife.
Чампа-Дал веднага разпозна жена си.
And Keshavita instantly recognized her husband.
И Кешавита веднага разпозна съпруга си.
Keshavita told her husband everything that had happened.
Кешавита разказа на съпруга си всичко, което се беше
случило.
"The woman asked to go bathing after breakfast"
„Жената поиска да се изкъпе след закуска“
"At the river there was a boat"
„На реката имаше лодка“
"The woman persuaded me onto the boat"
„Жената ме убеди да се кача на лодката“
"And then the boat took us to this place"
„И тогава лодката ни закара до това място“
"I realized that I had been made captive"
„Осъзнах, че съм бил пленен“
"So I told them of my vows to you"
„И така, разказах им за моите обети към теб“
"But tomorrow will be the end of six month"
„Но утре ще е краят на шест месеца“
There was a custom in those days.
В онези дни е имало обичай.
The fulfilments of vows were publicly recited.
Изпълненията на обетите бяха рецитирани публично.
This was normally fulfilled by a learned Brahman.

Това обикновено се е изпълнявало от учен брахман.

They planned for Champa-Dal to take on this role.

Те планираха Чампа-Дал да поеме тази роля.

And so that evening the palace drum was beat.

И така, онази вечер заби барабанът на двореца.

The king wanted a learned Brahman to make a recitation.

Царят искал учен брахман да направи рецитация.

The story of Keshavati on the fulfilment of her vow.

Историята на Кешавати за изпълнението на нейния обет.

Champa-Dal touched the drum and volunteered.

Чампа-Дал докосна барабана и се предложи.

"I will make the recitation of Keshavita's vows"

„Ще рецитирам обетите на Кешавита"

The next morning all assembled in the courtyard.

На следващата сутрин всички се събраха в двора.

The old king and the queen mother.

Старият крал и кралицата майка.

Sahasra-Dal and his wife were there.

Сахасра-Дал и съпругата му бяха там.

All the courtiers and the learned Brahmans of the country.

Всички придворни и учените брамини на страната.

All royalty was under a huge canopy of silk.

Цялото кралско семейство беше под огромен копринен балдахин.

Kashavati was also there, but behind a veil.

Кашавати също беше там, но зад воал.

So that she wouldn't be exposed to the rude gaze of people.

За да не бъде изложена на грубите погледи на хората.

Champa-Dal, the reciter, sat on a dais.

Чампа-Дал, рецитаторът, седеше на подиум.

And he began to tell the story of Keshavati.

И той започна да разказва историята на Кешавати.

"There was once a poor dimwitted Brahman"

„Имало едно време един беден, глупав брахман"

"This dimwitted man had a wife, but no children"

„Този глупак имаше жена, но нямаше деца"

"But him not having children was probably for the best"

„Но вероятно е било най-добре, че няма деца“
"Because he was barely able to meet his own needs"
„Защото едва успяваше да задоволи собствените си нужди“
"And he could hardly supply enough for his wife"
„И едва успяваше да осигури достатъчно за жена си“
"But his dimwittedness was not even his biggest problem"
„Но неговата глупост дори не беше най-големият му проблем“
And he continued the story as we have followed it.
И той продължи историята, както я проследихме.
And sometimes he turned around to Keshavati.
И понякога се обръщаше към Кешавати.
And he asked her if he was telling the story correctly.
И той я попита дали разказва историята правилно.
And she told him he was telling the story correctly.
И тя му каза, че разказва историята правилно.
"The Brahman woman concluded her fate was sealed"
„Жената брахманка заключи, че съдбата ѝ е предопределена“
"And she thought her husband would meet the same fate"
„И тя си мислеше, че съпругът ѝ ще сполети същата съдба“
"And she did not expect her son to be spared either"
„И тя не очакваше синът ѝ да бъде пощаден“
"That night she hardly slept at all"
„Тази нощ тя почти не спа“
"The Rakshasi had prevented her from seeing her husband"
„Ракшасите ѝ бяха попречили да види съпруга си“
"Early next morning Champa-Dal went to school"
„Рано на следващата сутрин Чампа-Дал отиде на училище“
"Before he went to school, she gave her son a golden bottle"
„Преди да тръгне на училище, тя даде на сина си златна бутилка“
"In the golden bottle was her own breast milk"
„В златното шише беше нейното собствено кърма“

"Carefully watch the colour of the milk"

„Внимателно наблюдавайте цвета на млякото "

During the recitation the Rakshasi maid-servant grew pale.

По време на рецитирането прислужницата ракшаси пребледня.

She perceived that her real character was going to be discovered.

Тя осъзнаваше, че истинският й характер ще бъде разкрит.

And Sahasra-Dal was astonished at the knowledge of the reciter.

И Сахасра-Дал беше изумена от знанията на рецитатора.

The reciter clearly told the history of the prince's life.

Рецитаторът ясно разказа историята на живота на принца.

"A drop or two of the blood fell from the bees"

„Капка или две от кръвта паднаха от пчелите"

"But their blood did not touch the ground"

„Но кръвта им не докосна земята"

"Instead, their blood landed on the ashes"

„Вместо това, кръвта им се разля върху пепелта"

"A terrible scream was heard at a distance"

„Отдалеч се чу ужасен писък"

"The scream was the wailing of the Rakshasas"

„Викът беше воплите на Ракшасите"

"They were all running home as fast as they could"

„Всички тичаха към дома си колкото можеха по-бързо"

"They wanted to prevent the bees from being killed"

„Те искаха да предотвратят избиването на пчелите"

"But they could not reach the palace in time"

„Но те не успяха да стигнат до двореца навреме"

"Because the bees had already been killed"

„Защото пчелите вече бяха убити"

"The moment the bees were killed, all the Rakshasas died"

„В момента, в който пчелите бяха убити, всички ракшаси умряха"

"Their carcasses fell on the very spot they were standing"

„Труповете им паднаха на мястото, където стояха"

"Their carcasses now blocked the gateway of the palace"

„Труповете им сега блокираха входа на двореца"
"In this manner the seven hundred Rakshasas were destroyed"
„По този начин седемстотинте ракшаси бяха унищожени"
All where enthralled by the story of the Rakshasas.
Всички бяха очаровани от историята на Ракшасите.
Because the story was being told by a true storyteller.
Защото историята беше разказана от истински разказвач.
All enjoyed the story except for the maid-servant.
Всички се насладиха на историята, с изключение на прислужницата.
Because her real character was bound to be discovered.
Защото истинският й характер е трябвало да бъде разкрит.
"Champa-Dal touched the drum and volunteered.
„Чампа-Дал докосна барабана и се предложи доброволно."
"I will make the recitation of Keshavita's vows"
„Ще рецитирам обетите на Кешавита"
"The next morning all assembled in the courtyard"
„На следващата сутрин всички се събраха в двора"
"The old king and the queen mother"
„Старият крал и кралицата майка"
"Sahasra-Dal and his wife were there"
„Сахасра-Дал и съпругата му бяха там"
"All the courtiers and the learned Brahmans of the country"
„Всички придворни и учени брамини на страната"
"All royalty was under a huge canopy of silk"
„Цялото кралско семейство беше под огромен копринен балдахин"
"Kashavati was also there, but behind a veil"
„Кашавати също беше там, но зад воал"
"So that she wouldn't be exposed to the rude gaze of people"
„За да не бъде изложена на грубите погледи на хората"
"Champa-Dal, the reciter, sat on a dais"
„Чампа-Дал, рецитаторът, седеше на подиум"
"And he began to tell the story of Keshavati"
„И той започна да разказва историята на Кешавати"

Sahasra-Dal jumped up from his seat.

Сахасра-Дал скочи от мястото си.

And he embraced the reciter of the story.

И той прегърна рецитатора на историята.

"You can be none other than my brother Champa-Dal"

„Ти не можеш да бъдеш никой друг освен моят брат
Чампа-Дал"

Then the prince was inflamed with rage.

Тогава принцът се разгневи.

He ordered the maid-servant to come into his presence.

Той заповяда на прислужницата да дойде при него.

A hole the height of a man was dug in the ground.

В земята беше изкопана дупка с височината на човек.

And the maid-servant was put into the hole, standing.

И слугинята беше пусната в дупката, изправена.

Prickly thorns were heaped around her.

Около нея бяха струпани бодливи тръни.

Up to the crown of her head she was covered in thorns.

До темето си тя беше покрита с тръни.

In this way the maid-servant was buried alive.

По този начин прислужницата била погребана жива.

After this all lived happily together for many years.

След това всички живеели щастливо заедно в
продължение на много години.

**Sahasra-Dal and his princess, and Champa-Dal and
Keshavati.**

Сахасра-Дал и неговата принцеса, и Чампа-Дал и
Кешавати.

The Story of Swet and Bachanta
Историята на Сует и Бачанта

There was once upon a time a rich merchant.
Имало едно време един богат търговец.
This rich merchant had only one son.
Този богат търговец имал само един син.
And he loved his only son very much.
И той много обичаше единствения си син.
He gave to his son whatever he wanted.
Той даваше на сина си каквото си поиска.
Of course his son wanted a beautiful house.
Разбира се, синът му искаше красива къща.
And he also wanted to have a large garden.
И той също искаше да има голяма градина.
So a beautiful house was built for him.
Така за него била построена красива къща.
And a fine garden was made for him too.
И за него беше направена хубава градина.
The merchant's son was pleased with the garden.
Синът на търговеца бил доволен от градината.
And he enjoyed walking in the garden.
И той обичаше да се разхожда в градината.
One day a bird's nest caught his attention.
Един ден птиче гнездо привлече вниманието му.
This bird happens to be called Toontooni.
Тази птица се нарича Тунтуни.
He put his hand into the small bird's nest.
Той пъхна ръка в гнездото на малката птица.
And in the nest he found an egg.
И в гнездото намери яйце.
He took the egg out of its nest.
Той извади яйцето от гнездото му.
There was an almirah in the wall of his house.
В стената на къщата му имаше алмира.
So he put the egg in the almirah.
И така, той сложи яйцето в алмирата.

He closed the door of the almirah.

Той затвори вратата на алмирата.

And then he thought no more of the egg.

И тогава той вече не мислеше за яйцето.

The merchant's son had a house of his own.

Синът на търговеца имал собствена къща.

But he had a house without a household.

Но той имаше къща без домакинство.

So in his house there was no cook.

Така че в къщата му нямаше готвач.

But he had no need for his own cook.

Но той нямаше нужда от собствен готвач.

Because his mother regularly sent him food.

Защото майка му редовно му изпращаше храна.

In the morning she sent him breakfast.

На сутринта тя му изпрати закуска.

And every day she had dinner sent to him.

И всеки ден тя поръчваше да му изпращат вечеря.

One day the egg in the almirah burst.

Един ден яйцето в алмирата се спука.

But it was not a bird that came out of the egg.

Но не беше птица, която излезе от яйцето.

Out of the egg came a beautiful infant.

От яйцето излезе красиво бебе.

The infant was not a bird, but a human girl.

Бебето не беше птица, а човешко момиче.

But the merchant's son knew nothing of the event.

Но синът на търговеца не знаеше нищо за събитието.

He had forgotten everything about the egg.

Той беше забравил всичко за яйцето.

The door of the wall-almirah had been kept closed.

Вратата на стенната алмира беше затворена.

However, the merchant's son did not lock the door.

Търговският син обаче не заключил вратата.

The child grew up within the wall-almirah.

Детето израсна в стената-алмира.

She had no knowledge of the merchant's son.

Тя нямаше никакви познания за сина на търговеца.

Nor did she know of anyone else.

Нито пък познаваше някой друг.

When the child could walk it grew curious.

Когато детето можело да проходи, то станало любопитно.

And out of curiosity she opened the door.

И от любопитство тя отвори вратата.

That day, too, the mother had sent breakfast.

И този ден майката беше изпратила закуска.

And the breakfast had been put on the floor.

И закуската беше поставена на пода.

The child saw the food that was on the floor.

Детето видя храната, която беше на пода.

Of course the child ate from the food.

Разбира се, детето яде от храната.

And then the child returned into the wall.

И тогава детето се върна в стената.

The merchant's mother always made a lot of food.

Майката на търговеца винаги приготвяше много храна.

It was more food than he could possibly eat.

Беше повече храна, отколкото можеше да изяде.

So he didn't notice that any food was missing.

Така че не забеляза, че липсва някаква храна.

The girl of the wall-almirah came out every day.

Момичето от стената-алмира излизаше всеки ден.

And every day she ate a part of the food.

И всеки ден тя изяждаше част от храната.

After eating the food she returned to the almirah.

След като изяде храната, тя се върна в алмирата.

But with time the girl got older and older.

Но с времето момичето ставаше все по-възрастно и по-възрастно.

And with age she got bigger and bigger.

И с възрастта тя ставаше все по-голяма и по-голяма.

And the bigger she got the hungrier she got.

И колкото по-голяма ставаше, толкова по-гладна ставаше.

And she began to eat more of the food each day.

И тя започна да яде повече от храната всеки ден.

Eventually the merchant's son noticed the missing food.

Накрая синът на търговеца забелязал липсващата храна.

But he had no way of knowing where the food went.

Но той нямаше как да знае къде отива храната.

The last thing he suspected was a girl from inside the almirah.

Последното нещо, което подозираше, беше момиче от вътрешността на алмирата.

And so he came to a very different conclusion.

И така той стигна до съвсем различно заключение.

"Why is mother sending such a small quantity of food?".

„Защо майка ми изпраща толкова малко количество храна?"

And he had a message sent to his mother.

И той изпрати съобщение до майка си.

"Why am I being sent insufficient food?".

„Защо ми изпращат недостатъчно храна?"

"And why is the dish served so slovenly?".

„И защо ястието е сервирано толкова небрежно?"

Of course we know why the food was insufficient.

Разбира се, че знаем защо храната е била недостатъчна.

And we know why the food was presented slovenly.

И знаем защо храната беше поднесена небрежно.

The girl from in the wall ate from his food.

Момичето от стената яде от храната му.

And as she ate she fingered the rice and curry.

И докато ядеше, тя опипваше ориза и кърито.

And she always hurried back into her cell in the wall.

И тя винаги бързаше обратно в килията си в стената.

So that she would not be seen by anyone.

За да не бъде видяна от никого.

She had no time to put the rice in proper order.

Тя нямаше време да подреди ориза както трябва.

The mother was astonished at her son's complaint.

Майката била смаяна от оплакването на сина си.

She gave him more than he could eat.

Тя му даде повече, отколкото можеше да изяде.

The food was served up on a silver plate.

Храната беше сервирана на сребърна чиния.

And she neatly arranged the food herself.

И тя самата спретнато подреди храната.

But her son repeated the same complaint again.

Но синът ѝ повтори същото оплакване отново.

Day after day he complained of the small portions.

Ден след ден той се оплакваше от малките порции.

Day after day he complained of the messy food.

Ден след ден той се оплакваше от разхвърляната храна.

And so his mother began to suspect foul play.

И така майка му започна да подозира нечестна игра.

She told her son to watch over the food.

Тя казала на сина си да пази храната.

"See if anyone is eating your food".

„Виж дали някой яде храната ти."

The next day a servant brought the food.

На следващия ден един слуга донесе храната.

The servant laid the food in a clean place.

Слугата сложи храната на чисто място.

Normally the merchant's son took a bath.

Обикновено синът на търговеца се къпеше.

But this day he did not go for a bath.

Но този ден не отиде да се изкъпе.

Instead, on this day he hid himself nearby.

Вместо това, на този ден той се скрил наблизо.

From his hiding place he could see the food.

От скривалището си можеше да види храната.

The merchant's son did not have to wait for long.

Търговският син не трябваше да чака дълго.

Soon he saw the wall-almirah open.

Скоро видя стенната алмира да се отваря.

And he saw a beautiful damsel step out.

И той видя как оттам излиза красива девойка.

She could not have been more than sixteen.

Тя не можеше да е на повече от шестнадесет години.

She sat on the carpet by the breakfast.

Тя седна на килима до закуската.

And she began to eat from the food left on the floor.

И тя започна да яде от храната, останала на пода.

The merchant's son came out of his hiding-place.

Търговският син излезе от скривалището си.

And the damsel could not escape from him.

И девойката не можа да избяга от него.

"Who are you, beautiful creature?".

„Кой си ти, красиво създание?"

"You do not seem to be earth-born".

„Изглежда не си роден на земята."

"Are you one of the daughters of the gods?".

„Ти една от дъщерите на боговете ли си?"

The girl replied, "I do not know who I am".

Момичето отговорило: „Не знам коя съм."

"But there is one thing I do know," the girl continued.

— Но едно нещо знам със сигурност — продължи момичето.

"One day I found myself in the almirah in the wall".

„Един ден се озовах в алмирата в стената."

"And since then I have been living in the wall".

„И оттогава живея в стената."

The merchant's son thought her story was strange.

Синът на търговеца сметнал историята ѝ за странна.

But then he thought a bit more about the story.

Но след това той се замисли малко повече за историята.

And he remembered what happened sixteen years ago.

И той си спомни какво се случи преди шестнадесет години.

He remembered the nest of the toontoori bird.

Той си спомни гнездото на птицата тунтури.

And he remembered finding an egg in the nest.

И си спомни, че е намерил яйце в гнездото.

And he remembered putting the egg in the almirah.

И той си спомни как сложи яйцето в алмирата.

The wall-almirah girl was of uncommon beauty.

Момичето от стената алмира беше с необикновена
красота.
And the merchant's son was struck by her beauty.
И синът на търговеца бил поразен от красотата ѝ.
Her beauty made a deep impression on his mind.
Красотата ѝ направи дълбоко впечатление в съзнанието
му.
And he resolved in his mind to marry her.
И той реши наум да се ожени за нея.
From then on the girl didn't stay in the almirah.
Оттогава нататък момичето не остана в алмирата.
She was given a room in the merchant's son's house.
Дали ѝ стая в къщата на сина на търговеца.
The next day the merchant's son wrote a message.
На следващия ден синът на търговеца написа съобщение.
And he had the message sent to his mother.
И той изпрати съобщението на майка си.
You can guess the general theme of the message.
Можете да се досетите за общата тема на съобщението.
The merchant's son said he would like to get married.
Синът на търговеца казал, че иска да се ожени.
The mother of the merchant's son reproached herself.
Майката на сина на търговеца се упрекна.
She had not tried to find a wife for his son.
Тя не се беше опитала да намери съпруга за сина му.
She felt she should have thought of his marriage.
Тя чувстваше, че е трябвало да помисли за брака му.
And so she promptly replied to her son's message.
И затова тя незабавно отговори на съобщението на сина
си.
She and her father were going to send out ghataks.
Тя и баща ѝ щяха да изпратят гатаки.
The ghataks were going to go to different countries.
Гатаките щяха да отидат в различни страни.
There they were going to look for suitable brides.
Там щяха да търсят подходящи булки.
But the merchant's son said there would be no need.

Но синът на търговеца казал, че няма да има нужда.
He had secured himself a lovely young lady.
Той си беше осигурил прекрасна млада дама.
If they had no objection, he would introduce her to them.
Ако нямаха възражения, той щеше да им я представи.
And so the young lady was taken to the merchant's house.
И така, младата дама била отведена в къщата на търговеца.
The merchant and his wife welcomed the stranger.
Търговецът и жена му посрещнаха непознатия.
And they were also struck by her unmatched beauty.
И те също бяха поразени от нейната несравнима красота.
The girl was of perfect loveliness and grace.
Момичето беше съвършена красота и грация.
The parents made no questions to her birth.
Родителите не са повдигали въпроси относно раждането
й.
And the nuptials were celebrated there and then.
И сватбата беше отпразнувана там и тогава.

In the course of time the merchant's son had two sons.
С течение на времето синът на търговеца имал двама сина.
The elder of the sons he named Swet.
По-големият от синовете той нарече Сует.
And the younger son he named Basanta.
А по-малкия син той нарече Басанта.
After the passing of more time the old merchant died.
След като изминало още време, старият търговец
починал.
So the merchant's son now became the merchant.
И така, синът на търговеца станал търговецът.
And after some time his mother died too.
И след известно време почина и майка му.
Swet and Basanta grew up to be fine lads.
Сует и Басанта израснаха като добри момчета.
And the elder son was in due time married.
И по-големият син навреме се ожени.
Sometime after Swet's marriage his mother also died.

Някъде след брака на Сует починала и майка му.
The girl from in the wall was no more.
Момичето от стената вече го нямаше.
The widower lost no time in marrying again.
Вдовецът не губи време и се жени отново.
And he had a new young and beautiful wife.
И той имаше нова млада и красива съпруга.
Swet's wife was older than his stepmother.
Съпругата на Сует беше по-възрастна от мащехата му.
So his wife became the mistress of the house.
Така жена му станала господарка на къщата.
The stepmother was like all stepmothers are.
Мащехата беше като всички мащехи.
She hated Swet and Basanta with a perfect hatred.
Тя мразеше Сует и Басанта с пълна омраза.
And the two ladies also couldn't stand each other.
И двете дами също не можеха да се понасят.
It so happened one day that a fisherman came.
Случило се един ден, че дошъл един рибар.
The fisherman brought to the merchant a fish.
Рибарят донесъл на търговеца риба.
This fish was of singular and remarkable beauty.
Тази риба беше с необикновена и забележителна красота.
It was unlike any other fish that had been seen.
Беше различна от всички други риби, които бяха виждали.
And the fish had other qualities too.
А рибата имаше и други качества.
The fisherman explained the wonders of the fish.
Рибарят обяснил чудесата на рибите.
"Two things will happen if you eat this fish".
„Две неща ще се случат, ако ядете тази риба."
"When you laugh maniks will drop from your mouth".
„Когато се смееш, маникюрите ще ти паднат от устата."
"And when you weep pearls will drop from your eyes".
„И когато плачеш, бисери ще падат от очите ти."
The merchant was astounded by what he had heard.
Търговецът бил изумен от чутото.

And he wanted the wonderful properties of the fish.

И той искаше прекрасните свойства на рибата.

And so he bought the fish at one thousand rupees.

И така той купи рибата за хиляда рупии.

And he put the fish into the hands of Swet's wife.

И той сложи рибата в ръцете на жената на Сует.

Because Swet's wife was the mistress of the house.

Защото съпругата на Сует беше господарката на къщата.

He strictly instructed her to cook the fish well.

Той стриктно й инструктира да сготви добре рибата.

And he told her to give the fish to him alone to eat.

И той й каза да даде рибата само на него, за да яде.

The house-mother however knew the fish's secret.

Домакинята обаче знаеше тайната на рибката.

She had overheard what the fisherman had said.

Тя беше чула какво беше казал рибарят.

Secretly she made a different plan in her mind.

Тайно тя кроеше различен план в ума си.

She was going to cook the fish for her husband.

Тя щеше да сготви рибата за съпруга си.

And she was going to share the fish with his brother.

И тя щеше да сподели рибата с брат му.

For her father-in-law she was going to prepare a frog.

За свекър си тя щеше да приготви жаба.

Soon she had finished cooking the marvelous fish.

Скоро тя приключи с готвенето на чудесната риба.

And she had finished cooking a frog too.

И тя беше приключила с готвенето на жаба.

But from the kitchen she could hear a squable.

Но от кухнята тя чуваше кавга.

She could hear who it was that was arguing.

Тя можеше да чуе кой е този, който спори.

Her stepmother-in-law and her husband's brother.

Мащехата й и братът на съпруга й.

And she understood the cause of the argument.

И тя разбра причината за спора.

Basanta was still but a young lad.

Басанта беше все още само младо момче.
But he was passionately fond of his pigeons.
Но той страстно обичаше гълъбите си.
And he tamed his pigeons very well.
И той опитоми гълъбите си много добре.
Nonetheless, one of his pigeons had escaped.
Въпреки това, един от гълъбите му беше избягал.
And the pigeon flew into his stepmother's room.
И гълъбът влетя в стаята на мащехата си.
His stepmother hid the pigeon in her clothes.
Мащехата му скрила гълъба в дрехите си.
Basanta rushed after the pigeon into the room.
Басанта се втурна след гълъба в стаята.
And he loudly demanded to have the pigeon back.
И той силно поиска да му върнат гълъба.
His stepmother denied having the pigeon.
Мащехата му отрече да има гълъба.
Swet, however, did know she had the pigeon.
Сует обаче знаеше, че има гълъба.
And the older brother forcibly took the bird.
И по-големият брат насила взе птицата.
And he freed the pigeon from her clothes.
И той освободи гълъба от дрехите ѝ.
And he gave the pigeon back to his brother.
И той върна гълъба на брат си.
The stepmother cursed and swore, and added;
Мащехата проклинаше, ругаеше и добавяше;
"Wait until the head of the house comes home".
„Изчакай, докато главата на къщата се прибере.“
"He will get no water till he sheds your blood".
„Той няма да получи вода, докато не пролее кръвта ти.“
Swet's wife called her husband and said to him;
Съпругата на Сует се обадила на мъжа си и му казала;
"My dearest lord, that woman is a most wicked woman".
„Скъпи ми господарю, тази жена е изключително
нечестива жена.“
"And she has boundless influence over my father-in-law".

„И тя има безгранично влияние върху моя тъст.“
"She will make him do what she has threatened".
„Тя ще го накара да направи това, за което го е заплашила.“
"All our lives are in imminent danger".
„Животът на всички ни е в непосредствена опасност.“
"But let us first eat a little," she added.
„Но нека първо хапнем малко“, добави тя.
"And then let us all three run away from this place".
„И тогава нека и тримата избягаме от това място.“
Swet forthwith called Basanta to him.
Сует веднага повика Басанта при себе си.
And he told him what he had heard from his wife.
И той му разказа какво е чул от жена си.
They resolved to run away before nightfall.
Те решиха да избягат преди да се стъмни.
The woman placed before her husband the fish.
Жената сложила рибата пред съпруга си.
And her brother-in-law ate of the fish too.
И зет ѝ също яде от рибата.
And they ate of the fish heartily.
И те ядоха от рибата с удоволствие.
The woman packed up all her jewels in a box.
Жената опаковала всичките си бижута в кутия.
There was only one horse in the stables.
В конюшнята имаше само един кон.
But the horse was of uncommon fleetness.
Но конят беше необичайно бърз.
They could all sit on the horse together.
Всички можеха да седнат заедно на коня.
Swet held the reins of the horse.
Сует държеше юздите на коня.
The woman sat in the middle of the horse.
Жената седеше по средата на коня.
And she had the jewel-box in her lap.
И тя държеше кутията със бижута в скута си.
And Basanta sat on the rear of the horse.

И Башанта седна отзад на коня.

The horse galloped with the utmost swiftness.

Конят препускаше с невероятна бързина.

They passed through many a plain and noted town.

Те преминаха през много обикновени и известни градове.

After midnight they found themselves in a forest.

След полунощ се озоваха в гора.

And they were not far from the banks of a river.

И не бяха далеч от бреговете на река.

Here the most untoward event took place.

Тук се случи най-неприятното събитие.

Swet's wife began to feel the pains of child-birth.

Съпругата на Сует започнала да усеща родилните болки.

They dismounted from the horse without delay.

Те слязоха от коня без бавене.

And within an hour Swet's wife gave birth to a son.

И в рамките на час съпругата на Сует роди син.

What were the two brothers to do in this forest?

Какво трябваше да правят двамата братя в тази гора?

They knew that a fire had to be kindled.

Те знаеха, че трябва да се запали огън.

The mother and the new-born baby needed warmth.

Майката и новороденото бебе се нуждаеха от топлина.

But from where was there fire to be gotten?

Но откъде можеше да се вземе огън?

There were no human habitations visible.

Не се виждаха човешки жилища.

Nonetheless, a fire had to be procured.

Въпреки това, огънят трябваше да бъде запален.

And it was the winter month of December.

И беше зимният месец декември.

The mother and the baby would certainly perish.

Майката и бебето със сигурност щяха да загинат.

Swet told Basanta to sit beside his wife.

Сует каза на Басанта да седне до жена му.

And he set out in the darkness of the night.

И той тръгна в тъмнината на нощта.

And he went in search of wood to make a fire.

И той тръгна да търси дърва, за да запали огън.

Swet walked many a mile through the darkness.

Сует извървя много мили през тъмнината.

But despite the distance he saw no human habitations.

Но въпреки разстоянието, той не видя човешки жилища.

But eventually his eyes were given some help.

Но в крайна сметка очите му получиха известна помощ.

The genial light of Sukra somewhat illumined his path.

Добродушната светлина на Шукра донякъде освети пътя му.

And he saw at a distance what seemed a large city.

И той видя отдалеч нещо, което изглеждаше като голям град.

He was congratulating himself on his journey's end.

Той се поздравяваше с края на пътуването си.

And he congratulated himself for finding fire.

И той се поздрави, че е намерил огън.

The fire that was going to benefit his poor wife.

Огънят, който щеше да е от полза за бедната му съпруга.

His wife that was lying cold in the forest.

Жена му, която лежеше студена в гората.

The fire that was going to save his new-born child.

Огънят, който щеше да спаси новороденото му дете.

The new-born baby born into the coldness.

Новороденото бебе, родено в студа.

Suddenly an elephant shot across his path.

Изведнъж слон пресяче пътя му.

The elephant was gorgeously caparisoned.

Слонът беше разкошно облечен.

And the elephant gently picked him with his trunk.

И слонът нежно го дърпаше с хобота си.

He placed him on the rich howdah on its back.

Той го постави върху богатата хауда, качена на гърба ѝ.

The elephant then walked rapidly towards the city.

След това слонът бързо тръгнал към града.

Swet was quite taken aback by the events.

Сует беше доста изненадана от събитията.
He did not understand the elephant's actions.
Той не разбираше действията на слона.
And he wondered what was in store for him.
И се чудеше какво го очаква.
A crown is that which was in store for him.
Корона е това, което го очакваше.
He was being taken to the chief city of a kingdom.
Той беше отведен в главния град на едно кралство.
In this kingdom every morning a king was elected.
В това кралство всяка сутрин се избирал крал.
Because the kings of this city lasted but a day.
Защото царете на този град просъществуваха само един ден.
Every night the new king joined the queen in her room.
Всяка вечер новият крал се присъединявал към кралицата в нейната стая.
And every morning the previous king was found dead.
И всяка сутрин предишният крал беше намиран мъртъв.
No one knew what caused the deaths of the kings.
Никой не знаеше какво е причинило смъртта на царете.
Not even the queen knew what caused their death.
Дори кралицата не знаеше каква е причината за смъртта им.
So this kingdom had its own king-maker.
Така че това кралство си е имало свой собствен създател на крале.
The elephant who suddenly took hold of Swet.
Слонът, който внезапно сграбчи Сует.
Early in the morning the elephant roamed about.
Рано сутринта слонът се разхождал наоколо.
Sometimes the elephant went to distant places.
Понякога слонът отивал на далечни места.
And every evening the elephant returned with a man.
И всяка вечер слонът се връщал с човек.
The man on the elephant's became their king.
Човекът на слона станал техен крал.

The elephant majestically marched through the streets.

Слонът величествено маршируваше по улиците.

A crowd of people welcomed their new king.

Тълпа от хора приветства новия си крал.

But Swet did not yet understand their cheers.

Но Сует все още не разбираше овациите им.

The elephant entered the kingdom's palace.

Слонът влязъл в двореца на кралството.

And the elephant placed Swet on the throne.

И слонът постави Сует на трона.

Amid much rejoicing he was proclaimed king.

Сред голяма радост той беше провъзгласен за крал.

But there were lamentations in the crowd too.

Но и сред тълпата се чуха оплаквания.

In the course of the day he heard of the curse.

През деня той чу за проклятието.

The nightly death of every newly elected king.

Нощната смърт на всеки новоизбран крал.

But Swet was possessed of great discretion.

Но Сует притежаваше голяма дискретност.

And he had the courage not to try an escape.

И имаше смелостта да не се опита да избяга.

He took every precaution that he could take.

Той взе всички възможни предпазни мерки.

But he did not know how to avert the catastrophe.

Но той не знаеше как да предотврати катастрофата.

And he knew not what expedients to adopt.

И той не знаеше какви средства да предприеме.

Because he didn't know the nature of the danger.

Защото не е знаел естеството на опасността.

He resolved, however, upon two things;

Той обаче реши две неща;

He was going to go armed into the bedchamber.

Щеше да влезе въоръжен в спалнята.

And he was going to stay awake the whole night.

И щеше да остане буден цяла нощ.

The queen was young and of exquisite beauty.

Кралицата беше млада и с изящна красота.

Guileless and benevolent was the expression of her face.

Безгрешно и доброжелателно беше изражението на лицето й.

It was impossible to attribute her any malice.

Беше невъзможно да й се припише някаква злонамереност.

No one believed she caused all the kings' deaths.

Никой не вярваше, че тя е причинила смъртта на всички крале.

In the queen's chamber Swet spent an agreeable evening.

В покоите на кралицата Сует прекара приятна вечер.

As the night advanced the queen fell asleep.

С напредването на нощта кралицата заспа.

But Swet kept awake, and was on the alert.

Но Сует не спеше и беше нащрек.

He looked at every creek and corner of the room.

Той огледа всеки поток и ъгъл на стаята.

And he expected every minute to be murdered.

И очакваше всяка минута да бъде убита.

But the queen did not rise to murder him.

Но кралицата не се изправи, за да го убие.

And no one entered the room to murder him either.

И никой не е влизал в стаята, за да го убие.

Nor did he feel anything other than sleepiness.

Нито пък изпитваше нищо друго освен сънливост.

But in the dead of night he perceived something.

Но посред нощ той забеляза нещо.

A thread was coming out the queen's nostril.

От ноздрата на кралицата излизаше конец.

The thread was so thin that it was almost invisible.

Конецът беше толкова тънък, че почти не се виждаше.

Slowly the thread reached several yards in length.

Бавно нишката достигна няколко метра дължина.

And eventually all the thread came out.

И в крайна сметка цялата нишка излезе.

Only then did the thread begin to grow thicker.

Едва тогава нишката започна да става по-дебела.
Soon the thread took on its real shape.
Скоро нишката придоби истинската си форма.
The thread was in fact a huge serpent.
Всъщност нишката беше огромна змия.
Immediately Swet cut off the head of the serpent.
Веднага Сует отряза главата на змията.
The body of the serpent wriggled violently.
Тялото на змията се извиваше яростно.
He sat quiet in the room, expecting other adventures.
Той седеше мълчаливо в стаята, очаквайки други
приключения.
But nothing else happened the rest of the night.
Но нищо друго не се случи през останалата част от нощта.
The queen slept longer than usual.
Кралицата спа по-дълго от обикновено.
Because she had been relieved of the huge snake.
Защото се беше освободила от огромната змия.
Early next morning the ministers came.
Рано на следващата сутрин дойдоха министрите.
They were expecting to hear of the king's death.
Те очакваха да чуят за смъртта на краля.
The ladies of the bedchamber knocked at the door.
Дамите от спалнята почукаха на вратата.
But to their astonishment Swet come out.
Но за тяхно учудване Сует излезе.
The folk learned the mystery of all the kings' deaths.
Народът научил мистерията на смъртта на всички царе.
And now the country rejoiced their permanent king.
И сега страната се радваше на своя постоянен крал.
There is a strange thing you probably noticed.
Вероятно сте забелязали нещо странно.
Swet did not remember his wife he left behind.
Сует не помнеше жена си, която беше оставил след себе
си.
It is a strange thing, nevertheless it is true.
Странно е, но въпреки това е вярно.

Nor did he remember the defenceless new-born babe.

Нито пък си спомняше за беззащитното новородено бебе.

And he did not remember his brother either.

И той не си спомняше за брат си.

He had no time to remember when the elephant came.

Нямаше време да си спомни кога дойде слонът.

On the first night he had to worry for his own life.

През първата нощ той трябваше да се тревожи за собствения си живот.

And now the crown brought on his forgetfulness.

И сега короната донесе забравата му.

But he had entrusted his wife and child to Basanta.

Но той беше поверил жена си и детето си на Басанта.

And his brother sat waiting for many weary hours.

И брат му седеше и чакаше много изморителни часове.

Every moment he expected to see Swet return with fire.

Всеки миг очакваше да види Сует да се завръща с огън.

But the whole night passed away without his return.

Но цялата нощ мина без неговото завръщане.

At sunrise he went to the bank of the river.

При изгрев слънце той отиде на брега на реката.

There he anxiously looked about for his brother.

Там той тревожно се огледа за брат си.

But his waiting and searching were all in vain.

Но чакането и търсенето му бяха напразни.

Distressed beyond measure, he wept at the riverside.

Изключително разстроен, той плака край реката.

As he was weeping a boat was passing by.

Докато плачеше, покрай него минаваше лодка.

In the boat a merchant was returning from business.

В лодката един търговец се връщаше от работа.

The boat was not far from the shore.

Лодката не беше далеч от брега.

So the merchant could see Basanta weeping.

Така търговецът можел да види как Басанта плаче.

Something struck the attention of the merchant.

Нещо привлече вниманието на търговеца.

By the weeping man appeared to be a pile of pearls.

До плачещия мъж се яви купчина перли.

The merchant requested the boatman to halt.

Търговецът помолил лодкаря да спре.

And the merchant went to the weeping man.

И търговецът отиде при плачещия мъж.

By the weeping man was in fact a pile of pearls.

До плачещия мъж всъщност имаше купчина перли.

And the pearls were of the highest quality.

А перлите бяха от най-високо качество.

And another thing astonished the merchant.

И още нещо учуди търговеца.

The pile of pearls grew larger every second.

Купчината перли ставаше все по-голяма с всяка секунда.

Because the man was crying, but not tears.

Защото мъжът плачеше, но не сълзи.

Because his tears turned to pearls on the ground.

Защото сълзите му се превърнаха в перли на земята.

The merchant stowed away the pearls into his boat.

Търговецът прибрал перлите в лодката си.

Then the merchant got his servants to help him.

Тогава търговецът повикал слугите си да му помогнат.

And together they captured the crying man.

И заедно те заловиха плачещия мъж.

They put him on board of the vessel.

Качиха го на борда на кораба.

And he tied him to one of the ship's masts.

И го завърза за една от мачтите на кораба.

Basanta, of course, tried his best to resist.

Басанта, разбира се, се опита с всички сили да се съпротивлява.

But what could he do against so many sailors?

Но какво можеше да направи срещу толкова много моряци?

He thought of his brother who never returned.

Той си помисли за брат си, който никога не се завърна.

He thought of his sister-in-law in the forest.

Той си помисли за снаха си в гората.
And he thought of his newly born niece.
И той си помисли за новородената си племенница.
And he cried even more bitterly than before.
И той плака още по-горчиво от преди.
His weeping mightily pleased the merchant.
Плачът му много зарадва търговеца.
Because even more pearls were falling to the ground.
Защото още повече перли падаха на земята.
And the merchant became richer and richer.
И търговецът ставал все по-богат и по-богат.
Eventually the merchant reached his native town.
Най-накрая търговецът стигнал до родния си град.
When they got there he confined Basanta in a room.
Когато пристигнали там, той затворил Басанта в една стая.
At stated hours every day he had him whipped.
В определени часове всеки ден той го бичувал с камшик.
In order to make him shed yet more tears.
За да го накара да пролее още повече сълзи.
And every tear converted into a bright pearl.
И всяка сълза се превърна в ярък бисер.
The merchant one day said to his servants;
Един ден търговецът казал на слугите си:
"The fellow is making me rich by his weeping".
„Този човек ме прави богат с плача си."
"Let us see what he gives me by laughing".
„Да видим какво ще ми даде, като се смее."
Accordingly, he began to tickle his captive.
Съответно, той започна да гъделичка пленника си.
Upon being tickled Basanta began to laugh.
След като я гъделичкаха, Басанта започна да се смее.
Of course he was not laughing out of happiness.
Разбира се, че не се смееше от щастие.
But none the less maniks dropped from his mouth.
Но въпреки това маники паднаха от устата му.
After this Basanta was not just whipped anymore.
След това Басанта вече не беше просто бит с камшик.

Now he was alternately whipped and tickled.
Сега той беше ту удрян с камшик, ту гъделичкан.
All day and far into the night he was exploited.
През целия ден и до късно през нощта той беше
експлоатиран.
The merchant's wealth increased day and night.
Богатството на търговеца се увеличавало денем и нощем.
Soon he became the wealthiest man in the land.
Скоро той станал най-богатият човек в страната.
But let us return to Basanta's subjugation later.
Но нека се върнем към подчинението на Басанта по-късно.
Now let us turn our attention to Swet's wife.
Сега нека обърнем внимание на съпругата на Сует.

Swet's abandoned wife was still in the forest.
Изоставената съпруга на Сует все още беше в гората.
She had just given birth to her child.
Тя току-що беше родила детето си.
But now she was alone in the forest.
Но сега тя беше сама в гората.
First her husband had abandoned her.
Първо съпругът ѝ я беше изоставил.
And now her brother-in-law abandoned her too.
А сега и зет ѝ я изостави.
Imagine how overwhelmed with grief she felt.
Представете си колко обзета от мъка се е чувствала тя.
Alone, and in a forest, far from civilization.
Сам, и в гора, далеч от цивилизацията.
Her case was indeed deserving of sympathy.
Случаят ѝ наистина заслужаваше съчувствие.
She wept rivers of sad and lonely tears.
Тя проля реки от тъжни и самотни сълзи.
Excessive grief, however, brought her relief.
Прекомерната скръб обаче ѝ донесе облекчение.
She fell asleep with the new-born in her arms.
Тя заспа с новороденото на ръце.
While she was deep in sleep another tragedy took place.

Докато тя спеше дълбоко, се случи друга трагедия.
It so happened that the Kotwal was passing by.
Случи се така, че котвалът минаваше оттам.
He had recently suffered his own misfortune.
Наскоро той сам беше преживял нещастието си.
But his misfortune was of a different nature.
Но нещастието му беше от различно естество.
The children his wife bore died shortly after birth.
Децата, които съпругата му роди, починаха скоро след раждането.
And he was now going to bury the last infant.
И сега щеше да погребе последното бебе.
He was heading to the banks of the river.
Той се насочваше към бреговете на реката.
The place where the other infants were buried.
Мястото, където са били погребани другите бебета.
But then he saw the woman sleeping in the forest.
Но тогава той видя жената да спи в гората.
And in her arms he saw her holding a baby.
И в ръцете й я видя да държи бебе.
The infant was a lively and beautiful boy.
Бебето беше жизнерадостно и красиво момче.
His liveliness did not disturb his mother's sleep.
Жизнерадостността му не смущаваше съня на майка му.
The Kotwal wanted the lovely infant very much.
Котвалът много искал прекрасното бебе.
He quietly took the child from his mother.
Той тихо взе детето от майка му.
And in her arms he placed his own dead child.
И в ръцете й той сложи собственото си мъртво дете.
Of course this is not what he could tell his wife.
Разбира се, това не е, което можеше да каже на жена си.
"We both thought that our son had died".
„И двамата си мислехме, че синът ни е починал.“
"And I carried his body to the river bank".
„И пренесох тялото му до брега на реката.“
"And that was when a miracle occurred".

„И точно тогава се случи чудо".

"Once more our son opened his young eyes".

„За пореден път синът ни отвори младите си очи."

"And now we have a beautiful and lively boy".

„И сега имаме красиво и жизнерадостно момче."

But Swet's wife did not know the true events.

Но съпругата на Сует не знаеше истинските събития.

When she woke she held the dead child in her arms.

Когато се събуди, тя държеше мъртвото дете в ръцете си.

And she thought it was her child that had died.

И тя си помисли, че детето й е починало.

The distress of her mind may easily be imagined.

Лесно е да си представим душевното й страдание.

The whole world became dark to her.

Целият свят стана тъмен за нея.

She was distracted by the loss of her child.

Тя беше разсеяна от загубата на детето си.

And in her distraction she formed a resolution.

И в разсеяността си тя си взе решение.

She had resolved to take her own life.

Тя беше решила да отнеме живота си.

The river was not far from where she had slept.

Реката не беше далеч от мястото, където беше спала.

And she determined to drown herself in the river.

И тя реши да се удави в реката.

She took in her hand the bundle of jewels.

Тя взе в ръка снопа скъпоценности.

And then she proceeded to the river-side.

И след това тя продължи към брега на реката.

An old Brahman was at no great distance.

Недалеч беше един стар брахман.

The Brahman was performing his morning ablutions.

Брахманът извършваше сутрешното си измиване.

He noticed the woman going into the water.

Той забеляза жената да влиза във водата.

Naturally he thought that she was going to bathe.

Естествено, той си помисли, че тя ще се къпе.

But then he saw her going into the deep waters.
Но тогава той я видя да отива в дълбоките води.
Something akin to suspicion arose in his mind.
Нещо подобно на подозрение се зароди в ума му.
The Brahman discontinued his devotions.
Брахманът прекратил молитвите си.
He too waded out towards the river's depth.
Той също нагази към дълбините на реката.
And he ordered the woman to come to him.
И той заповяда на жената да дойде при него.
Swet's wife heard the old man calling her.
Съпругата на Сует чула стареца да я вика.
So she retraced her steps to the old man.
И така, тя се върна по стъпките си към стареца.
"What were your intentions?" asked the Braham.
„Какви бяха намеренията ви?“, попита Брахам.
And the woman confirmed his suspicions.
И жената потвърди подозренията му.
"I was going to put an end to my life".
„Щях да сложа край на живота си.“
And she thanked the Brahman for saving her.
И тя благодари на брахмана, че я е спасил.
"Accept these jewels as a sign of appreciation".
„Приемете тези бижута като знак на признателност.“
The Brahman accepted the sign of appreciation.
Брахманът приел знака на признателност.
But he was more interested in her story.
Но той се интересуваше повече от нейната история.
And at his request she related her story.
И по негова молба тя разказа историята си.
She had escaped from her stepmother in law.
Тя беше избягала от мащехата си.
In the forest she gave birth to a child.
В гората тя родила дете.
First her husband went looking for fire.
Първо съпругът ѝ тръгнал да търси огън.
But her husband never came back to her.

Но съпругът ѝ никога не се върна при нея.

Then her brother-in-law looked for her husband.

Тогава зет ѝ потърсил съпруга ѝ.

But her brother-in-law did not return either.

Но и зет ѝ не се върна.

Eventually she fell asleep with her child.

Накрая тя заспа с детето си.

But when she woke her child was dead.

Но когато се събуди, детето ѝ беше мъртво.

And that's when she decided to drown herself.

И точно тогава тя реши да се удави.

She felt the relieve of telling her fate.

Тя почувства облекчение, че може да каже съдбата си.

The Brahman invited the woman to his house.

Брахманът поканил жената в дома си.

And the woman was accepted into his family.

И жената беше приета в семейството му.

The Brahman's wife treated her like a daughter.

Съпругата на брахмана се отнасяла с нея като с дъщеря.

And she spent years with her new family.

И тя прекара години с новото си семейство.

Swet spend those years in his kingdom.

Сует прекара тези години в неговото кралство.

Basanta spent those years being tortured.

Басанта прекара тези години в мъчения.

And the adopted son of the Kotwal grew up.

И осиновеният син на Котвала порасна.

The Brahman's house was not far from the Kotwal's.

Къщата на брахмана не беше далеч от тази на Котвал.

So the Kotwal's son met the Brahman's adopted daughter.

И така, синът на Котвал срещнал осиновената дъщеря на брахмана.

And the lad thought he fell in love with her.

И момчето си помисли, че се е влюбил в нея.

He spoke to his father about the woman.

Той говори с баща си за жената.

And the father spoke to the Brahman about the woman.

И бащата говори на брахмана за жената.

The Brahman's rage knew no bounds.

Гневът на брахмана не знаеше граници.

"What is this insolence!" the Brahman protested.

„Каква е тази наглост!", възрази брахманът.

"Your son is the son of an infidel".

„Синът ти е син на неверник."

"How can he aspire to the hand of a Brahman's daughter!?".

„Как може той да се стреми към ръката на дъщерята на брахман!?"

"A dwarf may as well aspire to catch hold of the moon!".

„Едно джудже може да се стреми да хване луната!"

But the Kotwal's son determined to have her by force.

Но синът на Котвал решил да я има насила.

One day he scaled the wall of the Brahman's house.

Един ден той се изкачи по стената на къщата на брахмана.

He got upon the thatched roof of the cow-house.

Той се качи на сламения покрив на краварника.

And from that lofty position he reconnoitered.

И от тази висока позиция той разузнаваше.

And he saw two young calves below him.

И видя две млади телета под себе си.

And he overheard the conversation of two young calves.

И той подслуша разговора на две млади телета.

"Men accuse us of brutish ignorance and immorality".

„Мъжете ни обвиняват в грубо невежество и безнравственост."

"But in my opinion men are fifty times worse".

„Но според мен мъжете са петдесет пъти по-лоши."

"What makes you say so, brother?" the calf asked.

„Какво те кара да кажеш така, братко?" попита телето.

"Have you witnessed instances of human depravity?".

„Свидетел ли си на случаи на човешка поквара?"

"Who is a greater monster than the Kotwal's son?".

„Кой е по-голямо чудовище от сина на Котвал?"

"The same lad standing on the thatched roof".

„Същият младеж, стоящ на сламения покрив."

"The roof of this hut above our heads".

„Покривът на тази колиба над главите ни".

"I thought he was just the son of our Kotwal".

„Мислех, че е просто син на нашия Котвал."

"I never heard that he was exceptionally vicious".

„Никога не съм чувал, че е бил изключително злобен."

"You may have never heard of his wickedness".

„Може би никога не сте чували за неговата злоба."

"But now you will hear of his wickedness from me".

„Но сега ще чуете за неговото злодеяние от мен."

"This wicked lad is now making immoral plans".

„Това нечестиво момче сега крои неморални планове."

"He is trying get married to his own mother!".

„Той се опитва да се ожени за собствената си майка!"

The First Calf then related the whole story.

Тогава Първото Теле разказа цялата история.

And the inquisitive Second Calf listened.

И любопитното Второ Теле слушаше.

And the calf told Swet's and Basanta's story.

И телето разказа историята на Сует и Басанта.

"A merchant built a house for his son"

„Един търговец построил къща за сина си"

"In the garden of the house was a Toontooni bird"

„В градината на къщата имаше птица Тунтуни"

"In the nest of the Toontooni bird was an egg"

„В гнездото на птицата Тунтуни имаше яйце"

"The merchant's son put the egg in a almirah"

„Синът на търговеца сложи яйцето в алмира"

"Out of the egg came a beautiful girl"

„От яйцето излезе красиво момиче"

"Eventually the merchant's son married this beautiful girl"

„В крайна сметка синът на търговеца се оженил за това красиво момиче"

"Together they had two children; Swet and Basanta"

„Заедно те имаха две деца; Сует и Басанта"

"Some time later the grandfather of the children died"

„Известно време по-късно дядото на децата почина"

"Some time later again their grandmother died too"
„По-късно отново почина и баба им"
"At the right time, the oldest son, Swet, got married"
„В точния момент най-големият син, Сует, се ожени"
"His mother, the Toontooni woman, died sometime later"
„Майка му, жената от рода Тунтуни, почина известно време по-късно"
"Soon after their father married a younger woman"
„Скоро след като баща им се оженил за по-млада жена"
"But their new stepmother hated her stepsons"
„Но новата им мащеха мразеше доведените си синове"
"And she also hated her new stepdaughter-in-law"
„И тя също мразеше новата си доведена снаха"
"One day a fisherman happened to visit the merchant"
„Един ден един рибар посетил търговеца"
"The Fisherman had sold the merchant a magical fish"
„Рибарят продал на търговеца вълшебна риба"
"Whoever ate the fish would laugh maniks"
„Който и да е ял рибата, ще се смее като маникюр"
"And whoever ate the fish would weep pearls"
„И който изяде рибата, ще плаче перли"
"The same day there was an argument over some pigeons"
„Същия ден имаше спор за гълъби"
"The stepmother was terribly vengeful to her stepsons"
„Мащехата беше ужасно отмъстителна към доведените си синове"
"And she swore revenge on her stepsons"
„И тя се закле да отмъсти на доведените си синове "
"That day Swet, his wife, and Basanta escaped"
„В този ден Сует, жена му и Басанта избягаха"
"But before leaving they ate the magical fish"
„Но преди да си тръгнат, те изядоха вълшебната риба"
"On their journey Swet's wife gave birth to a baby boy"
„По време на пътуването им съпругата на Сует роди момченце"
"Swet went to look for wood to make a fire"
„Суит отиде да търси дърва, за да запали огън"

"But he was carried away by an elephant"

„Но той беше отнесен от слон“

"He was taken to a Queen haunted by a snake"

„Той беше отведен при кралица, преследвана от змия “

"But he succeeded in killing the serpent"

„Но той успя да убие змията“

"And so he became king of the land""Basanta went looking for his brother"

„И така той станал крал на земята“ „Басанта тръгнал да търси брат си“

"But he was captured by a merchant"

„Но той беше заловен от търговец“

"And now he's flogged and tickled daily"

„И сега го бичуват и гъделичкат всеки ден“

"And he cries pearls and laughs maniks"

„И той плаче перли и се смее маникюрно“

"The Kotwal's son had died that night"

„Синът на Котвал беше починал онази нощ“

"So the Kotwal exchanged the two babies"

„И така, котвалите размениха двете бебета“

"The mother couldn't bear the loss of her child"

„Майката не можеше да понесе загубата на детето си“

"So she made the decision to drown herself"

„Значи тя е взела решение да се удави“

"But there was a Brahman that saved her life"

„Но имаше един брахман, който ѝ спаси живота“

"And this Brahman took her into his home"

„И този брахман я прибра в дома си“

"The Kotwal's son grew up a hardy boy"

„Синът на Котвал израсна като издръжливо момче“

"And he fell in love with the woman"

„И той се влюби в жената“

"And now he stands on the roof"

„И сега той стои на покрива“

"And he's intent on having the woman"

„И той е решен да има жената“

All this the Kotwal's son heard.

Всичко това чу синът на Котвал.

And he was struck with horror.

И го обзе ужас.

He forthwith got down from the thatch.

Той веднага слезе от сламения покрив.

And he went home to his father.

И той се прибра у дома при баща си.

And he said he must speak with the king.

И той каза, че трябва да говори с краля.

The father protested against the request.

Бащата протестира срещу искането.

But he got an interview with the king.

Но той получи интервю с краля.

He told the king about the two calves.

Той разказал на царя за двете телета.

And he repeated the whole story.

И той повтори цялата история.

The king now remembered his poor wife.

Кралят сега си спомни за бедната си жена.

So a servant was sent to the Brahman.

И така, при брахмана бил изпратен слуга.

And the Brahman was richly rewarded.

И брахманът беше богато възнаграден.

And his wife was brought back to the palace.

И жена му беше върната в двореца.

His wife was put in her proper position.

Жена му беше поставена на подобаващо място.

And she became queen of the kingdom.

И тя стана кралица на кралството.

The reputed son of the Kotwal was readopted.

Предполагаемият син на Котвал беше осиновен отново.

And he was proclaimed heir to the throne.

И той беше провъзгласен за наследник на трона.

Basanta was brought out of the dungeon.

Басанта беше изведен от тъмницата.

And the wicked merchant was buried alive.

И злият търговец беше погребан жив.

And thorns were put in his burying-place.

И тръни бяха поставени в гробището му.

And all lived together happily for many years.

И всички живееха щастливо заедно в продължение на много години.

Swet, his wife and son, and Basantas.

Сует, съпругата и синът му, и Басантас.

The Evil Eye of Sani
Злото око на Сани

Once upon a time Sani and Lakshmi fell out with each other.

Някога Сани и Лакшми се скарали.

Sani, also known as Saturn, is the God of bad luck.

Сани, известен още като Сатурн, е богът на лошия късмет.

And Lakshmi is the Goddess of good luck.

А Лакшми е богинята на късмета.

And these two Gods fell out with each other in heaven.

И тези двама богове се скараха помежду си на небето.

Sani said he was higher in rank than Lakshmi.

Сани каза, че е по-висок по ранг от Лакшми.

And Lakshmi said she was higher in rank than Sani.

И Лакшми каза, че е с по-висок ранг от Сани.

But there were just as many Gods as there were Goddesses.

Но имаше точно толкова богове, колкото и богини.

Therefore the dispute could not be settled in heaven.

Следователно спорът не можеше да бъде разрешен на небето.

The contending deities agreed to refer the matter to humans.

Враждуващите божества се съгласиха да отнесат въпроса към хората.

The humans had a name for wisdom and justice.

Хората имали име за мъдрост и справедливост.

There lived at that time upon earth a man named Sribatsa.

По това време на земята живял човек на име Шрибаца.

(Sri is another name of Lakshmi).

(Шри е другото име на Лакшми).

(And"batsa" is another word for child).

(И „бата“ е друга дума за дете).

(so Sribatsa literally means"the child of fortune").

(така че Шрибаца буквално означава „дете на съдбата“).

Sribatsa had as much wisdom as he had wealth.

Шрибаца притежавал толкова мъдрост, колкото и богатство.

And he was as fair as he was rich, too.

И беше толкова справедлив, колкото и богат.

He was therefore a good judge for the dispute.

Следователно той беше добър съдия по спора.

And the God and Goddess agreed he could judge their case.

И Богът и Богинята се съгласиха, че той може да отсъди техния случай.

One day, accordingly, Sribatsa was contacted.

Един ден, съответно, се свързали със Шрибаца.

He was told that Sani and Lakshmi would come to him.

Казаха му, че Сани и Лакшми ще дойдат при него.

And he was told they wished for him to settle their dispute.

И му беше казано, че искат той да разреши спора им.

This put Sribatsa in a delicate situation.

Това постави Шрибаца в деликатна ситуация.

He could say Sani was higher in rank than Lakshmi.

Можеше да каже, че Сани е с по-висок ранг от Лакшми.

But then she would be angry with him and forsake him.

Но тогава тя щеше да му се ядоса и да го изостави.

He could say Lakshmi was higher in rank than Sani.

Той можеше да каже, че Лакшми е с по-висок ранг от Сани.

But then Sani would cast his evil eye upon him.

Но тогава Сани щеше да хвърли върху него зъл поглед.

He made up his mind not to say anything directly.

Той реши да не казва нищо директно.

The god and the goddess had to observe his actions.

Богът и богинята трябвало да наблюдават действията му.

And from his actions they could gather their opinions.

И от действията му те можеха да си съставят мнение.

Sribatsa ordered two chairs to be made.

Шрибаца поръчал да бъдат направени два стола.

One of the chairs was made from gold.

Един от столовете беше направен от злато.

And the other chair was made from silver.

А другият стол беше направен от сребро.

And he placed the two chairs beside himself.

И той постави двата стола до себе си.

The day came when Sani and Lakshmi visited Sribatsa.
Дойде денят, в който Сани и Лакшми посетиха Шрибаца.
He told Sani to sit upon the silver chair.
Той каза на Сани да седне на сребърния стол.
And he told Lakshmi to sit upon the gold chair.
И той каза на Лакшми да седне на златния стол.
Sani became mad with rage, and spoke angrily;
Сани полудя от ярост и заговори гневно;
"You consider me lower in rank than Lakshmi"
„Смяташ ме за по-нисък ранг от Лакшми"
"I will cast my eye on you for three years"
„Ще те гледам три години"
"We shall see how you fare at the end of that period"
„Ще видим как ще се справиш в края на този период"
The god then went away in great anger.
Тогава богът си тръгна, силно разгневен.
Lakshmi, before she went away, said to Sribatsa;
Лакшми, преди да си тръгне, каза на Шрибаца;
"My child, do not fear. I'll befriend you"
„Дете мое, не се бой. Ще се сприятеля с теб."
The god and the goddess then went away.
След това богът и богинята си тръгнаха.
Sribatsa spoke to his wife, Chantamani;
Шрибаца разговаря със съпругата си Чантамани;
"Dearest, the evil eye of Sani will be upon me"
„Скъпа моя, урокът на Сани ще бъде върху мен"
"I had better go away from the house"
„По-добре да се махна от къщата"
"If I stay evil will befall you and me"
„Ако остана, злото ще сполети и теб, и мен"
"But if I go, evil will overtake me only"
„Но ако си отида, злото ще ме постигне само"
Chintamani said, "it cannot be that way"
Чинтамани каза: „Не може да бъде така"
"Wherever you go, I will go with you"
„Където и да отидеш, аз ще дойда с теб"
"Your good luck shall be my good luck"

„Твоят късмет ще бъде и мой късмет"
"And your bad luck shall be my bad luck"
„И твоят лош късмет ще бъде и мой лош късмет"
The husband tried hard to persuade his wife to stay.
Съпругът се опитал усилено да убеди жена си да остане.
But all his efforts were of no use.
Но всичките му усилия бяха напразни.
She refused to abandon her husband.
Тя отказа да изостави съпруга си.
Sribatsa told his wife to make an opening in their mattress.
Шрибаца казал на жена си да направи отвор в матрака им.
And he told her to stow away all their money and jewels.
И той ѝ казал да прибере всичките им пари и бижута.
On the eve of leaving their house, Sribatsa invoked Lakshmi.
В навечерието на напускането на дома им, Шрибаца призова Лакшми.
Upon being invoked, Lakshmi forthwith appeared.
След като била призована, Лакшми се появила веднага.
"Mother Lakshmi, the evil eye of Sani is upon us"
„Майко Лакшми, урокът на Сани е върху нас"
"We are going away into exile"
„Отиваме в изгнание"
"Please befriend us, and take care of our property"
„Моля, бъдете приятели с нас и се грижете за имуществото ни"
The goddess of good luck answered.
Богинята на късмета отговори.
"Do not fear; I'll befriend you"
„Не бой се; ще се сприятеля с теб"
"In the end all will be right"
„Накрая всичко ще бъде наред"
They then set out on their journey.
След това те тръгнаха на път.
Sribatsa rolled up the mattress and put it on his head.
Шрибаца нави дюшека и го сложи на главата си.
They had not gone many miles when they saw a river.

Не бяха изминали много километри, когато видяха река.

There was a canoe with a man sitting in it.

Имаше кану, в което седеше мъж.

The travelers requested the ferryman to take them across.

Пътниците помолили лодкаря да ги преведе през морето.

The ferryman said he could only take one at a time.

Лодкарят каза, че може да вземе само по един наведнъж.

"Tere are three of you," he objected.

— Трима сте — възрази той.

"There is you, your wife, and your mattress"

„Ето ти, жена ти и матракът ти"

Sribatsa proposed in what order they should ferry over the river.

Шрибаца предложи в какъв ред да прекарат реката с ферибот.

"First my wife should be taken across the river"

„Първо жена ми трябва да бъде преведена през реката"

"After my wife, take the mattress across the river"

„След жена ми, пренесете матрака през реката"

"And then you can take me across the river"

„И тогава можеш да ме преведеш през реката"

But the ferryman would not hear of it.

Но лодкарят не искаше и да чуе за това.

"Only one at a time," he repeated.

„Само по един наведнъж", повтори той.

"First let me take across the mattress"

„Първо нека пресяка матрака"

Sribatsa saw no reason to object to the proposal.

Срибаца не видя причина да възразява срещу предложението.

The ferryman started taking the mattress across the river.

Лодкарят започна да превозва дюшека през реката.

He had reached halfway across the river.

Беше стигнал до половината път през реката.

But then, from nowhere, a fierce gale arose.

Но тогава, от нищото, се надигна свирепа буря.

The ferryman lost control of his canoe.

Лодкарят загуби контрол над кануто си.

The mattress was blown into the river.

Матракът беше изхвърлен от вятъра в реката.

The river carried everything away with it.

Реката отнасяше всичко със себе си.

And the ferrymen, canoe, and mattress were never seen again.

И лодкарите, кануто и дюшекът никога повече не бяха видени.

But that was not even the strangest events.

Но това дори не бяха най-странните събития.

Because the river also disappeared into thin air.

Защото реката също изчезна във въздуха.

Where there was water there was now dry ground.

Където имаше вода, сега имаше суша.

Sribatsa knew the evil eye of Sani had been watching.

Шрибаца знаеше, че урокът на Сани го наблюдава.

Sribatsa and his wife had not a pice in their pockets.

Шрибаца и жена му нямаха и стотинка в джобовете си.

Together, impoverished, they went to a nearby village.

Заедно, обеднели, те отишли в близкото село.

The village was dwelt in mostly by wood-cutters.

Селото е било населено предимно от дървосекачи.

At sunrise the woodcutters went to cut wood.

При изгрев слънце дървосекачите отишли да секат дърва.

And the wood they cut they sold in a faraway town.

И дървата, които нарязаха, продадоха в далечен град.

Sribatsa asked to work with the wood-cutters.

Шрибаца поискал да работи с дървосекачите.

And the wood-cutters agreed to let him cut wood.

И дървосекачите се съгласиха да му позволят да сече дърва.

He could fell trees as well as the best of them.

Той можеше да сече дървета, както и най-добрият от тях.

But Sribatsa was different from the wood-cutters.

Но Шрибаца беше различен от дървосекачите.

The wood-cutters cut any and every sort of wood.
Дървосекачите режат всякакъв вид дървесина.
But Sribatsa cut only the precious types of wood.
Но Шрибаца рязал само ценните видове дървесина.
His efforts were focused on cutting down sandal-wood.
Усилията му бяха съсредоточени върху сечта на сандалово дърво.
The wood-cutters brought to market large loads of common wood.
Дървосекачите донасяли на пазара големи товари обикновена дървесина.
Sribatsa brought only a few pieces of sandal-wood to the market.
Шрибаца донесъл само няколко парчета сандалово дърво на пазара.
He was paid a great deal more money than the others.
Той получаваше много повече пари от останалите.
Things went on this way for some days.
Нещата продължиха така няколко дни.
And the wood-cutters became jealous of Sribatsa.
И дървосекачите започнали да завиждат на Шрибаца.
In their jealousy they plotted against Sribatsa.
В завистта си те кроили заговор срещу Шрибаца.
And finally they drove Sribatsa and his wife from the village.
И накрая изгониха Шрибаца и жена му от селото.

Sribatsa and his wife made their way to another village.
Шрибаца и съпругата му се отправиха към друго село.
In this village there were many women that weaved.
В това село е имало много жени, които са тъкали.
Here Chintamani made herself useful by spinning cotton.
Тук Чинтамани се оказа полезна, като предеше памук.
Chintamani was an intelligent and skillful woman.
Чинтамани беше интелигентна и умела жена.
So she spun finer thread than the other women.
Затова тя предеше по-фина нишка от другите жени.

And she got paid more money than the other women.

И тя получаваше повече пари от другите жени.

This roused the envy of the native women of the village.

Това предизвика завистта на местните жени в селото.

But the envy of the other women was not all.

Но завистта на другите жени не беше всичко.

Sribatsa wanted to gain the good grace of the weavers.

Шрибаца искал да спечели благоволението на тъкачите.

So he invited the women that spun cotton to a feast.

Затова той поканил жените, които прели памук, на пиршество.

The dishes of the feat were all cooked by his wife.

Ястията за подвига бяха приготвени от съпругата му.

Chintamani was a good weaver, and an excellent in cook.

Чинтамани беше добър тъкач и отличен готвач.

She placed the delicacies before the women.

Тя постави лакомствата пред жените.

And the barbarous weavers were quite charmed.

И варварските тъкачи бяха доста очаровани.

The men went to their homes with their bellies full.

Мъжете се прибраха по домовете си с пълни кореми.

But when they got home, they reproached their wives.

Но когато се прибраха у дома, те упрекнаха жените си.

"Why do you not cook like the wife of Sribatsa"

„Защо не готвиш като съпругата на Шрибаца?"

And the men called their wives good-for-nothing women.

А мъжете наричаха жените си нищожества.

This made the women hate Chintamani the more.

Това накара жените да намразят Чинтамани още повече.

One day Chintamani went to the river-side.

Един ден Чинтамани отишла до реката.

She wanted to bathe along with the other women of the village.

Тя искала да се изкъпе заедно с другите жени от селото.

A boat had been lying on the bank, stranded on the sand.

Една лодка лежеше на брега, заседнала на пясъка.

The boat had been stranded there for many days.
Лодката беше заседнала там в продължение на много дни.
They had tried to move the boat, but in vain.
Те се бяха опитали да преместят лодката, но напразно.
It so happened that Chintamani touched the boat.
Случи се така, че Чинтамани докосна лодката.
It was an accident, for she did not mean to touch the boat.
Беше инцидент, защото тя не е искала да докосне лодката.
But whether she meant to or not, the boat moved.
Но независимо дали е искала или не, лодката се е
раздвижила.
And soon the boat was heading off to the river.
И скоро лодката се отправи към реката.
The boatmen were astonished by what they had seen.
Лодкарите бяха изумени от видяното.
They thought that the woman had uncommon power.
Те смятали, че жената притежава необикновена сила.
And so they thought she might be useful in future.
И затова те си помислиха, че тя може да бъде полезна в
бъдеще.
They therefore caught hold of her, against her will.
Затова те я хванаха против волята й.
And they put her in the boat, and rowed off.
И я качиха в лодката и отплаваха.
The women of the village were present for this kidnapping.
Жените от селото са присъствали на това отвличане.
But they did not offer Chintamani any assistance.
Но те не предложиха никаква помощ на Чинтамани.
Because Chintamani had put them in a bad light.
Защото Чинтамани ги беше изложила в лоша светлина.

Sribatsa heard how his wife had been carried away by
boatmen.
Шрибаца чул как жена му била отвлечена от лодкари.
I will let you imagine how he became mad with grief.
Ще ви оставя да си представите как е полудял от мъка.
He left the village and went to the river-side.

Той напусна селото и отиде до брега на реката.

And he resolved to follow the course of the stream.

И той реши да следва течението на потока.

Along the stream he was sure to meet the kidnappers' boat.

По течението със сигурност щеше да срещне лодката на похитителите.

He travelled on and on, along the side of the river.

Той пътуваше все напред и напред покрай реката.

And he travelled till it eventually became dark.

И той пътува, докато най-накрая се стъмни.

Where he was there were no huts to be seen.

Там, където беше той, не се виждаха колиби.

So he climbed into a tree to sleep for the night.

Затова се качи на едно дърво, за да спи през нощта.

In the next morning he got down from the tree.

На следващата сутрин той слезе от дървото.

At the foot of the tree he saw a Kapila-cow.

В подножието на дървото той видя крава Капила.

A Kapila-cow never has any calves of her own.

Кравата Капила никога няма свои собствени телета.

But she can be milked at all hours of the day.

Но тя може да бъде доена по всяко време на денонощието.

Sribatsa milked the cow without her objecting.

Шрибаца дои кравата, без тя да възрази.

And he drank the milk to his heart's content.

И той изпи млякото до насита.

And then he noticed something else about the cow.

И тогава той забеляза нещо друго за кравата.

The dung of the cow was of a bright yellow color.

Кравешкият тор беше с ярко жълт цвят.

In fact, the dung of the cow was made of pure gold.

Всъщност, кравешкият тор бил направен от чисто злато.

The golden cow dung was still in a soft state.

Златната кравешка тор беше все още в меко състояние.

So he was able to write his name in the golden dung.

Така той успял да напише името си в златната тор.

During the course of the day the dung hardened.

През деня торът се втвърди.
And finally the dung looked like a brick of gold.
И накрая торът изглеждаше като златна тухла.
The tree he had slept in grew on the river-side.
Дървото, на което беше спал, растяше на брега на реката.
And the Kapila-cow supplied him with milk all day.
И кравата Капила му даваше мляко през целия ден.
So Sribatsa decided to wait there for the boat.
И така, Шрибаца решил да изчака лодката там.
In the morning the cow deposited the precious article.
На сутринта кравата оставила ценната вещ.
And at night the cow deposited the precious article.
И през нощта кравата оставила ценната вещ.
So the gold bricks increased every day.
Така златните тухли се увеличаваха всеки ден.
And on each golden brick he had engraved his name.
И върху всяка златна тухла беше гравирал името си.
He stacked the bricks on top of each other.
Той нареди тухлите една върху друга.
From a distance it looked like a hillock of gold.
От разстояние изглеждаше като златна могила.

But now we must leave Sribatsa to stack his gold.
Но сега трябва да оставим Шрибаца да трупа златото си.
And we must turn our attention to Chintamani.
И трябва да насочим вниманието си към Чинтамани.
Chintamani was a graceful woman of great beauty.
Чинтамани беше грациозна жена с изключителна красота.
She had worried her beauty might be her ruin.
Тя се притесняваше, че красотата ѝ може да я погуби.
So she offered a prayer as she was being kidnapped.
И така, тя се помолила, докато била отвличана.
"Lakshmi, O Mother Lakshmi! have pity upon me"
„Лакшми, о, Майко Лакшми! Смили се над мен"
"Thou hast made me beautiful, you have"
„Ти ме направи красива, ти ме направи"
"But now my beauty will undoubtedly be my ruin"

„Но сега красотата ми несъмнено ще бъде моята гибел“

"I am bound to loss my honor and my chastity"

„Обречен съм да загубя честта и целомъдрието си“

"I therefore beseech thee, gracious Mother;"

„Затова те моля, милостива Майко;“

"Take my beauty from me, and make me ugly"

„Вземи ми красотата и ме направи грозен“

"Cover my body with some loathsome disease"

„Покрий тялото ми с някоя отвратителна болест“

"That way the boatmen might not touch me"

„По този начин лодкарите може да не ме докоснат“

Chintamani was in the arms of the boatmen.

Чинтамани беше в прегръдките на лодкарите.

But the Goddess of good fortune heard her prayer.

Но богинята на късмета чула молитвата й.

In the twinkling of an eye her form changed.

В миг на око формата й се промени.

Her naturally beautiful form faded away.

Естествено красивите й форми избледняха.

And she was turned into a vile carcass.

И тя беше превърната в гнусна мърша.

The boatmen were putting her down in the boat.

Лодкарите я спускаха в лодката.

They found her body was covered with loathsome sores.

Те открили, че тялото й е покрито с отвратителни рани.

And the sores were giving out a disgusting stench.

И раните издаваха отвратителна миризма.

They therefore threw her into the hold of the boat.

Затова я хвърлили в трюма на лодката.

And they left her amongst the cargo of the ship.

И я оставиха сред товара на кораба.

Morning and evening they sent her some food.

Сутрин и вечер й изпращаха храна.

A little boiled rice, and some water to drink.

Малко варен ориз и малко вода за пиене.

Chintamani was miserable in the hull of the ship.

Чинтамани се чувстваше нещастна в корпуса на кораба.

But she greatly preferred misery to the alternative.
Но тя силно предпочиташе нещастието пред
алтернативата.
She would rather be miserable than loss her chastity.
Тя би предпочела да бъде нещастна, отколкото да загуби
целомъдрието си.

The boatmen had gone to some port to sell cargo.
Лодкарите бяха отишли до някакво пристанище, за да
продават товар.
While sailing back they caught sight something.
Докато плаваха обратно, те забелязаха нещо.
By the river-side there seemed to be a hillock of gold.
Край реката сякаш имаше златна могила.
Sribatsa had been keeping watch by the river.
Шрибаца беше наблюдавал край реката.
So he was delighted to see a boat approach him.
Затова той се зарадва, когато видя как към него се
приближава лодка.
Because he fondly imagined his wife might be on board.
Защото си представяше с умиление, че жена му може би е
на борда.
The boatmen went greedily to the hillock of gold.
Лодкарите алчно се отправиха към златния хълм.
Of course Sribatsa told them the gold was his.
Разбира се, Шрибаца им казал, че златото е негово.
But that didn't help Sribatsa very much.
Но това не помогна особено на Шрибаца.
The sailors took him prisoner on the boat.
Моряците го взеха в плен на лодката.
And they loaded the gold onto their vessel.
И те натовариха златото на кораба си.
They happened to imprison him close to the ugly woman.
Случайно го затвориха близо до грозната жена.
Of course the husband and wife recognized each other.
Разбира се, съпругът и съпругата се познаха.
In spite of the change Chintamani had undergone.

Въпреки промяната, която Чинтамани беше претърпяла.

And despite their excitement they kept their composure.

И въпреки вълнението си, те запазиха самообладание.

And they thought it prudent not to speak to each other.

И те сметнаха за разумно да не говорят помежду си.

Instead they communicated their ideas through gestures.

Вместо това те съобщаваха идеите си чрез жестове.

There is something you should know about the boatmen.

Има нещо, което трябва да знаете за лодкарите.

These boatmen were very fond of playing at dice.

Тези лодкари много обичаха да играят на зарове.

Sribatsa appeared to them to be a respectable man.

Шрибаца им се стори уважаван човек.

So they always asked him to join in the game.

Затова винаги го канеха да се присъедини към играта.

Sribatsa happened to be an expert dice player.

Срибаца се оказа експерт по хвърляне на зарове.

Despite their efforts he won almost every game.

Въпреки усилията им, той спечели почти всеки мач.

You can imagine how the sailors felt about losing.

Можете да си представите как са се чувствали моряците,
след като са загубили.

And in jealousy the boatmen threw him overboard.

И от завист лодкарите го хвърлиха зад борда.

Chintamani saw the men throw her husband overboard.

Чинтамани видя как мъжете хвърлят съпруга ѝ зад борда.

**Fortunately for Sribatsa, his wife had great presence of
mind.**

За щастие на Шрибаца, съпругата му притежаваше
голямо присъствие на духа.

The boatmen had allowed her a pillow to rest her head.

Лодкарите ѝ бяха позволили възглавница, за да си почине
главата.

And she simultaneously threw this pillow into the water.

И тя едновременно с това хвърли тази възглавница във
водата.

Sribatsa was able to grab hold of the pillow.

Шрибаца успя да се хване за възглавницата.
And the pillow helped him float down the stream.
И възглавницата му помогна да се носи по течението.
Up until nightfall the river carried him downstream.
До падането на нощта реката го носеше надолу по течението.
At nightfall he arrived at what seemed to be a garden.
Привечер той пристигна до нещо, което приличаше на градина.
Because it was dark there was nothing he could do.
Тъй като беше тъмно, нямаше какво да направи.
So all night he stayed in the garden, cold and wet.
Така цяла нощ той остана в градината, студен и мокър.
I should tell you who this garden belonged to.
Трябва да ви кажа на кого е принадлежала тази градина.
This was the garden of an old widowed woman.
Това беше градината на една стара вдовица.
This woman used to supply flowers for the king.
Тази жена е доставяла цветя за краля.
But one day some blight had come over her garden.
Но един ден някаква болест порази градината й.
Almost all the trees and plants ceased flowering.
Почти всички дървета и растения престанаха да цъфтят.
She had therefore given up the business she had.
Следователно тя се беше отказала от бизнеса, който имаше.
And she was no longer the royal flower supplier.
И тя вече не беше кралският доставчик на цветя.
However, Sribatsa's arrival had rejuvenated her garden.
Пристигането на Шрибаца обаче беше освежило градината й.
She could scarcely believe her eyes in the morning.
На сутринта тя едва можеше да повярва на очите си.
The whole garden was ablaze with flowers again.
Цялата градина отново пламна в цветя.
There was no plant that was not in bloom.
Нямаше растение, което да не цъфти.

And every tree she had was begemmed with flowers.

И всяко дърво, което имаше, беше обсипано с цветя.

She had no way of knowing the cause of the miracle.

Тя нямаше как да разбере причината за чудото.

And so she took a walk through the garden.

И така тя се разходи из градината.

But she soon found the cause of all the flowers.

Но тя скоро откри причината за всички тези цветя.

At the edge of her garden was a cold, wet man.

В края на градината й стоеше един студен, мокър мъж.

He was shivering and almost dead from hypothermia.

Той трепереше и беше почти мъртъв от хипотермия.

She immediately brought the man into to her cottage.

Тя веднага завела мъжа в къщичката си.

And she lighted a fire to give him some warmth.

И тя запали огън, за да го стопли.

She nursed him and showed him every attention.

Тя го грижеше и му показваше всяко внимание.

And she ascribed the miracle to his presence.

И тя отдаде чудото на неговото присъствие.

She made him as comfortable as she could.

Тя го настани възможно най-удобно.

And then she ran to the king's palace.

И тогава тя хукнала към царския дворец.

She asked to speak to the king's chief servant.

Тя поиска да говори с главния слуга на царя.

And she told him the good fortune she had had.

И тя му разказа за късмета, който е имала.

"I can again supply the palace with flowers"

„Отново мога да снабдявам двореца с цветя“

Her flowers had been very much missed at the palace.

Цветята й много липсваха в двореца.

So she was immediately restored to her former position.

Така тя веднага беше възстановена на предишната си позиция.

She was again the flower-woman of the royal household.

Тя отново беше жената с цветя в кралското домакинство.

Sribatsa spent a few more days recovering his health.

Шрибаца прекара още няколко дни във възстановяване на здравето си.

And eventually he had all his vitality back.

И най-накрая си възвърна цялата жизненост.

He asked the woman if he could speak with a minister.

Той попита жената дали може да говори с някой свещеник.

So the woman took him to the palace with her.

И така, жената го завела със себе си в двореца.

One of the king's ministers gave him an appointment.

Един от кралските министри му назначил среща.

And he was at once found to be a man of intelligence.

И веднага се оказа, че е интелигентен човек.

So was offered a position in the king's service.

Така му беше предложена позиция в служба на краля.

In fact, he was allowed to choose what job he wanted.

Всъщност му беше позволено да избере каква работа иска.

He asked to be collector of tolls on the river.

Той поиска да събира такси по реката.

The minister was happy to give Sribatsa the job.

Министърът с радост възложи работата на Срибаца.

The kingdom needed someone to collect river-tolls.

Кралството се нуждаеше от някой, който да събира речни такси.

And Sribatsa immediately started his new job.

И Шрибаца веднага започна новата си работа.

It wasn't long before his plan came to fruition.

Не след дълго планът му се осъществи.

The boat his wife was on was coming down the river.

Лодката, на която беше жена му, се спускаше по реката.

Under the king's authority he detained the boat.

По нареждане на краля той задържа лодката.

And he charged the boatmen with the theft of gold-bricks.

И той обвини лодкарите в кражба на златни тухли.

The king liked the sound of a boat full of gold.

На краля му хареса звукът на лодка, пълна със злато.
So the king himself came to the river-side.
И така, самият крал дойде на брега на реката.
Even he was amazed by the quantity of gold they had.
Дори той беше изумен от количеството злато, което имаха.
And every gold brick had Sribatsa's inscription.
И всяка златна тухла имаше надписа на Шрибаца.
At the same time he rescued his wife from the boatmen.
В същото време той спасил жена си от лодкарите.
Back on dry land she returned to her previous beauty.
Обратно на сушата, тя се върна към предишната си красота.
He told the king the story of their misfortune.
Той разказал на краля историята на тяхното нещастие.
And the king had them as a guest in his palace.
И царят ги поканил на гости в двореца си.
The king gave them presents of horses and elephants.
Царят им подарил коне и слонове.
And on the horses and elephants they rode to their country.
И на коне и слонове те яздиха към страната си.
The evil eye of Sani was now turned away from Sribatsa.
Злото око на Сани сега беше отвърнато от Шрибаца.
And he again became what he formerly was.
И той отново стана това, което беше преди.
He was again Sribatsa; the Child of Fortune.
Той отново беше Шрибаца; Детето на Съдбата.

Once on a time there reigned a king who had seven queens.
Имало едно време царуване, който имал седем царици.
He was very sad, for the seven queens were all barren.
Той беше много тъжен, защото седемте царици бяха безплодни.
One day, however, he met a holy mendicant.
Един ден обаче той срещнал един свят просяк.
The holy mendicant told the king about a certain forest.
Светият просяк разказал на царя за една гора.
In this forest there grew a special kind of tree.
В тази гора растял специален вид дърво.
On a branch of this tree hung seven mangoes.
На един клон на това дърво висяха седем манга.
These mangos could restore the fertilities of his queens.
Тези манга биха могли да възстановят плодовитостта на неговите царици.
But the king had to pluck the mangoes himself.
Но кралят трябваше сам да откъсне мангото.
The king followed the advice of the mendicant.
Кралят последвал съвета на просяка.
And he set off to go to the forest with the mango tree.
И той тръгна да ходи в гората с манговото дърво.
Soon he had found the tree the mendicant spoke of.
Скоро той намери дървото, за което говореше просякът.
And he plucked the seven mangoes that grew upon one branch.
И той откъсна седемте манга, които растяха на един клон.
He gave a mango to each of the queens to eat.
Той даде по едно манго на всяка от кралиците да ядат.
In a short time the king's heart was filled with joy.
За кратко време сърцето на царя се изпълни с радост.
He was told that the seven queens were all with child.
Казали му, че и седемте царици са бременни.

One day the king was out hunting.
Един ден кралят бил на лов.
On his path he saw a young lady of peerless beauty.
По пътя си той видя млада дама с несравнима красота.
He instantly fell in love with the beautiful woman.
Той веднага се влюби в красивата жена.
And he brought her to his palace, and married her.
И той я доведе в двореца си и се ожени за нея.
This lady was, however, not a human being.
Тази дама обаче не беше човешко същество.
But what this woman was was a Rakshasi.
Но тази жена беше ракшаси.
But the king of course did not know this.
Но кралят, разбира се, не знаеше това.
The king became dotingly fond of her.
Кралят я обикнал безкрайно.
And he did whatever she told him to do.
И той правеше каквото му казваше тя.
One day she made a very particular request of the king.
Един ден тя отправила много специфична молба към
краля.
"You say that you love me more than anyone else"
„Казваш, че ме обичаш повече от всеки друг“
"Let me see whether you really love me as much as you say"
„Нека видя дали наистина ме обичаш толкова, колкото
казваш“
"If you love me, make your seven other queens blind"
„Ако ме обичаш, ослепи седемте си други царици“
"And once they are blind, let them be killed"
„И щом ослепеят, нека бъдат убити“
The king became very sad at the terrible request.
Кралят много се натъжил от ужасната молба.
He was especially sad because the queens were all pregnant.
Той беше особено тъжен, защото всички кралици бяха
бременни.
But he had no choice but to comply with her request.
Но той нямаше друг избор, освен да изпълни молбата ѝ.

The eyes of the queens were plucked out of their sockets.

Очите на цариците бяха извадени от орбитите им.

And the queens were delivered up to the chief minister.

И кралиците бяха предадени на главния министър.

It was up to the chief minister to destroy the queens.

От главния министър зависише да унищожи кралиците.

But the chief minister was a merciful man.

Но главният министър беше милостив човек.

In the side of the hill there was secret a cave.

В склона на хълма имаше тайна пещера.

Instead of killing the queens, the minister hid them.

Вместо да убие кралиците, министърът ги скрил.

In course of time the eldest of the seven queens gave birth.

След време най-голямата от седемте царици родила.

"What shall I do with the child," said she.

„Какво да правя с детето?“, попита тя.

"we are blind and are dying for want of food?"

„Ние сме слепи и умираме от липса на храна?“

"Let me kill the child," she proposed.

„Нека аз убия детето“, предложи тя.

"let us all eat of the child's flesh" she added.

„Нека всички ядем от плътта на детето“, добави тя.

Just as she said she would, she killed the infant.

Точно както беше казала, тя уби бебето.

She gave to each of her sister-queens a part of the child.

Тя дала на всяка от сестрите си-кралици част от детето.

And the sister queens ate their part of the child.

И сестрите-кралици изядоха своята част от детето.

But the youngest queen did not eat her share.

Но най-младата кралица не изяде своя дял.

Instead, she laid her part of the child beside her.

Вместо това, тя положи своята част от детето до себе си.

In a few days the second queen also was delivered of a child.

След няколко дни и втората царица родила дете.

She did with her child as her eldest sister had done with hers.

Тя постъпи с детето си така, както най-голямата ѝ сестра беше постъпила със своето.

So did the third, the fourth, the fifth, and the sixth queen.

Така направиха и третата, четвъртата, петата и шестата царица.

Eventually the seventh queen gave birth to a son.

В крайна сметка седмата кралица родила син.

But she did not follow the example of her sister-queens.

Но тя не последва примера на своите сестри-кралици.

Instead, she resolved to raise the child.

Вместо това, тя реши да отгледа детето.

The other queens demanded their portions of the newly-born.

Другите кралици поискали своите части от новороденото.

But she still had the portions she had not eaten.

Но тя все още имаше порциите, които не беше изяла.

And she gave her sister-queens back their children's parts.

И тя върна на сестрите си-кралици частите на децата им.

The other queens at once perceived that their portions were dry.

Другите кралици веднага забелязаха, че порциите им са сухи.

Therefore the parts could not be of the newly born child.

Следователно частите не биха могли да бъдат от новороденото дете.

"I have decided not to kill me child," she explained.

„Реших да не убивам детето си“, обясни тя.

"I will not eat him, but try to raise him instead"

„Няма да го изям, а ще се опитам да го отгледам“

The others were glad to hear this news.

Останалите се зарадваха да чуят тази новина.

They all said that they would help her in nursing the child.

Всички казаха, че ще ѝ помогнат с кърменето на детето.

And so the child was suckled by seven mothers.

И така детето било сучено от седем майки.

And the child became the hardiest and strongest boy that ever lived.

И детето стана най-издръжливото и силно момче, което
някога е живяло.

**In the meantime the Rakshasi-queen was doing infinite
mischief.**
Междувременно кралицата Ракшаси вършеше безкрайни
пакости.
And she got the royal household into all sorts of trouble.
И тя вкара кралското домакинство в какви ли не
неприятности.
**What she ate at the royal table did not fill her capacious
stomach.**
Това, което ядеше на кралската трапеза, не пълнеше
обемистия ѝ стомах.
She therefore, in the darkness of night, went hunting.
Затова тя, в тъмнината на нощта, отишла на лов.
Gradually she ate up all the members of the royal family.
Постепенно тя изяла всички членове на кралското
семейство.
She ate all the king's servants, and his attendants.
Тя изяде всичките слуги на царя и неговите
придружители.
She ate all his horses, elephants, and cattle.
Тя изяде всичките му коне, слонове и говеда.
**And eventually only her royal consort and the king were
left.**
И накрая останаха само нейният кралски съпруг и кралят.
After that she used to go out in the evenings into the city.
След това тя излизаше вечер в града.
And she ate up stray human beings wherever she found any.
И тя изяждаше бездомни човешки същества, където и да
ги намери.
The king was left without any servants.
Царят остана без никакви слуги.
There was no person left to cook for him.
Нямаше никой, който да му готви.
Because no one would accept this job.

Защото никой нямаше да приеме тази работа.
But at last someone volunteered their services.
Но най-накрая някой предложи услугите си доброволно.
The boy who had been suckled by seven mothers.
Момчето, което беше кърмено от седем майки.
He had now grown up to be a stalwart youth.
Сега той беше пораснал и станал смел младеж.
He attended on the king and prepared his food.
Той прислужваше на царя и му приготвяше храната.
But he took every care while with the queen.
Но той внимаваше много, докато беше с кралицата.
And he made sure that she did not swallow him up.
И той се увери, че тя не го погълне.
The Rakshasi-queen seized her victims only at night.
Кралицата Ракшаси залавяла жертвите си само през нощта.
So the boy he went home long before nightfall.
И така, момчето се прибра у дома много преди падането на нощта.
So she had to find another way to get rid of the boy.
Затова трябваше да намери друг начин да се отърве от момчето.

The boy always boasted that he could do any work.
Момчето винаги се хвалеше, че може да върши всякаква работа.
So the queen invented a disease for herself.
И така, кралицата си измислила болест.
She said that there was a cure for her disease.
Тя каза, че има лек за болестта ѝ.
But she said the cure was not easy to get.
Но тя каза, че лекарството не е било лесно за намиране.
This made the boy even more interested in the task.
Това още повече заинтересува момчето от задачата.
She said there was a melon which cured her disease.
Тя каза, че имало пъпеш, който лекувал болестта ѝ.
The melon was twelve cubits in length.

Пъпешът беше дълъг дванадесет лакътя.
But the stone of the lemon was thirteen cubits long.
Но костилката на лимона беше дълга тринадесет лакътя.
The fruit could only be gotten from her mother.
Плодът можеше да се получи само от майка й.
And her mother lived on the other side of the ocean.
А майка й живееше от другата страна на океана.
She gave him a letter of introduction to her mother.
Тя му даде препоръчително писмо за майка си.
But actually the note told her to eat the boy.
Но всъщност в бележката й пишело да изяде момчето.
The boy had suspected there was some foul play.
Момчето подозираше, че има някаква нечестна игра.
So he tore up the letter and proceeded on his journey.
И така, той скъса писмото и продължи пътя си.
The dauntless youth passed through many lands.
Неустрашимият юноша премина през много земи.
After much travel he stood on the shore of the ocean.
След дълго пътуване той застана на брега на океана.
On the other side of the ocean was the country of the Rakshasis.
От другата страна на океана се намирала страната на ракшасите.
He then bawled as loud as he could, and said;
Тогава той изрева колкото може по-силно и каза:
"Granny! granny! come and save your daughter"
„Бабо! бабо! ела и спаси дъщеря си!"
"Your daughter, my mother, is dangerously ill"
„Дъщеря ти, майка ми, е тежко болна"
On the other side of the ocean an old Rakshasi heard him.
От другата страна на океана го чул един стар ракшаси.
The old Rakshasi crossed the ocean to the boy.
Старият ракшаси прекосил океана при момчето.
The boy told her the message of the queen.
Момчето й предаде посланието на кралицата.
And the Rakshasi took the boy on her back.
И ракшасите взеха момчето на гръб.

She re-crossed the ocean to the land of the Rakshasi.

Тя прекоси отново океана до земята на ракшасите.

And the boy was at once given the medicinal melon.

И на момчето веднага му дали лечебния пъпеш.

The Rakshasi told him to hurry back to her daughter.

Ракшаси му казала да побърза да се върне при дъщеря й.

But the boy said he was too tired to keep travelling.

Но момчето каза, че е твърде уморено, за да продължи да пътува.

And he begged to be allowed to rest one day.

И той се помоли да му бъде позволено да си почине един ден.

The old Rakshasi consented to her grandson's wishes.

Старата ракшаси се съгласи с желанията на внука си.

The boy noticed interesting things in the Rakshasi's room.

Момчето забеляза интересни неща в стаята на ракшаси.

There was a stout club and a rope hanging in the room.

В стаята висяха здрава стика и въже.

The boy inquired what the stout club and rope were for.

Момчето попита за какво са здравата тояга и въжето.

"Child, with that club and rope I cross the ocean"

„Дете, с тази тояга и въже ще прекося океана“

"One just has to take the club and the rope in his hands"

„Човек просто трябва да вземе стика и въжето в ръце“

"And then you have to say the following magical words:"

„И след това трябва да кажете следните магически думи:“

"O stout club! O strong rope!"

„О, здрава тояга! О, здраво въже!“

"Take me at once to the other side"

„Заведи ме веднага на другата страна“

"Then they will take him to the other side of the ocean"

„След това ще го отведат от другата страна на океана“

The boy noticed another interesting thing in the room.

Момчето забеляза още нещо интересно в стаята.

There was a bird in a cage in the corner of the room.

В ъгъла на стаята имаше птица в клетка.

The boy also wanted to know what this bird was for.
Момчето също искало да знае за какво е тази птица.
"The bird contains a secret, my child"
„Птицата крие тайна, дете мое“
"But that secret must not be disclosed to mortals"
„Но тази тайна не бива да бъде разкрита на смъртните“
"But how can I hide this secret from my own grandchild?"
„Но как мога да скрия тази тайна от собственото си внуче?“
"That bird, child, contains the life of your mother.
„Тази птица, дете, съдържа живота на майка ти.“
"If the bird is killed, your mother will at once die"
„Ако птицата бъде убита, майка ти веднага ще умре“
Armed with these secrets, the boy went to bed that night.
Въоръжено с тези тайни, момчето си легнало същата вечер.

Next morning the old Rakshasi went to distant countries.
На следващата сутрин старият Ракшаси отишъл в далечни страни.
Together with all the other Rakshasis, she went to forage.
Заедно с всички останали ракшаси тя отиде да събира храна.
The boy took down the bird-cage from the ceiling.
Момчето свали птичата клетка от тавана.
And the boy took the club and the rope.
И момчето взе тоягата и въжето.
And then he spoke the magic words to the club and rope.
И тогава той произнесе вълшебните думи на тоягата и въжето.
"O stout club! O strong rope!"
„О, здрава тояга! О, здраво въже!“
"Take me at once to the other side"
„Заведи ме веднага на другата страна“
In the twinkling of an eye the boy was put on this side of the ocean.
В миг момчето се озова от тази страна на океана.

He then retraced his steps, back to the queen.
След това той се върна по същия път, обратно при кралицата.
To her astonishment he really had the medicinal lemon.
За нейно учудване той наистина имаше лечебния лимон.
But the bird in the cage he kept carefully concealed.
Но птицата в клетката той грижливо скри.

In the course of time the people of the city came to the king.
С течение на времето жителите на града дошли при царя.
And they told the king of their troubles.
И те разказаха на царя за своите проблеми.
"A monstrous bird comes from the palace every evening"
„Всяка вечер от двореца идва чудовищна птица“
"The bird seizes the people in the streets"
„Птицата хваща хората по улиците“
"And the bird swallows the people up whole"
„И птицата поглъща хората цели“
"This has been going on for a long time"
„Това се случва от дълго време“
"And now the city has become almost desolate"
„И сега градът е почти пуст“
The king did not know what this monstrous bird was.
Царят не знаеше каква е тази чудовищна птица.
But the king's servant, the boy, said he knew.
Но слугата на царя, момчето, каза, че знае.
"I will kill the monstrous bird," he offered.
„Ще убия чудовищната птица“, предложи той.
"But the queen has to stand beside us," he added.
„Но кралицата трябва да застане до нас“, добави той.
The king saw no reason to object to the proposal.
Кралят не виждаше причина да възразява срещу предложението.
And so the queen was made to stand beside the king.
И така, кралицата била накарана да застане до краля.
The boy then took the bird out from its cage.
След това момчето извади птицата от клетката ѝ.

On seeing the bird she fell into a fainting fit.

Като видя птицата, тя припадна.

Then the boy turned to the king, and spoke.

Тогава момчето се обърна към краля и проговори.

"King, you will soon perceive who the monstrous bird is"

„Кралю, скоро ще разбереш коя е чудовищната птица"

"You will see what devours your people every evening"

„Ще видиш какво поглъща народа ти всяка вечер"

"I tear off each limb of this bird"

„Откъсвам всеки крайник на тази птица"

"The corresponding limb of the man-eater will fall off"

„Съответният крайник на човекоядеца ще падне"

The boy then tore off one leg of the bird in his hand.

След това момчето откъснало единия крак на птицата, която държало в ръката си.

All assembled were astonished at what happened next.

Всички събрали се бяха изумени от случилото се по-нататък.

One of the legs of the queen fell off.

Единият от краците на кралицата падна.

Then the boy squeezed the throat of the bird.

Тогава момчето стисна гърлото на птицата.

And as he squeezed the bird, the queen gave up the ghost.

И докато стискаше птицата, кралицата издъхна.

The boy then retold his history to the king.

След това момчето преразказа историята си на краля.

"You used to have seven barren wives"

„Имал си седем безплодни жени"

"To treat their barrenness, you gave them each a mango"

„За да се излекува безплодието им, ти им даде по едно манго"

"And each of your wives fell pregnant with a child"

„И всяка от жените ви забременя с дете"

"However, you then married an eighth wife"

„Все пак, ти след това се оженил за осма съпруга"

"This wife ordered you to blind your other wives"

„Тази жена ти е заповядала да ослепиш другите си жени"

"And she ordered you to have your other wives killed"
„И тя ти е заповядала да убиеш другите си съпруги“
"Your minister blinded your seven wives"
„Вашият министър ослепи седемте ви жени“
"But he was too good hearted to kill your wives"
„Но той беше твърде добросърдечен, за да убие жените ти“
"Your seven wives were taken to a hiding place"
„Седемте ти жени бяха отведени в скривалище“
"And in this hiding place they each gave birth"
„И в това скривалище всяка от тях е родила“
"But they were forced to eat their newly born children"
„Но те бяха принудени да ядат новородените си деца“
"Only my mother did not let me be eaten"
„Само майка ми не позволи да ме изядат“
"Instead, I was suckled by seven mothers"
„Вместо това бях кърмен от седем майки“
"And I grew up strong and capable"
„И аз израснах силен и способен“
"Eventually I came to work in your palace"
„В крайна сметка дойдох да работя във вашия дворец“
"Your wife, my stepmother, sent me on a mission"
„Твоята жена, моята мащеха, ме изпрати на мисия“
"She sent me to her mother for a medicine"
„Тя ме изпрати при майка си за лекарство“
"However, her mother was a Rakshasi"
„Майка й обаче беше ракшаси“
"From her I found the secret of your wife's life"
„От нея разбрах тайната на живота на жена ти“
"And so I brought the bird that held your wife's life"
„И така, донесох птицата, която държеше живота на жена ти.“
The king had listened to the story his son told him.
Кралят беше изслушал историята, която му разказа синът му.
The seven queens were brought back to the palace.
Седемте кралици бяха върнати обратно в двореца.

And their eyes were miraculously restored.
И очите им бяха възстановени по чудо.
The boy that was suckled by seven mothers was crowned.
Момчето, което е било кърмено от седем майки, е било коронясано.
And he was recognized by the king as his rightful heir.
И той беше признат от краля за негов законен наследник.
And they lived together happily.
И те живееха щастливо заедно.

The Story of Prince Sobur
Историята на принц Собур

Once upon a time there lived a merchant.

Имало едно време един търговец.

This merchant had seven daughters.

Този търговец имал седем дъщери.

One day the merchant asked them a question.

Един ден търговецът им задал въпрос.

"From whose fortune do you live?"

„От чие богатство живееш?"

The eldest daughter answered first.

Най-голямата дъщеря отговори първа.

"Papa, I live from your fortune"

„Татко, аз живея от твоето богатство"

The second daughter gave the same answer.

Втората дъщеря даде същия отговор.

The same answer was given by the third daughter.

Същият отговор даде и третата дъщеря.

His fourth daughter also lived from his fortune.

Четвъртата му дъщеря също живееше от неговото богатство.

His fifth daughter was no different.

Петата му дъщеря не беше по-различна.

And his sixth daughter was like the rest.

И шестата му дъщеря беше като останалите.

But his youngest daughter surprised him.

Но най-малката му дъщеря го изненада.

She had a very different answer.

Тя имаше съвсем различен отговор.

"I live from my own fortune"

„Живея от собственото си богатство"

He did not like this answer.

Този отговор не му хареса.

Her answer made the merchant very angry.

Отговорът ѝ много разгневи търговеца.

"You are very ungrateful," he told her.

„Много си неблагодарна“, каза й той.

"See how well you do on your own"

„Виж колко добре се справяш сам“

"I am kicking you out of my house"

„Изгонвам те от къщата си“

"You will not have a rupee in your pocket"

„Няма да имаш нито рупия в джоба си“

He called his palanquins to come.

Той повика паланкините си да дойдат.

And he ordered them to take the girl away.

И той им заповяда да отведат момичето.

"Leave her in the midst of a forest"

„Оставете я насред гората“

The girl begged to be allowed one thing.

Момичето се помоли да й бъде позволено едно нещо.

"Please let me take my work-box"

„Моля, позволете ми да взема кутията си за работен материал“

"In the box are my needles and threads"

„В кутията са ми иглите и конците“

Her father allowed her to take her box.

Баща й й позволи да вземе кутията си.

She got into the seat of the palanquins.

Тя се качи на мястото на паланкините.

And the bearers lifted her up.

И носачите я вдигнаха.

And they put her onto their shoulders.

И я сложиха на раменете си.

As the bearers ran they chanted.

Докато носачите тичаха, те скандираха.

"hoon! hoon! hoon! hoon! hoon!"

"хун! хун! хун! хун! хун!"

But they didn't get very far.

Но не стигнаха много далеч.

An old woman stood in their way.

Една възрастна жена им препречи пътя.

She came up to the carriage.

Тя се приближи до каретата.

"Where are you taking my daughter?"

„Къде водиш дъщеря ми?"

She was the maid of the child.

Тя беше прислужницата на детето.

"We have been given orders by the merchant"

„Получихме заповеди от търговеца"

"He told us to take her away"

„Той ни каза да я отведем"

"We will leave her in a forest"

„Ще я оставим в гората"

"We are going to do his bidding"

„Ще изпълним волята му"

"I must go with her," said the old woman.

— Трябва да отида с нея — каза старата жена.

But the bearers were not sure.

Но носачите не бяха сигурни.

Bearers run when they carry a sedan chair.

Носачите тичат, когато носят носилка.

"How will you be able to keep pace with us?"

„Как ще успеете да ни настигнете?"

The old woman was not deterred.

Старата жена не се отказа.

"It does not matter how I do it"

„Няма значение как го правя"

"I must go where my daughter goes"

„Трябва да отида там, където отива дъщеря ми "

The youngest daughter begged the bearers.

Най-малката дъщеря умоляваше носачите.

"Please carry my mother with me"

„Моля те, вземете майка ми със себе си"

And the bearers gracefully agreed.

И носачите грациозно се съгласиха.

They carried mother and child to the forest.

Те отведоха майката и детето в гората.

"hoon! hoon! hoon! hoon! hoon!"

"хун! хун! хун! хун! хун!"

In the afternoon they reached a dense forest.

Следобед стигнаха до гъста гора.

They went deeper and deeper into the forest.

Те навлизаха все по-дълбоко и по-дълбоко в гората.

Towards sunset they reached their goal.

Към залез слънце те стигнаха до целта си.

They stopped at the foot of an old tree.

Те спряха в подножието на едно старо дърво.

They lowered the girl and the old woman.

Спуснаха момичето и старицата.

And they left them in the forest.

И ги оставиха в гората.

Then they retraced their steps home.

След това се върнаха обратно към дома.

The merchant's youngest daughter looked around.

Най-малката дъщеря на търговеца се огледа.

You would not have wanted to be in her shoes.

Не би искал/а да си на нейно място.

Her situation was truly pitiable.

Положението ѝ беше наистина плачевно.

She was hardly fourteen years old.

Тя едва беше на четиринадесет години.

She had grown up in luxury.

Тя беше израснала в лукс.

But now there was no luxury for her.

Но сега за нея нямаше лукс.

She was in the heart of a dark forest.

Тя беше в сърцето на тъмна гора.

She had not a rupee in her pocket.

Тя нямаше нито рупия в джоба си.

And she had nothing for protection.

И тя нямаше нищо за защита.

Nothing except an old, decrepit, woman.

Нищо освен една стара, грохнала жена.

Even the trees of the forest pitied her.

Дори дърветата в гората я съжалиха.

The young girl and old woman sat together.

Младото момиче и възрастната жена седяха заедно.

They were at the foot of an old tree.

Те бяха в подножието на едно старо дърво.

And together they cried over their situation.

И заедно плакаха над положението си.

I should say this all happened long ago.

Трябва да кажа, че всичко това се е случило отдавна.

In these times the trees could talk.

В тези времена дърветата можеха да говорят.

And the old tree spoke to the girl.

И старото дърво проговори на момичето.

"Unhappy women, I much pity you"

„Нещастни жени, много ви съжалявам“

"There are wild beasts in this forest"

„В тази гора има диви зверове“

"Soon they will come out of their lairs"

„Скоро ще излязат от леговищата си“

"They will roam about for prey"

„Те ще се скитат наоколо за плячка“

"And they are sure to devour you two"

„И със сигурност ще ви погълнат и двамата“

"But I can help you, if you want"

„Но мога да ти помогна, ако искаш“

"I will make an opening for you"

„Ще ти направя отвор“

"When you see the opening, go into it"

„Когато видиш отвора, влез в него“

"And then I will close the opening up"

„И тогава ще затворя отвора“

"As long as you are in me you'll be safe"

„Докато си в мен, ще бъдеш в безопасност“

"This way the wild beasts can't touch you"

„По този начин дивите зверове не могат да те докоснат“

And then the tree split itself in two.

И тогава дървото се разцепи на две.

The two women went inside the tree.

Двете жени влязоха вътре в дървото.
And the old tree resumed its natural shape.
И старото дърво възвърна естествената си форма.

The shade of night darkened the forest.
Сянката на нощта помрачи гората.
Everything the tree had said was true.
Всичко, което дървото беше казало, беше истина.
The wild beasts came out of their lairs.
Дивите зверове излязоха от леговищата си.
The fierce tiger came out at night.
Свирепият тигър излезе през нощта.
The wild bear left his lair.
Дивата мечка напусна леговището си.
The rhinoceros roamed the forest.
Носорогът бродеше из гората.
The bushy bear was there that night.
Ружлявата мечка беше там онази нощ.
The great elephant could be heard.
Големият слон можеше да се чуе.
And there was the horned buffalo.
И там беше рогатият бивол.
They all growled as they circled the tree.
Всички изръмжаха, докато обикаляха около дървото.
They had gotten the scent of human blood.
Бяха усетили миризмата на човешка кръв.
They could hear the growls of the beasts.
Те можеха да чуят ръмженето на зверовете.
The beasts came dashing against the tree.
Зверовете се нахвърлиха върху дървото.
They broke the old tree's branches.
Те счупиха клоните на старото дърво.
Their horns pierced the tree's trunk.
Рогата им пробиха ствола на дървото.
They scratched its bark with their claws.
Те одраскаха кората му с нокти.
But all their efforts were in vain.

Но всичките им усилия бяха напразни.

The girl and woman were safe in the tree.

Момичето и жената бяха в безопасност на дървото.

Towards dawn the wild beasts went away.

Към зазоряване дивите зверове си тръгнаха.

After sunrise the good tree spoke again.

След изгрев слънце доброто дърво проговори отново.

"The wild beasts have gone back"

„Дивите зверове се върнаха"

"They are in their lairs again"

„Те отново са в леговищата си"

"But they did their best to torment me"

„Но те направиха всичко възможно да ме измъчват"

"The sun has risen up again"

„Слънцето отново изгря"

"So you can come out now"

„Значи можеш да излезеш сега"

The tree split itself into two again.

Дървото отново се раздели на две.

The girl and the old woman came out.

Момичето и старицата излязоха.

They saw the extent of the damage.

Те видяха мащаба на щетите.

The tree's branches had been broken off.

Клоните на дървото бяха отчупени.

The tree's trunk had been pierced.

Стволът на дървото беше пробит.

The bark had been stripped off.

Кората беше обелена.

"Good mother, we thank you"

„Добра майко, благодарим ти"

"You have been very kind to us"

„Бяхте много мили с нас"

"You gave us shelter from the beasts"

„Ти ни даде подслон от зверовете"

"But it was at a great cost to yourself"

„Но това беше на висока цена за теб самия"

"You have many wounds from the wilds beasts"
„Имаш много рани от дивите зверове“
"You must be in great pain?"
„Сигурно много те боли?“
Close by there was a flowing river.
Наблизо течеше река.
The young girl went to the river bank.
Младото момиче отиде до брега на реката.
At the bank of the river she found mud.
На брега на реката тя намери кал.
She covered the tree with the mud.
Тя покри дървото с кал.
She especially covered the damaged parts.
Тя специално покри повредените части.
The tree thanked her for the treatment.
Дървото ѝ благодари за лечението.
"My good girl, I thank you"
„Моето добро момиче, благодаря ти“
"I am greatly relieved of my pain"
„Значително се облекчих от болката си“
"I am, however, more concerned for you"
„Аз обаче съм по-загрижен за теб“
"You must be hungry"
„Сигурно си гладен“
"You have not eaten since yesterday"
„Не си ял от вчера“
"But what can I give you?"
„Но какво мога да ти дам?“
"I have no fruit of my own"
„Нямам собствен плод“
"But I do have some advice"
„Но имам един съвет“
"Give the old woman whatever money you have"
„Дай на старата жена каквито пари имаш“
"Let her go into the city"
„Пуснете я да отиде в града“
"In the city she can buy some food"

„В града тя може да си купи храна“
They explained their situation to the tree.
Те обясниха ситуацията си на дървото.
“We have been sent out with no money”
„Изпратиха ни без пари“
But she searched through her work-box anyway.
Но тя все пак претърси кутията си с работен лист.
And in the box she found five cowries.
И в кутията тя намери пет каурита.
The tree continued to give its advice.
Дървото продължи да дава своите съвети.
“Go with your cowries to the city”
„Върви с кауритата си в града“
“Use the cowries to buy some fried rice”
„Използвайте кауритата, за да си купите пържен ориз“
So the old woman went to the city.
И така, старата жена отишла в града.
Fortunately the city was not far away.
За щастие градът не беше далеч.
She went to the first shopkeeper she found.
Тя отиде при първия търговец, когото срещна.
“Please give me five cowries worth of rice”
„Моля, дайте ми ориз за пет каурита“
The shopkeeper laughed at her.
Търговецът й се засмя.
“Where can rice be had for five cowries?”
„Къде може да се намери ориз за пет каурита?“
“Be off, you old hag,” he told her.
„Махай се, стара вещице“, каза й той.
So she tried to barter at another shop.
Затова тя се опита да се размени в друг магазин.
This shopkeeper could see her distress.
Този продавач можеше да види нейното страдание.
And the shopkeeper took pity on her.
И продавачът се смили над нея.
She gave her a large quantity of rice.
Тя й даде голямо количество ориз.

The old woman returned with the rice.
Старата жена се върна с ориза.
And the tree gave further instructions.
И дървото даде допълнителни инструкции.
"Eat less than half of the rice"
„Изяжте по-малко от половината ориз"
"Go to the embankments of the river bank"
„Отидете до насипите на речния бряг"
"Cast the remaining rice on the river bank"
„Хвърлете останалия ориз на брега на реката"
They did not understand the sense of it.
Те не разбираха смисъла му.
"Why sow the riverbank with rice?"
„Защо да засееш брега на реката с ориз?"
But they did as they were advised.
Но те направиха както им беше посъветвано.
And they threw their rice onto the ground.
И те хвърлиха ориза си на земята.

They spent the day lamenting their fate.
Те прекараха деня в оплакване на съдбата си.
Just as before the beasts came out at night.
Точно както преди зверовете да излязат през нощта.
The tree housed them inside of its trunk again.
Дървото отново ги приюти в ствола си.
Again they mutilated and tortured the tree.
Отново осакатили и измъчвали дървото.
But that night something else happened.
Но онази нощ се случи нещо друго.
The women only saw it the next day.
Жените го видяха едва на следващия ден.
The rice had attracted hundreds of peacocks.
Оризът беше привлякъл стотици пауни.
The peacocks competed for the rice.
Пауните се състезаваха за ориза.
And their feathers fell on the floor.
И перата им паднаха на пода.

The tree had known what would happen.

Дървото знаеше какво ще се случи.

And the tree advised them what to do next.

И дървото ги посъветвало какво да правят по-нататък.

"Go back to the bank of the river"

„Върни се на брега на реката“

"Go to where you cast the rice"

„Иди там, където си хвърлил ориза“

"There you will see many feathers"

„Там ще видите много пера“

"Collect all the feathers you can find"

„Съберете всички пера, които можете да намерите“

"Use the feathers to make a beautiful fan"

„Използвайте перата, за да направите красив вентилатор“

"And take the feather-fan to the city"

„И занесете ветрилото с пера в града“

The two women did as they were advised.

Двете жени направиха както им беше посъветвано.

It was good the girl had taken her work-box.

Добре, че момичето си беше взела кутията с ръкописите.

In her work-box was some string.

В кутията й за работен материал имаше някакъв конец.

The tied the feathers together.

Вързаха перата заедно.

And she had made a fan from the feathers.

И тя беше направила ветрило от перата.

She took the feather fan to the city.

Тя занесе ветрилото от пера в града.

The son of the king happened to be there.

Случайно се озова там и царският син.

He admired the feathers greatly.

Той много се възхищаваше на перата.

He paid a large sum of money for the feathers.

Той плати голяма сума пари за перата.

Each morning a quantity of feathers was collected.

Всяка сутрин се събираше определено количество пера.

And each day a feather fan was made and sold.

И всеки ден се изработваше и продаваше ветрило от пера.
Within a short time the two women got rich.
За кратко време двете жени забогатяха.
The tree then advised them to build a house.
Тогава дървото ги посъветвало да си построят къща.
"Employ men to burn bricks for you"
„Наемете мъже да ви горят тухли“
"Get them to cut beams and rafters"
„Накарайте ги да режат греди и ребра“
"Make them plaster the walls with lime"
„Накарайте ги да измажат стените с вар“
In a few months a stately house was built.
За няколко месеца беше построена величествена къща.
The tree was pleased for the women.
Дървото се зарадва за жените.
"You should add a garden to your house"
„Трябва да добавите градина към къщата си“
"And you want to be able to store water"
„И искате да можете да съхранявате вода“
"Dig a water tank in your garden"
„Изкопайте резервоар за вода в градината си“

The girl had not had much time.
Момичето нямаше много време.
So she didn't think of her family.
Така че тя не мислеше за семейството си.
The merchant's luck had taken a turn.
Късметът на търговеца се беше обърнал.
The goddess of wealth frowned upon him.
Богинята на богатството се намръщи на него.
He was struck by a sudden misfortune.
Той беше сполетян от внезапно нещастие.
All at once he lost all of his money.
Изведнъж той загуби всичките си пари.
He was forced to sell his house.
Той беше принуден да продаде къщата си.
But he made a great loss on the property.

Но той нанесе голяма загуба на имота.

He and his family were left penniless.

Той и семейството му останаха без пукната пара.

So they were forced to live elsewhere.

Така че те бяха принудени да живеят другаде.

They happened to move to a nearby village.

Случайно се преместиха в близко село.

The palace was not far from their new house.

Дворецът не беше далеч от новата им къща.

But the merchant was not rich anymore.

Но търговецът вече не беше богат.

And he still had to support his family.

И все пак трябваше да издържа семейството си.

He had been reduced to doing manual labour.

Той беше принуден да извършва ръчен труд.

He applied for the job at the palace.

Той кандидатства за работата в двореца.

He was going to dig the hole for the water.

Той щеше да изкопае дупката за водата.

His wife also offered to work with him.

Съпругата му също му предложи да работи с него.

But they got there too late to work.

Но те пристигнаха твърде късно, за да работят.

The water tank had already been finished.

Резервоарът за вода вече беше завършен.

And they did not know whose house it was.

И те не знаеха чия е къщата.

The merchant's daughter was looking out the window.

Дъщерята на търговеца гледаше през прозореца.

She happened to see her parents in the garden.

Тя случайно видя родителите си в градината.

She could see the rags they were wearing.

Тя можеше да види парцалите, които носеха.

Her eyes filled with tears at the sight.

Очите ѝ се напълниха със сълзи при гледката.

She could not believe what she saw.

Тя не можеше да повярва на видяното.

Her parents had come to her for work.

Родителите ѝ бяха дошли при нея по работа.

She immediately called her servants.

Тя веднага повика слугите си.

"Outside in the garden are my parents"

„Навън в градината са моите родители“

"Please offer them these fine clothes"

„Моля, предложете им тези хубави дрехи“

"And ask them to come into the palace"

„И ги помолете да влязат в двореца“

Her servants did as they were told.

Слугите ѝ направиха както им беше казано.

But her parents were frightened beyond measure.

Но родителите ѝ бяха безкрайно уплашени.

They had seen that the tank was finished.

Те бяха видели, че резервоарът е завършен.

There used to be a strange tradition.

Имаше една странна традиция.

In those days human sacrifices were offered.

В онези дни са се принасяли човешки жертвоприношения.

One of those occasions was after digging a pool.

Един от тези случаи беше след като изкопах басейн.

You can imagine her parents' fear.

Можете да си представите страха на родителите ѝ.

They had come to dig the water tank.

Бяха дошли да копаят резервоара за вода.

But now servants were calling them.

Но сега слугите ги викаха.

They thought they going to be sacrificed.

Те си мислеха, че ще бъдат принесени в жертва.

"Throw away your rags" they said.

„Хвърли си парцалите“, казаха те.

"Here, wear these fine clothes"

„Ето, облечи тези хубави дрехи“

And their fears increased even more.

И страховете им се увеличиха още повече.

But they did not have to fear for long.

Но не им се наложи да се страхуват дълго.
Their rich daughter came out to meet them.
Богатата им дъщеря излезе да ги посрещне.
She hugged and kissed her parents.
Тя прегърна и целуна родителите си.
And she told them everything that had happened.
И тя им разказа всичко, което се беше случило.
The father felt that she had been right.
Бащата смяташе, че тя е била права.
"You do live from your own fortune"
„Ти наистина живееш от собственото си богатство"
The daughter did not blame her father.
Дъщерята не обвиняваше баща си.
And she gave him a large fortune.
И тя му дала голямо състояние.
With the money he moved back to the city.
С парите той се върнал в града.
Soon he became a merchant again.
Скоро той отново станал търговец.
And he went to distant countries for trade.
И той отиде в далечни страни за търговия.

One day he got ready for another business venture.
Един ден той се приготвил за поредното си бизнес
начинание.
But that day something strange happened.
Но този ден се случи нещо странно.
The ship was ready to leave the port.
Корабът беше готов да напусне пристанището.
But for some reason the ship did not move.
Но по някаква причина корабът не се помръдна.
No one could explain what was happening.
Никой не можеше да обясни какво се случва.
But the merchant had an idea.
Но търговецът имал идея.
"Perhaps my daughters would like presents"
„Може би дъщерите ми биха искали подаръци"

"I need to ask them what they would like"

„Трябва да ги попитам какво биха искали"

He went to see his daughters.

Той отиде да види дъщерите си.

He asked them what they would like.

Той ги попита какво биха искали.

And he promised to bring them presents.

И обеща да им донесе подаръци.

But the ship would still not move.

Но корабът все още не се движеше.

He had not asked all his daughters.

Той не беше поканил всичките си дъщери.

His youngest daughter was not there.

Най-малката му дъщеря я нямаше.

She was living in a different city.

Тя живееше в друг град.

So he ordered his servants go to her palace.

Затова той заповядал на слугите си да отидат в нейния дворец.

The messenger came at the wrong time.

Пратеникът дойде в неподходящ момент.

The young girl was engaged in devotions.

Младото момиче се занимаваше с молитви.

But the messenger asked her anyway.

Но пратеникът все пак я попита.

She just told him"sobur"

Тя просто му каза „собуър"

The meaning of this was"wait"

Значението на това беше „чакай"

But the messenger didn't know this.

Но пратеникът не знаеше това.

He thought she wanted something called"sobur"

Той си помисли, че тя иска нещо, наречено „собур"

So he went back to the city of the merchant.

И така, той се върнал в града на търговеца.

And he delivered the message he received.

И той предаде полученото послание.

"Your daughter wants something called 'sobur'"

„Дъщеря ти иска нещо, наречено „собур""

This time the ship could move again.

Този път корабът можеше да се движи отново.

So the merchant started on his travels.

И така, търговецът започнал своето пътешествие.

He visited many ports on his journey.

По време на пътуването си той посети много пристанища.

And he made good profits from his trades.

И той реализираше добри печалби от сделките си.

Finding the presents was not difficult.

Намирането на подаръците не беше трудно.

He found everything his oldest daughters wanted.

Той намери всичко, което най-големите му дъщери искаха.

But his youngest daughter's wish was difficult.

Но желанието на най-малката му дъщеря беше трудно осъществимо.

He could not find the thing called"sobur"

Той не можа да намери нещото, наречено „собур".

He asked at every port he came to.

Той питаше на всяко пристанище, до което идваше.

"Do you have something called 'sobur'?"

„Имате ли нещо, наречено „собур"?"

But the merchants all shook their heads.

Но всички търговци поклатиха глави.

"We've never heard of 'sobur'"

„Никога не сме чували за „собур""

His voyage had almost come to its end.

Пътуването му почти беше приключило.

He was soon going to head back home.

Скоро щеше да се прибере у дома.

But he wanted"sobur" for his daughter.

Но той искаше „собур" за дъщеря си.

So he went calling through the streets.

И така, той тръгна да вика по улиците.

"Sobur, does anyone have sobur?!"

„Собур, някой има ли собур?!“
The son of the King was in his castle.
Синът на краля беше в замъка си.
He happened to be looking out the window.
Случайно гледаше през прозореца.
And the calls attracted his attention.
И обажданията привлякоха вниманието му.
Because his name happened to be Sobur.
Защото името му се оказа Собур.
He came to the merchant to speak with him.
Той дойде при търговеца, за да говори с него.
"I have the Sobur that you want"
„Имам Собура, който искаш“
"Take this box, but be careful with it"
„Вземи тази кутия, но бъди внимателен с нея“
"In the box is a magical feather fan and mirror"
„В кутията има вълшебно ветрило от перца и огледало“
"This is the Sobur your daughter wishes for"
„Това е Собурът, който дъщеря ти желае“
The merchant thanked the prince for the box.
Търговецът благодарил на принца за кутията.
And he returned back to his country.
И той се върна обратно в родината си.

He gave the box to his daughter.
Той даде кутията на дъщеря си.
But the daughter didn't think about it.
Но дъщерята не се замисли за това.
She thought it was just a common box.
Тя си помисли, че е просто обикновена кутия.
She had forgotten about the messenger.
Тя беше забравила за пратеника.
But one day she decided to open the box.
Но един ден тя реши да отвори кутията.
Inside the box she found a beautiful fan.
Вътре в кутията тя намери красив вентилатор.
In the feather fan there was a beautiful mirror.

Във ветрилото от пера имаше красиво огледало.

She waved the feather fan to cool herself.

Тя размаха ветрилото от пера, за да се охлади.

And Prince Sobur appeared before her.

И принц Собур се появи пред нея.

"You called me, so here I am," he said.

„Ти ме повиках, ето ме и мен", каза той.

"What is it you wish for?" he asked.

„Какво е твоето желание?", попита той.

She was astonished at what she saw.

Тя беше изумена от видяното.

A handsome prince had suddenly appeared!

Изведнъж се появи красив принц!

"Who are you?" she asked the prince.

„Кой си ти?", попита тя принца.

"And how did you suddenly appear?"

„И как се появи внезапно?"

The Prince explained what had happened.

Принцът обясни какво се е случило.

"Your father was looking for 'sobur'"

„Баща ти търсеше „собур""

"I am prince Sobur," he explained.

„Аз съм принц Собур", обясни той.

"I gave your father a box"

„Дадох на баща ти кутия"

"In this box there is a feather fan and mirror"

„В тази кутия има ветрило от пера и огледало"

"When you shake the feather fan I will appear"

„Когато разклатиш ветрилото от пера, аз ще се появя"

She asked the prince to stay as a guest.

Тя помолила принца да остане като гост.

And for two days the prince stayed with her.

И два дни принцът остана с нея.

And she entertained him in her palace.

И тя го забавляваше в двореца си.

During that time the two fell in love.

През това време двамата се влюбиха.

They made their vows to each.

Те дадоха своите обети на всеки.

And they became husband and wife.

И те станаха съпруг и съпруга.

After this the prince returned to his father.

След това принцът се върнал при баща си.

He told him that he had selected a wife.

Той му каза, че си е избрал съпруга.

The day for the wedding was decided.

Денят за сватбата беше определен.

All the family was invited.

Цялото семейство беше поканено.

And they had a beautiful wedding.

И имаха красива сватба.

But there was a death in the marriage bed.

Но в брачното ложе имаше смърт.

The six daughters of the merchant were envious.

Шестте дъщери на търговеца завидели.

They were jealous of their sister's success.

Те завиждаха на успеха на сестра си.

So they decided to destroy her happiness.

Затова решиха да разрушат щастието й.

They broke several glass bottles.

Те счупиха няколко стъклени бутилки.

And they ground the glass into fine powder.

И те смляха стъклото на фин прах.

Then they scattered the powder on the bed.

След това разпръснаха праха по леглото.

The prince suspected no danger.

Принцът не подозираше никаква опасност.

He laid himself down in the bed.

Той се отпусна в леглото.

Soon he felt an acute pain.

Скоро той почувства остра болка.

All of his whole body ached.

Цялото му тяло го болеше.

The powder had gone through his skin.

Прахът беше пробил кожата му.

The prince became restless through pain.

Принцът стана неспокоен от болка.

And he started to kick and scream.

И той започна да рита и да крещи.

He was taken away to his own country.

Той беше отведен в собствената си страна.

The king and queen were very worried.

Кралят и кралицата били много притеснени.

They consulted all the kingdom's physicians.

Те се консултирали с всички лекари в кралството.

But their efforts were in vain.

Но усилията им бяха напразни.

Day and night the young prince was screaming.

Ден и нощ младият принц крещеше.

No one could ascertain the disease.

Никой не можеше да установи болестта.

So they had no way of knowing the remedy.

Така че те нямаха как да знаят лекарството.

You can imagine the grief of his wife.

Можете да си представите мъката на жена му.

The marriage knot had only just been tied.

Брачният възел току-що беше завързан.

She thought a terrible disease had attacked him.

Тя си помисли, че го е нападнала ужасна болест.

Then he was carried hundreds of miles away.

След това е бил отнесен на стотици километри разстояние.

She had never been to his country.

Тя никога не беше била в страната му.

But she was determined to go there.

Но тя беше твърдо решена да отиде там.

And she was determined to nurse him better.

И тя беше решена да се грижи по-добре за него.

She put on the garb of a Sannyasi.

Тя облече одеждите на санняси.

And she carried a dagger in her hand.
И тя носеше кама в ръката си.
And then she set out on her journey.
И тогава тя тръгна на пътешествие.

The princess was still relatively young.
Принцесата беше все още сравнително млада.
She was unaccustomed to long journeys.
Тя не беше свикнала с дълги пътувания.
And she wasn't used to walking so far.
И не беше свикнала да ходи толкова далеч.
She soon got weary of walking.
Скоро тя се умори да ходи.
So she sat under a tree to rest.
И така, тя седна под едно дърво да си почине.
On the top of the tree there was a nest.
На върха на дървото имаше гнездо.
It was the nest of two divine birds.
Това беше гнездото на две божествени птици.
Bihangami and Bihangama lived here.
Бихангами и Бихангама са живели тук.
They were not in their nest at the time.
Те не бяха в гнездото си по това време.
But two of their chicks were in the nest.
Но две от пиленцата им бяха в гнездото.
Suddenly the chicks gave a scream.
Изведнъж пилетата изпищяха.
This roused the half-drowsy princess.
Това събуди полузаспалата принцеса.
The little birds had seen huge serpent.
Малките птички бяха видели огромна змия.
The snake was about to climb the tree.
Змията се канеше да се качи на дървото.
This would have been the end of the birds.
Това щеше да е краят на птиците.
But the Sannyasi took out her dagger.
Но санняси извади камата си.

And she cut the serpent in two.

И тя разсече змията на две.

Of course even this frightened the young birds.

Разбира се, дори това уплаши младите птици.

And they flew from the nest screaming.

И те излетяха от гнездото с писъци.

Bihangama and Bihangami were on their way back.

Бихангама и Бихангами бяха на връщане.

They came sailing through the air.

Те долетяха, плавайки във въздуха.

They thought they already knew what had happened.

Те си мислеха, че вече знаят какво се е случило.

"I don't expect to see our children"

„Не очаквам да видя децата си"

"The nest will be empty again"

„Гнездото отново ще бъде празно"

"All our previous children were eaten"

„Всичките ни предишни деца бяха изядени"

"They were eaten by our great enemy the serpent"

„Те бяха изядени от нашия голям враг, змията"

"They will have met the same fate"

„Ще ги сполети същата съдба"

"I do not hear the cries of my young ones"

„Не чувам виковете на малките си"

The two birds got to their nest.

Двете птици стигнаха до гнездото си.

And as predicted, the nest was empty.

И както беше предвидено, гнездото беше празно.

This seemed to confirm their suspicions.

Това сякаш потвърди подозренията им.

But soon the young birds returned.

Но скоро младите птици се завърнаха.

The divine birds were pleasantly surprised.

Божествените птици бяха приятно изненадани.

The young birds told them what had happened.

Младите птици им разказаха какво се е случило.

"There was a young Sannyasi under the tree"

„Под дървото имаше млад санняси"

"He destroyed the serpent"

„Той унищожи змията"

"He cut the snake in two with his dagger"

„Той разсече змията на две с камата си"

The parents went to foot of the tree.

Родителите отидоха в подножието на дървото.

Two halves of the snake were still there.

Две половини на змията все още бяха там.

"The young Sannyasi has saved our offspring"

„Младият санняси спаси нашето потомство"

"I wish we could do him some service in return"

„Иска ми се да можехме да му направим някаква услуга в замяна"

The divine bird Bihangama replied.

Божествената птица Бихангама отговорила.

"We shall do our service to HER"

„Ще й служим"

"The Sannyasi under the tree is not a man"

„Санняси под дървото не е човек"

"The Sannyasi under the tree is a woman"

„Санняси под дървото е жена"

"Last night she got married to Prince Sobur"

„Снощи тя се омъжи за принц Собур"

"Shortly after their marriage he was poisoned"

„Малко след сватбата им той беше отровен"

"His skin was pierced with small shards of glass"

„Кожата му беше пробита с малки парченца стъкло"

"His sisters-in-law envied his wife"

„Снахите му завиждаха на жена му"

"Her sisters spread the powder over the bed"

„Сестрите й разпръснаха пудрата върху леглото"

"He is still suffering from his pain"

„Той все още страда от болката си"

"But he is in his native land"

„Но той е в родната си земя"

"And now he is at the point of death"

„И сега той е на прага на смъртта“
"Beneath the tree is his heroic bride"
„Под дървото е неговата героична булка“
"She is wearing the garb of a Sannyasi"
„Тя носи одеждите на санняси“
"And she is going to nurse him"
„И тя ще го кърми“
The Bihangami asked the Bihangama.
Бихангами попита Бихангама.
"Is there no cure for the prince?"
„Няма ли лек за принца?“
"Yes, there is a cure" replied the Bihangama.
„Да, има лек“, отговори Бихангама.
"There is hardened dung lying on the ground"
„На земята лежи втвърден тор“
"She must take this hardened dung"
„Тя трябва да вземе тази втвърдена тор“
"Then she must reduce the dung to powder"
„Тогава тя трябва да стрие торта на прах“
"And then she must bathe the prince"
„И тогава тя трябва да изкъпе принца“
"She must bathe him in seven jars of water"
„Тя трябва да го изкъпе в седем делви с вода“
"Then she must bathe him in seven jars of milk"
„Тогава тя трябва да го изкъпе в седем делви мляко“
"Then she must apply the powder to his body"
„След това тя трябва да нанесе пудрата върху тялото му “
"After this Prince Sobur will get well"
„След това принц Собур ще оздравее“
"I have no doubts about this remedy"
„Нямам никакви съмнения относно това лекарство“
The Bihangami saw a problem though.
Бихангами обаче видя проблем.
"The princess is but a young girl"
„Принцесата е само младо момиче“
"She cannot walk such a distance"
„Тя не може да извърви такова разстояние“

"The journey would take her many days"
„Пътуването щеше да й отнеме много дни“
"By that time the poor prince will have died"
„Дотогава горкият принц ще е умрял“
"I can," replied the Bihangama.
„Мога“, отвърна Бихангама.
"I will take the young lady on my back"
„Ще взема младата дама на гръб“
"I will fly her to Prince Sobur's city"
„Ще я закарам със самолет до града на принц Собур“
"If she takes no presents, I will fly her back"
„Ако не вземе подаръци, ще я върна със самолет.“
The merchant's daughter heard this conversation.
Дъщерята на търговеца чула този разговор.
She begged the Bihangama to take her on his back.
Тя умоляваше Бихангама да я качи на гърба си.
And of course the bird willingly consented.
И разбира се, птицата с готовност се съгласи.
First she gathered some of the birds dung.
Първо тя събра малко от птичите тор.
And then she reduced the dung to fine powder.
И след това тя смля торта на фин прах.
She was armed with this potent drug.
Тя беше въоръжена с това мощно лекарство.
And she got on the back of the kind bird.
И тя се качи на гърба на добрата птица.

The Bihangama flew as fast as lightning.
Бихангама летеше бързо като светкавица.
They soon reached Prince Sobur's city.
Скоро стигнаха до града на принц Собур.
The young Sannyasi went up to the palace.
Младият санняси се качил в двореца.
And she spoke to the guards at the gate.
И тя говори със стражите на портата.
"Send word to the king that I have a drug"
„Изпрати вест на краля, че имам наркотик“

"This drug will save the prince's life"

„Това лекарство ще спаси живота на принца"

"Within hours I will have cured the prince"

„След часове ще излекувам принца"

The king had tried all the best doctors.

Кралят беше опитал всички най-добри лекари.

But no doctor had been able to cure his son.

Но никой лекар не успя да излекува сина му.

So he didn't believe the Sannyasi's words.

Така че той не повярвал на думите на санняси.

But his councilors advised him otherwise.

Но неговите съветници го посъветваха друго.

The Sannyasi ordered for seven jars of water.

Санйаси поръча седем делви с вода.

And seven jars of milk were ordered.

И бяха поръчани седем буркана мляко.

He poured a jar of water on the prince.

Той изля стомна с вода върху принца.

And he poured a jar of milk on the prince.

И той изля буркан с мляко върху принца.

He had a feather from the divine bird.

Той имаше перо от божествената птица.

And he used the feather to apply the powder.

И той използва перото, за да нанесе пудрата.

All of the prince's body was covered.

Цялото тяло на принца беше покрито.

This was repeated another six times.

Това се повтори още шест пъти.

The last treatment did the magic.

Последното лечение направи магията.

The prince started to feel well again.

Принцът отново започна да се чувства добре.

The king was happier than words can describe.

Кралят беше по-щастлив, отколкото думите могат да опишат.

"Give the Sannyasi the finest treasures"

„Дайте на санняси най-ценните съкровища"

But the Sannyasi refused to take presents.

Но санняси отказал да приема подаръци.

"Let me have the ring on the prince's finger"

„Дай ми пръстена на пръста на принца“

The king and the prince were happy.

Кралят и принцът бяха щастливи.

And they gave him what he wanted.

И те му дадоха това, което искаше.

The merchant's daughter hastened back.

Дъщерята на търговеца побърза да се върне.

The Bihangama was waiting at the sea-shore.

Бихангамата чакаше на морския бряг.

They reached the tree of the divine birds.

Те стигнаха до дървото на божествените птици.

The young bride walked back to her palace.

Младата булка се върна обратно в двореца си.

The following day she shook the magical feather fan.

На следващия ден тя разтърси вълшебното ветрило от перо.

Just as before, her husband appeared.

Точно както преди, съпругът ѝ се появи.

Of course he was happy to see his wife.

Разбира се, той се радваше да види жена си.

But he was infinitely surprised.

Но той беше безкрайно изненадан.

She had his ring on her finger.

Тя носеше неговия пръстен на пръста си.

His own wife was his doctor.

Собствената му съпруга беше негова лекарка.

It was his wife that had cured him!

Жена му го беше излекувала!

The prince took his bride to his palace.

Принцът завел булката си в двореца си.

He forgave his sisters-in-law.

Той прости на снахите си.

They lived happily for many years.

Те живееха щастливо в продължение на много години.
And they were blessed with children.
И те бяха благословени с деца.

The Origins of Opium
Произходът на опиума

Once upon on a time there lived a Rishi.

Имало едно време един Риши.

He lived on the banks of the holy Ganges.

Той живеел на бреговете на свещената река Ганг.

This Rishi was a very religious man.

Този Риши беше много религиозен човек.

He spent his days performing religious rites.

Той прекарвал дните си в извършване на религиозни обреди.

From sunrise to sunset he sat on the river bank.

От изгрев до залез слънце той седеше на брега на реката.

For the whole time he sat engaged in devotion.

През цялото време той седеше, потънал в молитва.

At night he took shelter in his hut.

През нощта той се приютил в колибата си.

His hut was made from palm-leaves.

Хижата му беше направена от палмови листа.

The palms he had grown from saplings.

Палмите, които беше отгледал от фиданки.

There was no one around for miles.

Нямаше никой наоколо на километри.

However, in the hut there was a mouse.

Обаче в колибата имаше мишка.

She lived from what the Rishi left for her.

Тя живееше от това, което Риши й беше оставил.

The Rishi was a kind-hearted man.

Риши беше добросърдечен човек.

He would not hurt any living thing.

Той нямаше да нарани никое живо същество.

So our mouse never ran away from him.

Така че нашата мишка никога не е бягала от него.

In fact, our mouse went to him.

Всъщност, нашата мишка отиде при него.

She touched his feet when he was sitting.

Тя докосна краката му, докато той седеше.
And she enjoyed playing with him.
И тя се радваше да си играе с него.
The Rishi also liked the little mouse.
Риши също харесал малката мишка.
So he wanted to be kind to her.
Затова искаше да бъде мил с нея.
And he wanted someone to talk to.
И искаше някой, с когото да поговори.
So he gave her the power of speech.
И така, той ѝ даде дарбата да говори.

One night the mouse stood up.
Една нощ мишката се изправи.
She got onto her hind legs.
Тя се качи на задните си крака.
And she stood in front of the Rishi.
И тя застана пред Риши.
And she put her front paws together.
И тя събра предните си лапи.
"Holy Sage, you have been kind to me"
„Свети мъдрецо, ти беше добър с мен"
"And you have given me human language"
„И ти ми даде човешки език"
"I hope it doesn't displease your reverence"
„Надявам се, че това не е неприятно за Ваше
Превъзходителство."
"But I have one more boon to ask"
„Но имам още една благодат да поискам"
The Rishi listened to his mouse.
Ришито послуша мишката си.
"What is it?" asked the Rishi.
„Какво е това?", попита Риши.
"Say what you want, little mouse"
„Кажи каквото искаш, малка мишка"
The mouse answered the Rishi.
Мишката отговори на Риши.

"By day your reverence goes to the river"
„През деня почитта ви отива до реката"
"And there you practice your devotions"
„И там практикувате своите молитви "
"During this time a cat comes to the hut"
„През това време котка идва в колибата"
"This cat has been trying to catch me"
„Тази котка се опитва да ме хване"
"She still has some fear of your reverence"
„Тя все още се страхува от твоето превъзходителство"
"Otherwise she would have eaten me long ago"
„Иначе щеше да ме е изяла отдавна"
"But I fear the cat will eat me someday"
„Но се страхувам, че котката някой ден ще ме изяде"
"So I have one prayer to ask of you"
„И така, имам една молитва към теб"
"Please may I be changed into a cat!"
„Моля те, нека се превърна в котка!"
"Then I would be a match for my foe"
„Тогава щях да бъда равностоен на врага си"
The Rishi understood the mouse's plight.
Риши разбирал тежкото положение на мишката.
He threw some holy water on the mouse.
Той хвърли малко светена вода върху мишката.
And the mouse instantly turned into a cat.
И мишката мигновено се превърна в котка.

She had lived as a cat for some days.
Тя беше живяла като котка няколко дни.
One night she went to the Rishi again.
Една нощ тя отново отишла при Риши.
And the Rishi spoke to his pet.
И Риши проговори на домашния си любимец.
"Well, little kitty, how are you!"
„Е, малко котенце, как си!"
"How do you like your present life!"
„Как ти харесва настоящият ти живот!"

The cat thought about what to say.

Котката се замисли какво да каже.

But she didn't have to say anything.

Но тя не беше длъжен да казва нищо.

The Rishi could tell by her expression.

Риши можеше да го разбере по изражението й.

"Why don't you like it?" asked the sage.

„Защо не ти харесва?“, попита мъдрецът.

"Are you not as strong as the other cats!"

„Не си ли толкова силен, колкото другите котки!“

"Yes, I am strong enough," answered the cat.

— Да, достатъчно съм силна — отговори котката.

"Your reverence has made me a strong cat"

„Вашето превъзходителство ме направи силна котка“

"As strong as any cat in the world"

„Силна като всяка котка на света“

"Now I do not fear cats anymore"

„Сега вече не се страхувам от котки“

"But now I have got a new foe"

„Но сега имам нов враг“

"By day your reverence goes to the river"

„През деня почитта ви отива до реката“

"During this time dogs come to the hut"

„През това време кучетата идват в колибата“

"These dogs have been barking at me"

„Тези кучета лаят по мен“

"And I have been frightened for my life"

„И се страхувам за живота си“

"So I have one more prayer to ask of you"

„И така, имам още една молитва към теб“

"Please may I be changed into a dog!"

„Моля те, нека се превърна в куче!“

The Rishi understood the cat's plight.

Риши разбирал тежкото положение на котката.

He threw some holy water on the cat.

Той хвърли малко светена вода върху котката.

And the cat instantly became a dog.

И котката мигновено се превърна в куче.

She lived as a dog for some days.
Тя живя като куче няколко дни.
But one night she spoke to the Rishi.
Но една нощ тя проговорила с Риши.
"I cannot thank your reverence enough"
„Не мога да ви благодаря достатъчно“
"You have been most kind to me"
„Бяхте много мили с мен“
"I was but a poor mouse"
„Бях само една бедна мишка“
"You not only gave me speech"
„Ти не само ми даде реч“
"But you also turned me into a cat"
„Но ти също ме превърна в котка“
"And your kindness didn't end there"
„И твоята доброта не свърши дотук“
"Then you changed me into a dog"
„Тогава ме превърна в куче“
"As a dog, however, I suffer greatly"
„Като куче обаче страдам много“
"I do not get enough to eat"
„Не получавам достатъчно храна“
"My only food is what you leave me"
„Единствената ми храна е това, което ми оставяш“
"That was fine when I was a mouse"
„Това беше добре, когато бях мишка“
"But you have made me much larger"
„Но ти ме направи много по-голям “
"And it is not enough to fill my mouth"
„И не е достатъчно да напълни устата ми“
"OH your reverence, how I envy those monkeys"
„О, Ваше Превъзходителство, как завиждам на тези маймуни“
"They jump about from tree to tree"
„Те скачат от дърво на дърво“

"They eat all sorts of delicious fruits!"
„Те ядат всякакви вкусни плодове!"
"Please may reverence not get angry"
„Моля, нека благоговението не се гневи"
"I pray to be changed into an monkey"
„Моля се да се превърна в маймуна"
The sage was a very understanding man.
Мъдрецът беше много разбиращ човек.
His heart was filled with patience.
Сърцето му беше изпълнено с търпение.
He was happy to grant his pet's wish.
Той с радост изпълни желанието на домашния си
любимец.
He threw some holy water on the dog.
Той хвърли малко светена вода върху кучето.
And the dog instantly became an monkey.
И кучето мигновено се превърна в маймуна.

Our monkey was at first wild with joy.
Нашата маймунка отначало беше дива от радост.
She leaped from one tree to another.
Тя скачаше от едно дърво на друго.
She sucked every luscious fruit.
Тя смучеше всеки апетитен плод.
But her joy was short-lived again.
Но радостта й отново беше краткотрайна.
Summer had brought with it its drought.
Лятото донесе със себе си суша.
Monkeys find it hard to climb down.
Маймуните трудно слизат надолу.
So she couldn't drink from the river.
Така че тя не можеше да пие от реката.
She saw how the wild boars lived.
Тя видя как живеят дивите свине.
All day they splashed in the water.
Цял ден се плискаха във водата.
She envied their life now.

Тя завиждаше на живота им сега.
"Oh how happy those wild boars are!"
„О, колко са щастливи тези диви свине!“
"All day their bodies are cooled"
„По цял ден телата им са охладени“
"All day they are refreshed by water"
„Цял ден те се освежават с вода“
"How I wish I were a wild boar"
„Как ми се искаше да бях дива свиня“
That night she went to the Rishi.
Същата нощ тя отишла при Риши.
She recounted her troubles to him.
Тя му разказа за проблемите си.
She told him all about the wild boars.
Тя му разказа всичко за дивите свине.
"Oh how pleasant their lives must be"
„О, колко приятен трябва да е животът им“
And she begged to be changed again.
И тя отново се молеше да се преоблече.
"I pray to be changed into a wild boar"
„Моля се да се превърна в дива свиня“
The sage's kindness knew no bounds.
Добротата на мъдреца не знаеше граници.
and he complied with his pet's request.
и той изпълни молбата на домашния си любимец.
He threw some holy water on the monkey.
Той хвърли малко светена вода върху маймуната.
And the monkey instantly became a wild boar.
И маймуната мигновено се превърна в дива свиня.

Our boar was now very content.
Нашият глиган сега беше много доволен.
She kept her body soaking wet.
Тя поддържаше тялото си подгизнало.
Every day she went to the river.
Всеки ден тя ходеше до реката.
She splashed about in her favorite element.

Тя се плискаше в любимата си стихия.
But life is not safe for wild boars.
Но животът не е безопасен за дивите свине.
One day the king was out hunting.
Един ден кралят бил на лов.
He was riding on an adorned elephant.
Той яздеше украсен слон.
Only by luck did our wild boar escape.
Само по късмет нашият див прасе успя да избяга.
She thought a lot about her experience.
Тя много размишляваше върху преживяното.
She dwelt on the dangers of her life.
Тя размишляваше върху опасностите в живота си.
And she envied the stately elephant.
И тя завиждаше на величествения слон.
The elephant was more fortunate than her.
Слонът имаше повече късмет от нея.
He got to carry the king on his back.
Той трябваше да носи краля на гърба си.
Now she longed to be an elephant.
Сега тя копнееше да бъде слон.
And at night she besought the Rishi.
И през нощта тя умоляваше Риши.

Our elephant was roaming the wilderness.
Нашият слон бродеше из пустошта.
On her adventures she saw the king.
По време на приключенията си тя видяла краля.
Our elephant went towards the king's suite.
Нашият слон се насочи към кралския апартамент.
She had every intention of being caught.
Тя имаше пълното намерение да бъде хваната.
The king saw the elephant from a distance.
Царят видя слона отдалеч.
He couldn't help but admire her beauty.
Той не можеше да не се възхити на красотата ѝ.
He gave his orders to his servants.

Той даде заповеди на слугите си.
"Catch and tame this elephant"
„Хвани и опитоми този слон“
Our elephant was easily caught.
Нашият слон беше лесно хванат.
She was taken into the royal stables.
Тя беше отведена в кралските конюшни.
And she was tamed without any trouble.
И тя беше опитомена без никакви проблеми.

One day the queen had a wish.
Един ден кралицата имала желание.
She wished to go to the holy Ganges.
Тя искала да отиде до светия Ганг.
She wished to bathe in the holy waters.
Тя пожела да се изкъпе в светите води.
The king wanted to accompany his wife.
Кралят искал да придружи жена си.
So he made his orders to his servants.
И така, той даде заповеди на слугите си.
"Bring us the newly caught elephant"
„Донесете ни новоуловения слон“
The king and queen mounted on her back.
Кралят и кралицата се качиха на гърба ѝ.
Our elephant had gotten her wish.
Нашата слоница си беше получила желанието.
Well... she seemed to have gotten her wish.
Еми... изглежда желанието ѝ се сбъдна.
The king had mounted on her back.
Кралят се беше качил на гърба ѝ.
But no, the elephant didn't get her wish.
Но не, желанието на слончето не се сбъдна.
She looked upon herself as a lordly beast.
Тя гледаше на себе си като на господарско животно.
She could not a woman riding on her back.
Тя не можеше да види жена, която язди на гърба ѝ.
It wasn't enough that she was a queen.

Не беше достатъчно, че беше кралица.

She could not bear the idea of it.

Тя не можеше да понесе мисълта за това.

She felt she had been degraded.

Тя чувстваше, че е била унижена.

She jumped up as violently as elephants can.

Тя скочи толкова силно, колкото могат слоновете.

Both the king and queen fell to the ground.

И кралят, и кралицата паднаха на земята.

The king carefully picked up the queen.

Кралят внимателно вдигна кралицата.

He took the queen in his arms.

Той взе кралицата в прегръдките си.

He asked her whether she had been hurt.

Той я попита дали е била наранена.

He wiped off the dust from her clothes.

Той избърса праха от дрехите ѝ.

And he tenderly kissed her a hundred times.

И той нежно я целуна сто пъти.

Our elephant witnessed the king's caresses.

Нашият слон стана свидетел на ласките на царя.

And she scampered off to the woods.

И тя хукна да хуква към гората.

She ran as fast as her legs could carry her.

Тя тичаше толкова бързо, колкото я носят краката ѝ.

As she ran, she thought within herself;

Докато тичаше, тя си мислеше наум;

"I have experienced many different lives"

„Преживял съм много различни животи"

"And I have experienced different happiness"

„И съм изпитвал различно щастие"

"But those lives cannot be compared"

„Но тези животи не могат да се сравняват"

"A queen is the happiest creature of all"

„Кралицата е най-щастливото създание от всички"

"Of what infinite regard is she the object of!"

„На какво безкрайно уважение е тя обект!"

"The king lifted her off the ground"
„Кралят я вдигна от земята“
"And he carefully took her in his arms"
„И той внимателно я взе в прегръдките си“
"He made many tender inquiries to her"
„Той ѝ отправяше много нежни въпроси“
"And he wiped off the dust from her clothes"
„И той избърса праха от дрехите ѝ“
"And he kissed her a hundred times!"
„ И я целуна сто пъти!“
"Oh, the happiness of being a queen!"
„О, щастието да си кралица!“
"I must ask the Rishi to make me a queen!"
„Трябва да помоля Риши да ме направи кралица!“

The sun was just about to set.
Слънцето тъкмо щеше да залезе.
Our elephant made it back to the hut.
Нашият слон успя да се върне в колибата.
The Rishi had just finished his devotions.
Ришито току-що беше завършил молитвите си.
She fell on the ground at his feet.
Тя падна на земята в краката му.
She was still the little mouse.
Тя все още беше малката мишка.
And he was still the holy sage.
И той все още беше светият мъдрец.
"What's the news?" inquired the Rishi.
„Какви са новините?“ попита Риши.
"Why have you left the king's palace!"
„Защо си напуснал кралския дворец!“
Our elephant thought about her words.
Нашият слон се замисли над думите си.
"What shall I say to your reverence!"
„Какво да кажа на Ваше Превъзходителство!“
"You have been very kind to me"
„Бяхте много мил с мен“

"You have granted every wish of mine"
„Ти изпълни всяко мое желание"
"I was a mouse and you gave me speech"
„Бях мишка, а ти ми даде дар слово"
"But as a mouse my life was in danger"
„Но като мишка животът ми беше в опасност"
"You saved me by turning me into a cat"
„Ти ме спаси, като ме превърна в котка"
"But as a cat my life was no safer"
„Но като котка животът ми не беше по-безопасен"
"And you helped me become a dog"
„И ти ми помогна да стана куче"
"But as a dog I had not enough to eat"
„Но като куче нямах достатъчно храна"
"You provided for me again"
„Пак ти ме осигури"
"And you turned my into a monkey"
„И ти ме превърна в маймуна"
"I had all I could wish to eat"
„Ядох колкото си поискам"
"But I had no way of cooling my body"
„Но нямах начин да охладя тялото си"
"You helped me with this too"
„И ти ми помогна с това"
"And you turned me into a wild boar"
„И ти ме превърна в дива свиня"
"Wild boars have a comfortable life"
„Дивите свине имат комфортен живот"
"But they don't live without danger"
„Но те не живеят без опасност"
"And again you protected me"
„И отново ме защити"
"And you turned me into an elephant"
„И ти ме превърна в слон"
"Being an elephant has increased my bulk"
„Като слон увеличих обема си"
"But being an elephant has not increased my happiness"

„Но това, че съм слон, не е увеличило щастието ми"
"I have one more boon to ask of you"
„Имам да те помоля за още една благодат"
"It will be the last boon I ask for"
„Това ще бъде последната благодат, за която искам"
"I see now who the happiest creature is"
„Сега виждам кое е най-щастливото същество"
"A queen is the happiest in the world"
„Кралицата е най-щастливата на света"
"Holy father, please make me a queen"
„Свети отче, моля те, направи ме кралица"
"Silly child," answered the Rishi.
„Глупаво дете", отвърнал Риши.
"How can I make you a queen!"
„Как мога да те направя кралица!"
"Where can I get a kingdom for you!"
„Откъде мога да ти намеря кралство!"
"Where would I find a royal husband!"
„Къде бих намерила кралски съпруг!"
But the Rishi was still patient.
Но Риши все още беше търпелив.
"There is one thing I can do for you"
„Има едно нещо, което мога да направя за теб"
"I can change you into a beautiful girl"
„Мога да те превърна в красиво момиче"
"You will be as beautiful as a queen"
„Ще бъдеш красива като кралица"
"You will possess all the charms you need"
„Ще притежаваш всички прелести, от които се нуждаеш"
"Your charms can captivate a prince's heart"
„Вашият чар може да плени сърцето на принц"
"But you must wait for what the gods decide"
„Но трябва да изчакаш какво решат боговете"
"They will grant you an interview"
„Ще ви дадат интервю"
"Tou will have your chance with a prince!"
„Ще имаш своя шанс с принц!"

Our elephant agreed to the change.
Нашият слон се съгласи с промяната.
The beast was transformed by the Rishi.
Звярът беше преобразен от Риши.
And now she was a beautiful young lady.
И сега тя беше красива млада дама.
The holy sage named her Postomani.
Светият мъдрец я нарекъл Постомани.
Her name meant 'the poppy-seed lady'.
Името ѝ означавало „дамата с маково семе“.

Postomani lived in the Rishi's hut.
Постомани живеел в колибата на Риши.
She spent her time tending the flowers.
Тя прекарваше времето си в грижа за цветята.
And she watered the plants in the garden.
И тя полива растенията в градината.
One day she was sitting at the hut.
Един ден тя седеше в колибата.
The Rishi was at the holy Ganges.
Ришият бил при светия Ганг.
A richly dressed man came towards the cottage.
Богато облечен мъж се приближи до вилата.
She stood up to welcome the man.
Тя се изправи, за да приветства мъжа.
And she asked the stranger who he was.
И тя попита непознатия кой е той.
"What have you come for?" she asked.
„За какво си дошъл?“, попита тя.
"I have been on a hunt"
„Бях на лов“
"But we chased the deer in vain"
„Но гонихме елена напразно“
"Now I am thirsty from the heat"
„Сега съм жаден от жегата“
"I thought that a Rishi lives here"
„Мислех, че тук живее Риши“

"I had come to ask him for water"
„Дойдох да го помоля за вода“
"But now I see you live here"
„Но сега виждам, че живееш тук“
Postomani answered the stranger.
Постомани отговори на непознатия.
"Look upon this hut as your own"
„Гледайте на тази колиба като на своя“
"I am sorry, but we are poor"
„Съжалявам, но ние сме бедни“
"We cannot offer you any entertainment"
„Не можем да ви предложим никакво забавление“
"But let me make your visit comfortable"
„Но нека направя посещението ви удобно“
"Because, I believe you are a king"
„Защото вярвам, че си крал“
"If I am not mistaken," she added.
„Ако не се лъжа“, добави тя.
The stranger smiled in recognition.
Непознатият се усмихна в знак на разпознаване.

Postomani then brought a pot of water.
След това Постомани донесе тенджера с вода.
She went to wash her royal guest's feet.
Тя отиде да измие краката на кралския си гост.
But the visitor did not let her do this.
Но посетителят не й позволи да направи това.
"Holy maid, do not touch my feet"
„Света девойко, не докосвай краката ми“
"I am only a Kshatriya," he confessed.
„Аз съм само кшатрия“, призна си той.
"And you are the daughter of a holy sage"
„И ти си дъщеря на свят мъдрец“
"Noble sir;" Postomani begun to confess.
„Благородни господине“ – започна да се изповядва
Постомани.
"I am not the daughter of the Rishi"

„Аз не съм дъщеря на Риши“

"And am I not a Brahmani girl either"

„И не съм ли и аз брахманско момиче?“

"There is no harm in me touching your feet"

„Няма нищо лошо в това да докосна краката ти“

"Besides, you are my guest"

„Освен това, ти си мой гост“

"And I am bound to wash your feet"

„И аз съм длъжен да ви измия краката“

"Forgive my impertinence," the king wished.

„Простете ми наглостта“, пожела си кралят.

"What caste do you belong to?" he asked.

„Към коя каста принадлежиш?“, попита той.

"I only know what the sage told me"

„Знам само това, което ми каза мъдрецът“

"I heard my parents were Kshatriyas"

„Чух, че родителите ми са били кшатрии“

The stranger wanted to know more.

Непознатият искаше да знае повече.

"May I ask whether your father was a king!"

„Мога ли да попитам дали баща ви е бил крал!“

"You have an uncommon beauty," he said.

„Имаш необикновена красота“, каза той.

"And you possess a stately demeanor"

„И притежавате величествено държание“

"These qualities cannot be worked for"

„Тези качества не могат да се развият с усилие “

"It shows that you were born a princess"

„Това показва, че си родена принцеса“

Postomani avoided answering the question.

Постомани избегна отговора на въпроса.

Instead she went inside the hut.

Вместо това тя влезе в колибата.

She brought out a tray of delicious fruits.

Тя донесе поднос с вкусни плодове.

And she set the fruits before the king.

И тя сложи плодовете пред царя.

The king, however, did not touch the fruits.
Царят обаче не докосна плодовете.
He waited until his question was answered.
Той изчака, докато въпросът му получи отговор.
"I only know what the holy sage says"
„Знам само какво казва светият мъдрец"
"He says that my father was a king"
„Той казва, че баща ми е бил крал"
"But he was overcome in a battle"
„Но той беше победен в битка"
"So he, with my mother, fled into the woods"
„И така, той, с майка ми, избяга в гората"
"My poor father was eaten by a tiger"
„Горкият ми баща беше изяден от тигър"
"My mother closed her eyes as I opened mine"
„Майка ми затвори очи, когато аз отворих моите"
"There was a bee-hive on the tree"
„На дървото имаше кошер"
"I lay at the foot of that tree"
„Лежах в подножието на онова дърво"
"Drops of honey fell into my mouth"
„Капки мед паднаха в устата ми"
"The honey maintained the spark inside me"
„Медът поддържаше искрата в мен"
"And then the kind Rishi found me"
„И тогава Риши ме намери"
"The holy sage brought me into his hut"
„Светият мъдрец ме заведе в колибата си"
"This is the simple story of this wretched girl"
„Това е простата история на това нещастно момиче"
"The girl who now stands before the king"
„Момичето, което сега стои пред краля"
"Call not yourself wretched," replied the king.
— Не се наричай нещастен — отвърна царят.
"You are the most beautiful of women"
„Ти си най-красивата от жените"
"And you are the loveliest of women"

„И ти си най-прекрасната от жените“
"You would adorn the grandest palaces"
„Ти би украсил най-величествените дворци“

Postomani had gotten her interview.
Постомани беше получила интервюто си.
She fell in love with the king.
Тя се влюби в краля.
And the king fell in love with her.
И кралят се влюбил в нея.
The Rishi joined them in marriage.
Ришият ги е оженил.
Postomani became the king's favourite queen.
Постомани станала любимата кралица на краля.
And the former queen was in disgrace.
И бившата кралица беше в немилост.
But Postomani's happiness was short-lived.
Но щастието на Постомани беше краткотрайно.
One day as she was standing by a well.
Един ден, докато тя стоеше до кладенец.
She was overcome by a moment of giddiness.
За момент тя беше обзета от замайване.
Fortune had her fall into the water.
Форчън я накара да падне във водата.
And she died in the water of the well.
И тя умря във водата на кладенеца.
The Rishi then came to the king.
Тогава Риши дошъл при царя.
"O king, grieve not over the past"
„Царю, не скърби за миналото“
"What is fixed by fate must come to pass"
„Това, което е решено от съдбата, трябва да се случи“
"The queen drowned in your well"
„Кралицата се удави във вашия кладенец“
"But she was not of royal blood"
„Но тя не беше от кралска кръв“
"She was born to a family of mice"

„Тя е родена в семейство мишки“
"Each evening she came to my hut"
„Всяка вечер тя идваше в колибата ми“
"And I gave her the power of speech"
„И ѝ дадох дарбата на словото“
"With speech she could express her wishes"
„С речта си тя можеше да изрази желанията си“
"I changed her according to her wishes"
„Промених я според нейните желания“
"As a mouse she feared the cat"
„Като мишка тя се страхуваше от котката“
"And so I changed her into a cat"
„И така я превърнах в котка“
"As a cat she feared the dogs"
„Като котка тя се страхуваше от кучетата“
"And so I changed her into a dog"
„И така я превърнах в куче “
"As a dog she had not enough to eat"
„Като куче тя нямаше достатъчно храна“
"And so I changed her into a monkey"
„И така я превърнах в маймуна“
"As a monkey she couldn't bear the heat"
„Като маймуна не можеше да понесе жегата“
"And so I changed her into a wild boar"
„И така я превърнах в дива свиня“
"As a boar her life was not safe"
„Животът ѝ като глиган не беше безопасен“
"And so I changed her into an elephant"
„И така я превърнах в слон“
"That was the elephant you caught"
„Това беше слонът, когото хвана“
"But as an elephant she was not loved"
„Но като слон тя не беше обичана“
"And so I changed her one last time"
„И така, аз я промених за последен път“
"I changed her into a beautiful girl"
„Превърнах я в красиво момиче“

"That is the girl that you married"

„Това е момичето, за което се оженил"

"And that is the girl that drowned"

„И това е момичето, което се удави"

"Take into favor your former queen"

„Приемете благоволението на бившата си кралица"

"And don't worry for my daughter"

„И не се тревожи за дъщеря ми"

"I will make her name immortal"

„Ще направя името й безсмъртно"

"Let her body remain in the well"

„Нека тялото й остане в кладенеца"

"Fill the well up with earth"

„Напълнете кладенеца с пръст"

"In her flesh there is a seed"

„В плътта й има семе"

"From her bones a tree will grow"

„От костите й ще израсне дърво"

"We will name this tree after her"

„Ще кръстим това дърво на нейно име"

"The tree shall be called 'Posto'"

„Дървото ще се казва „Посто""

"This means 'the Poppy tree'"

„Това означава „маковото дърво""

"From this tree there will come a drug"

„От това дърво ще дойде лекарство"

"This drug will be called opium"

„Това лекарство ще се нарича опиум"

"Opium will be a powerful medicine"

„Опиумът ще бъде мощно лекарство"

"People will consume opium in every epoch"

„Хората ще консумират опиум във всяка епоха"

"Opium will either be swallowed or smoked"

„Опиумът или ще бъде погълнат, или ще бъде пушен"

"And opium will be a wonderful narcotic"

„И опиумът ще бъде чудесен наркотик"

"Opium will be used till the end of time"

„Опиумът ще се използва до края на времето"
"You will recognize the opium smoker"
„Ще познаете пушача на опиум"
"He will have many different qualities"
„Той ще притежава много различни качества"
"One quality for each of the animals"
„По едно качество за всяко от животните"
"The animals which Postomani had lived as"
„Животните, като които Постомани е живял"
"He will be mischievous, like a mouse"
„Той ще бъде палав, като мишка"
"He will be fond of milk, like a cat"
„Той ще обича мляко, като котка"
"He will be quarrelsome, like a dog"
„Той ще бъде свадлив като куче"
"He will be filthy, like a monkey"
„Той ще бъде мръсен, като маймуна"
"He will be savage, like a boar"
„Той ще бъде див, като глиган"
"He will be confident, like an elephant"
„Той ще бъде уверен, като слон"
"And he will be high-tempered, like a queen"
„И той ще бъде с висок нрав, като кралица"

Strike, but Listen First
Стачкай, но първо слушай

There was once a king who had three sons.
Имало едно време един цар, който имал трима сина.
His royal subjects came to him one day and said;
Един ден неговите кралски поданици дошли при него и казали;
"Oh incarnation of justice! hear our plea"
„О, въплъщение на справедливостта! чуй нашата молба!"
"The kingdom is infested with thieves and robbers"
„Кралството е заразено с крадци и разбойници"
"Our property is not safe from their thievery"
„Нашата собственост не е защитена от техните кражби"
"We pray your majesty to catch hold of these thieves"
„Молим се Ваше Величество да заловите тези крадци"
"We beg you punish them to the full extent of the law"
„Молим ви да ги накажете с цялата строгост на закона"
The king said to his sons, "Oh, my sons, I am old"
Царят каза на синовете си: „О, синове мои, аз съм стар."
"But you are all in the prime of manhood"
„Но вие всички сте в разцвета на мъжествеността"
"How is it that my kingdom is full of thieves?"
„Как така царството ми е пълно с крадци?"
"I look to you to catch hold of these thieves"
„Очаквам от теб да хванеш тези крадци"
The three princes then made up their minds.
Тогава тримата принцове взеха решение.
They were going to patrol the city every night.
Те щяха да патрулират града всяка нощ.
They set up a watch out in the outskirts of the city.
Те поставиха наблюдателен пост в покрайнините на града.
The early part of the night had arrived.
Настъпи ранната част на нощта.
So the eldest prince took on his duties.
И така, най-възрастният принц пое задълженията си.
He rode upon his horse through the whole city.

Той яздил коня си през целия град.

But did not see a single thief anywhere he looked.

Но не видя нито един крадец, където и да погледнеше.

He came back to the policing station.

Той се върна в полицейското управление.

The middle part of the night had arrived.

Средата на нощта беше настъпила.

So the second prince took on his duties.

И така, вторият принц поел задълженията си.

And he too rode through every part of the city.

И той също язди през всяка част на града.

But he did not see or hear of a single thief.

Но той не видя, нито чу за нито един крадец.

He came also back to the policing station.

Той също се върна в полицейското управление.

The latter part of the night had arrived.

Втората част на нощта беше настъпила.

So the youngest prince took on his duties.

И така, най-младият принц поел задълженията си.

He went near the gate of his father's palace.

Той се приближи до портата на бащиния си дворец.

There he saw a beautiful woman leaving the palace.

Там той видял красива жена, която напускала двореца.

The prince asked the woman, "who are you?"

Принцът попитал жената: „Коя си ти?“

"Where are you going at this hour of the night?"

„Къде отиваш по това време на нощта?“

The woman answered the young prince.

Жената отговори на младия принц.

"I am Rajlakshmi, the guardian deity of this palace"

„Аз съм Раджлакшми, божеството-пазител на този дворец“

"The king will be killed this night"

„Кралят ще бъде убит тази нощ“

"I am therefore not needed here"

„Следователно не съм нужен тук“

"And that is why I am going away"

„И затова си тръгвам"
The prince did not know what to make of this message.
Принцът не знаеше какво да мисли за това съобщение.
After a moment's reflection he said to the goddess;
След кратък размисъл той каза на богинята:
"But, suppose the king is not killed tonight"
„Но да предположим, че кралят не бъде убит тази вечер"
"Have you any objection to return to the palace?"
„Имате ли някакви възражения да се върнем в двореца?"
"I have no objection," replied the goddess.
— Нямам възражения — отвърна богинята.
The prince then begged the goddess to go back.
Тогава принцът помолил богинята да се върне.
And he promised to do his best to protect the king.
И обеща да направи всичко възможно, за да защити краля.
Then the goddess entered the palace again.
Тогава богинята отново влезе в двореца.
Within a moment she disappeared into the palace.
След миг тя изчезна в двореца.

The prince went straight into the palace too.
Принцът също отиде направо в двореца.
And he went into the bedroom of his royal father.
И той влезе в спалнята на кралския си баща.
There his father lay immersed in deep sleep.
Там баща му лежеше потопен в дълбок сън.
The king had a second, younger wife.
Кралят имал втора, по-млада съпруга.
This woman was the stepmother of our prince.
Тази жена беше мащеха на нашия принц.
She was sleeping in another bed in the room.
Тя спеше в друго легло в стаята.
There was a light that was burning dimly.
Имаше светлина, която светеше слабо.
But then the prince saw something that surprised him!
Но тогава принцът видя нещо, което го изненада!
A huge cobra going round and round the golden bedstead.

Огромна кобра обикаляше около златното легло.
The bedstead on which his father was sleeping.
Леглото, на което спеше баща му.
The prince with his sword cut the serpent in two.
Принцът с меча си разсече змията на две.
But he was not satisfied with killing the cobra.
Но той не се задоволил с убийството на кобрата.
So he cut the cobra up into a hundred pieces.
И така, той наряза кобрата на сто парчета.
And he put the pieces of the cobra inside a pan.
И той сложи парчетата от кобрата в тиган.
But while cutting the cobra a misfortune happened.
Но докато рязали кобрата, се случило нещастие.
A drop of blood fell on the breast of his stepmother.
Капка кръв падна върху гърдите на мащехата му.
The prince was in great distress by what had happened.
Принцът беше силно разстроен от случилото се.
"I have saved my father, but killed my stepmother"
„Спасих баща си, но убих мащехата си"
How could he remove the drop of blood from her breast?
Как би могъл да премахне капката кръв от гърдата й?
He wrapped round his tongue a piece of cloth sevenfold.
Той уви около езика си парче плат седем пъти.
And with the cloth he licked up the drop of blood.
И с кърпата той облиза капката кръв.
But his stepmother's sleep was not so deep.
Но сънят на мащехата му не беше толкова дълбок.
And in his attempt to save her he awoke her.
И в опит да я спаси, той я събуди.
When opening her eyes she saw it was her stepson.
Когато отвори очи, тя видя, че това е доведеният й син.
The young prince rushed out of the room.
Младият принц се втурна от стаята.
The queen, hated her stepson, the youngest prince.
Кралицата мразеше доведения си син, най-младия принц.
And she had every intention to ruin his reputation.

И тя имаше пълното намерение да съсипе репутацията
му.
She called out to her husband, "My lord, my lord"
Тя извика на съпруга си: „Господарю мой, господарю
мой"
"Are you awake? are you awake? Rouse yourself up"
„Буден ли си? буден ли си? Събуди се"
"Here is a nice piece of news for you"
„Ето една хубава новина за теб"
The king on awaking inquired what the matter was.
След като се събудил, кралят попитал какво е станало.
"What the matter is, my lord, let me tell you"
„Какъв е проблемът, господарю мой, нека ви кажа"
"Your worthy son was just here in this room"
„Вашият достоен син току-що беше тук, в тази стая"
"The youngest prince, of whom you speak so highly"
„Най-младият принц, за когото говорите толкова
хвалебствено"
"I caught him in the act of touching my breast"
„Хванах го как докосва гърдите ми"
"I don't doubt he came with wicked intents"
„Не се съмнявам, че е дошъл със зли намерения"
The king was horror-struck by what he heard.
Кралят бил ужасен от чутото.
The prince went back to where his brothers kept watch.
Принцът се върна там, където братята му бяха нащрек.
But he told them nothing of what had happened.
Но той не им каза нищо за случилото се.

Early in the morning the king called his eldest son.
Рано сутринта царят повика най-големия си син.
"I entrust my life and my honor to men"
„Поверявам живота и честта си на хората"
"But what if one of these men prove faithless?
„Но какво ще стане, ако един от тези мъже се окаже
неверен?"
"How should such a man be punished?"

„Как трябва да бъде наказан такъв човек?“
The eldest prince replied to his father, the king.
Най-големият принц отговори на баща си, царя.
"Doubtless such a man's head should be cut off"
„Без съмнение главата на такъв човек трябва да бъде отсечена“
"But first you should establish the facts"
„Но първо трябва да установите фактите“
"You must see whether the man is really faithless"
„Трябва да видите дали човекът наистина е неверен“
"What do you mean?" inquired the king.
„Какво имаш предвид?“ – попитал кралят.
"Let your majesty be pleased to listen"
„Нека Ваше Величество благоволи да изслуша“
Once upon on a time there lived a goldsmith.
Имало едно време един златар.
This goldsmith had a son who had a wife.
Този златар имал син, който имал жена.
His wife had the rare faculty of understanding beasts.
Жена му притежаваше рядката способност да разбира животните.
But she never told anyone about her uncommon gift.
Но тя никога не е казвала на никого за необикновения си дар.
Not even her husband knew she could understand animals.
Дори съпругът й не знаеше, че тя може да разбира животни.
One night she was lying in bed beside her husband.
Една нощ тя лежеше в леглото до съпруга си.
From the river by their house she heard a jackal howl.
От реката до къщата им тя чу вой на чакал.
"There goes a carcass floating on the river"
„Ето труп, който плува по реката“
"There's a diamond ring on the dead man's finger"
„На пръста на мъртвеца има диамантен пръстен“
"Will anyone take the ring and give me the corpse?"
„Някой ще вземе ли пръстена и ще ми даде ли трупа?“

The woman understood the jackal's language.
Жената разбираше езика на чакала.
She got up from bed and went to the river-side.
Тя стана от леглото и отиде до брега на реката.
The husband had not been in deep sleep.
Съпругът не беше спал дълбоко.
So with his wife's movements he woke up too.
Така с движенията на жена си и той се събуди.
And he followed his wife to see where she went.
И той последва жена си, за да види къде е отишла.
But he kept his distance, so that he could observe her.
Но той се държеше на разстояние, за да може да я наблюдава.
The woman went into the water next to their house.
Жената влезе във водата до къщата им.
She tugged the floating corpse towards the shore.
Тя задърпа плаващия труп към брега.
And she saw the diamond ring on the finger.
И тя видя диамантения пръстен на пръста си.
She was unable to loosen the ring with her hand.
Тя не успя да разхлаби пръстена с ръка.
Because the fingers of the dead body had swelled.
Защото пръстите на мъртвото тяло бяха подути.
So she bit off the finger with her teeth.
И така тя отхапа пръста със зъби.
And she put the dead body upon land, for the jackal.
И тя сложи мъртвото тяло на земята, за чакала.
Then she returned to bed, where her husband already was.
След това се върна в леглото, където вече беше съпругът ѝ.
The young goldsmith lay almost petrified with fear.
Младият златар лежеше почти вкаменен от страх.
He was convinced he was lying next to a Rakshasi.
Той беше убеден, че лежи до ракшаси.
He spent the rest of the night tossing in his bed.
Той прекара остатъка от нощта въртейки се в леглото си.
And early in the morning spoke to his father.
И рано сутринта говори с баща си.

"The woman thou hast given me is not a real woman"

„Жената, която ми даде, не е истинска жена“

"The woman thou hast given me to wife is a Rakshasi"

„Жената, която ми даде за жена, е ракшаси“

"Last night I was lying in bed with her"

„Снощи лежах в леглото с нея“

"By the river I heard the howl of a jackal"

„Край реката чух воя на чакал“

"My wife too, heard the howl of the jackal"

„И жена ми чу воя на чакала“

"Thinking I was asleep; she went towards the howl"

„Мислейки, че спя, тя тръгна към воя“

"I was surprised to see her go out of bed alone"

„Бях изненадан да я видя да става сама от леглото“

"Suspecting some sort of evil, I followed her outside"

„Подозирайки някакво зло, я последвах навън“

"But she could not see that I had followed her"

„Но тя не можеше да види, че съм я последвал“

"What did she do, do you think? O horror of horrors!"

„Какво мислиш, че е направила тя? О, ужас на ужасите!“

"From the stream she dragged a dead body out"

„От потока тя измъкна мъртво тяло“

"And what do you think she did with the dead body?"

— И какво мислиш, че е направила с трупа?

"She wasted no time devouring the dead man!"

„Тя не губи време, поглъщайки мъртвеца!“

"All this I had the misfortune to see with my own eyes"

„Всичко това имах нещастието да видя със собствените си очи“

"While she feasted on the carcass I went back to bed"

„Докато тя се угощаваше с трупа, аз се върнах в леглото“

"In a few minutes she also returned to bed"

„След няколко минути и тя се върна в леглото“

"She bolted the door shut, and lay beside me"

„Тя залости вратата и легна до мен“

"Oh my father, how can I live with a Rakshasi?"

„О, татко мой, как мога да живея с ракшаси?“

"She will certainly kill me and eat me up one night"
„Тя със сигурност ще ме убие и ще ме изяде една нощ"
You can imagine the shock of the old goldsmith.
Можете да си представите шока на стария златар.
Both father and son agreed about what should be done.
И бащата, и синът се съгласиха какво трябва да се направи.
The woman should be taken deep into the forest.
Жената трябва да бъде отведена дълбоко в гората.
And she should be left for wild beasts to devoured.
И тя трябва да бъде оставена на дивите зверове да я
погълнат.
Accordingly, the young goldsmith spoke to his wife.
Съответно, младият златар разговарял с жена си.
"My dear love," he said to his wife.
„Скъпа моя любов", каза той на жена си.
"You had better not cook much this morning"
„По-добре да не готвиш много тази сутрин"
"Boil a little rice and burn a brinjal"
„Сварете малко ориз и изпечете бринджал"
"Because today we are going to see your parents"
„Защото днес ще видим родителите ти"
"Your mother and father are dying to see you"
„Майка ти и баща ти умират да те видят"
The woman was full of joy at the unexpected news.
Жената беше изпълнена с радост от неочакваната новина.
She loved returning to her father's house.
Тя обичаше да се връща в бащината си къща.
And she finished the cooking in no time.
И тя приключи с готвенето за нула време.
The husband and wife snatched a hasty breakfast.
Съпругът и съпругата грабнаха набързо закуска.
And soon after breakfast they started their journey.
И скоро след закуска те започнаха пътуването си.
The way to her father's house was through dense jungle.
Пътят до бащината ѝ къща минаваше през гъста джунгла.
It was the perfect place to abandon his wife.
Това беше идеалното място да изостави жена си.

She was bound to be eaten up by wild beasts there.

Там тя със сигурност щяла да бъде изядена от диви зверове.

But while they were walking the woman heard a snake.

Но докато вървяха, жената чу змия.

"Oh passer-by, in yonder hole there is a frog"

„О, минувачу, в онази дупка има жаба“

"How thankful I would be if you caught the frog"

„Колко благодарен бих бил, ако хванеш жабата“

"And the hole is full of gold and precious stones"

„И дупката е пълна със злато и скъпоценни камъни“

"Give me the frog, and take the treasure for yourself"

„Дай ми жабата и вземи съкровището за себе си“

The woman forthwith went to the frog's hole.

Жената веднага отиде до жабешката дупка.

And she began digging the hole with a stick.

И тя започна да копае дупката с пръчка.

The young goldsmith was now quaking with fear.

Младият златар сега трепереше от страх.

He thought his Rakshasi-wife was about to kill him.

Той си помислил, че съпругата му Ракшаси ще го убие.

And then his wife called for him to help her.

И тогава жена му го повикала да ѝ помогне.

"Take all this gold and these precious stones"

„Вземете цялото това злато и тези скъпоценни камъни“

The goldsmith did not understand her request.

Златарят не разбра молбата ѝ.

Timidly he went to where she had dug the hole.

Той плахо отиде до мястото, където тя беше изкопала дупката.

But he was infinitely surprised by what he saw.

Но той беше безкрайно изненадан от видяното.

The hole was full of gold and precious stones.

Дупката беше пълна със злато и скъпоценни камъни.

"How did you know there was a treasure here?"

„Откъде разбра, че тук има съкровище?“

And finally his wife told him of her gift.

И накрая жена му му разказа за дарбата си.
"I can understand all the beasts in the forest"
„Мога да разбера всички зверове в гората“
"Just over there, there is a snake coiled up"
„Точно там, има една свита на кълбо змия“
"She had told me there was a treasure here"
„Тя ми беше казала, че тук има съкровище“
The husband now felt very blessed with his wife.
Сега съпругът се чувствал много благословен със съпругата си.
"My love, it has gotten very late today"
„Любима моя, днес стана много късно“
"I don't think we will reach your father's house"
„Не мисля, че ще стигнем до къщата на баща ти“
"Nightfall will catch us before we get there"
„Нощта ще ни застигне, преди да стигнем там“
"If we stay we might be devoured by wild beasts"
„Ако останем, може да бъдем погълнати от диви зверове“
"I propose therefore that we both return home"
„Затова предлагам и двамата да се върнем у дома.“
You can imagine the wife's disappointment.
Можете да си представите разочарованието на съпругата.
But she agreed with her husband's assessment.
Но тя се съгласи с оценката на съпруга си.
It took them a long time to reach home.
Отне им много време да стигнат до дома.
They were laden with a large quantity of gold.
Те бяха натоварени с голямо количество злато.
And they were carrying many precious stones.
И носеха много скъпоценни камъни.
But eventually the got close to their home.
Но в крайна сметка се приближиха до дома си.
"My dear, go by the back door," said the goldsmith.
— Скъпа моя, мини през задната врата — каза златарят.
"I will go by the front door and see my father"
„Ще мина през входната врата и ще видя баща си“
"And I will show him all this treasure"

„И ще му покажа цялото това съкровище“
So she entered the house by the back door.
И така, тя влезе в къщата през задната врата.
But the old goldsmith had reason to be there too.
Но и старият златар имаше причина да бъде там.
He had gone there to collect a hammer.
Той беше отишъл там, за да вземе чук.
The old goldsmith saw his Rakshasi daughter-in-law.
Старият златарь видял снаха си ракшаси.
He concluded she had swallowed up his son.
Той заключи, че тя е погълнала сина му.
And he therefore struck her with the hammer.
И затова той я удари с чука.
The blow immediately killed his daughter-in-law.
Ударът веднага убил снаха му.
At that moment the son came into the house.
В този момент синът влезе в къщата.
But it was too late for him to explain.
Но беше твърде късно за него да обясни.
And so the eldest prince's story concluded.
И така историята на най-големия принц приключи.
"You might have to cut a man's head off"
„Може да се наложи да отрежете главата на някой човек“
"But first you should establish the facts"
„Но първо трябва да установите фактите“
"You must see whether the man is really faithless"
„Трябва да видите дали човекът наистина е неверен“

The king then called his second son to him.
Тогава царят повикал втория си син при себе си.
"I entrust my life and my honor to men"
„Поверявам живота и честта си на хората“
"But what if one of these men prove faithless?
„Но какво ще стане, ако един от тези мъже се окаже неверен?“
"How should such a man be punished?"
„Как трябва да бъде наказан такъв човек?“

The second prince replied to his father, the king.

Вторият принц отговори на баща си, царя.

"Doubtless such a man's head should be cut off"

„Без съмнение главата на такъв човек трябва да бъде отсечена"

"But first you should establish the facts"

„Но първо трябва да установите фактите"

"What do you mean?" inquired the king.

„Какво имаш предвид?" – попитал кралят.

"Let your majesty be pleased to listen"

„Нека Ваше Величество благоволи да изслуша"

Once upon a time there reigned a king.

Имало едно време царуване на един цар.

This king was very fond of going out hunting.

Този крал много обичал да ходи на лов.

One day his horse took him into a dense forest.

Един ден конят му го завел в гъста гора.

He went far from his followers, deep into the woods.

Той се отдалечи от последователите си, дълбоко в гората.

He rode on and on through the endless, quiet forest.

Той яздеше все напред и напред през безкрайната, тиха гора.

He saw neither villages nor towns, only trees.

Той не видя нито села, нито градове, само дървета.

On the long, lonely journey he became very thirsty.

По време на дългото, самотно пътуване той много ожадня.

He could see no pond, nor lake, nor stream.

Не виждаше нито езерце, нито езеро, нито поток.

But then he saw something dripping from a tree.

Но тогава видя нещо да капе от едно дърво.

He concluded it was rainwater resting in a cavity.

Той заключи, че това е дъждовна вода, събрала се в кухина.

He stood on horseback beneath the tree, cup in hand.

Той стоеше на кон под дървото с чаша в ръка.

He caught the drops slowly dripping into the small cup.

Той улови капките, които бавно се стичаха в малката чашка.

The water, however, was not rain from the sky.

Водата обаче не беше дъжд от небето.

A huge cobra sat on top of the tall tree.

Огромна кобра седеше на върха на високото дърво.

The snake had struck the tree in rage with its sharp fangs.

Змията беше ударила дървото в ярост с острите си зъби.

The snake's poison came out and fell downward in heavy drops.

Отровата на змията излезе и падна надолу на тежки капки.

The king thought the falling liquid was simple rainwater.

Кралят си помислил, че падащата течност е обикновена дъждовна вода.

The horse sensed the danger and tried to warn him.

Конят усети опасността и се опита да го предупреди.

The cup was nearly filled with the deadly snake-poison.

Чашата беше почти пълна със смъртоносната змийска отрова.

The king raised the cup and prepared to drink.

Кралят вдигна чашата и се приготви да пие.

But the horse moved wildly, with the king on its back.

Но конят се движеше диво, а царят яздеше на гърба му.

The cup fell from his hand, and the poison spilled.

Чашата падна от ръката му и отровата се разля.

The king became angry and struck the horse's neck.

Царят се разгневил и ударил коня по врата.

The blow from the sword immediately killed his horse.

Ударът от меча веднага уби коня му.

And so the second prince's story concluded.

И така историята на втория принц приключи.

"You might have to cut a man's head off"

„Може да се наложи да отрежете главата на някой човек“

"But first you should establish the facts"

„Но първо трябва да установите фактите“

"You must see whether the man is really faithless"

„Трябва да видите дали човекът наистина е неверен“

The king then called to him his third youngest son.
Тогава царят повикал при себе си третия си най-малък син.
"I entrust my life and my honor to men"
„Поверявам живота и честта си на хората"
"But what if one of these men prove faithless?
„Но какво ще стане, ако един от тези мъже се окаже неверен?"
"How should such a man be punished?"
„Как трябва да бъде наказан такъв човек?"
"Doubtless such a man's head should be cut off"
„Без съмнение главата на такъв човек трябва да бъде отсечена"
"But first you should establish the facts"
„Но първо трябва да установите фактите"
"What do you mean?" inquired the king.
„Какво имаш предвид?" – попитал кралят.
"Let your majesty be pleased to listen"
„Нека Ваше Величество благоволи да изслуша"
Once long ago there reigned a wise and noble king.
Някога, много отдавна, царувал мъдър и благороден цар.
In his palace he kept a bird of Suka species.
В двореца си той държал птица от вида Сука.
One day the bird went out flying into the fields.
Един ден птицата отлетяла към полето.
There he saw his father and mother calling from above.
Там видя баща си и майка си да викат отгоре.
They asked him to come visit them in their nest.
Те го помолили да дойде да ги посети в гнездото им.
The nest was far away in a distant hidden land.
Гнездото беше далеч в далечна скрита земя.
The Suka said, "I'll come if I get king's leave"
Шука каза: „Ще дойда, ако получа разрешение от краля"
"I'll speak to the king today and return tomorrow"
„Ще говоря с краля днес и ще се върна утре "
"Please wait at this same spot in the morning"
„Моля, изчакайте на същото място сутринта"

That very day, Suka spoke with the gentle, kind king.
Същия ден Сука разговаря с кроткия, мил крал.
The king gave permission for the bird to leave.
Царят дал разрешение на птицата да отлети.
Although he was sad to part with his bird.
Въпреки че му беше тъжно да се раздели с птицата си.
The next morning, Suka met his parents again.
На следващата сутрин Сука отново се срещна с родителите си.
He flew with them to their nest on a tall tree.
Той отлетя с тях до гнездото им на високо дърво.
The three birds lived together happily in peaceful joy.
Трите птици живеели щастливо заедно в мирна радост.
They stayed like this for a fortnight of lovely days.
Те останаха така в продължение на две седмици, изпълнени с прекрасни дни.
But even those quiet and pleasant days had to end.
Но дори и тези тихи и приятни дни трябваше да свършат.
Suka said, "Beloved parents, the king gave me two weeks"
Сука каза: „Възлюбени родители, кралят ми даде две седмици"
"That time is now over, so I must return tomorrow"
„Това време вече свърши, така че трябва да се върна утре"
His father and mother agreed and blessed his decision.
Баща му и майка му се съгласиха и благословиха решението му.
They told him to carry a gift for the king.
Казали му да занесе подарък за царя.
After some talk, they chose some fruit as a gift.
След кратък разговор, те си избраха плодове за подарък.
The fruit had grown from the Immortality Tree.
Плодът беше израснал от Дървото на безсмъртието.
Early the next morning, Suka went to the tree.
Рано на следващата сутрин Сука отишъл до дървото.
And he plucked a magical glowing fruit.
И той откъсна вълшебен светещ плод.
He held the fruit gently in his beak, full of care.

Той държеше плода нежно в човката си, изпълнен с
грижа.
The fruit was heavy and slowed his swift flying pace.
Плодът беше тежък и забави бързото му летене.
He could not reach the city before night arrived.
Той не можа да стигне до града преди да настъпи нощта.
Suka stopped to rest in a tree along the way.
Сука спря да си почине на едно дърво по пътя.
He feared the fruit might drop while he slept.
Той се страхуваше, че плодът може да падне, докато спи.
If he kept the fruit in his beak, it could fall.
Ако държеше плода в човката си, той можеше да падне.
But he saw a hole in the trunk of the tree.
Но той видя дупка в ствола на дървото.
He placed the fruit safely inside the dark tree.
Той постави плода безопасно в тъмното дърво.
But inside the hole, there lived a poisonous black snake.
Но вътре в дупката живеела отровна черна змия.
In the night, the snake bit the fruit with venom.
През нощта змията ухапа плода с отрова.
And the fruit became smeared with deadly poison.
И плодът се намаза със смъртоносна отрова.
At dawn Suka took the fruit back in his beak.
На разсъмване Сука прибра плода обратно в човката си.
He flew again on his journey to the king's palace.
Той отново отлетя по пътя си към кралския дворец.
As he reached the palace the king was sitting with ministers.
Когато стигнал до двореца, кралят седял с министри.
The king was overjoyed to see Suka return once more.
Кралят бил много щастлив да види Сука да се завръща
отново.
He greatly admired the beautiful, shining fruit gift.
Той много се възхити на красивия, блестящ плодов
подарък.
The fruit was lovely to look at and admire.
Плодът беше прекрасен за гледане и възхищение.
It was the finest fruit found across the earth.

Това беше най-вкусният плод, който можеше да се намери по цялата земя.

And anyone who ate the fruit was granted immortality.

И всеки, който ядеше от плода, получаваше безсмъртие.

The king was about to eat the beautiful fruit.

Царят се канеше да яде от красивия плод.

But his ministers warned him the fruit might be poisoned"

Но неговите министри го предупредиха, че плодът може да е отровен.

"It would be better to test the fruit before you eat it"

„По-добре е да опитате плода, преди да го ядете"

He threw the fruit to a crow sitting on the wall.

Той хвърли плода на врана, седнала на стената.

The crow ate from the fruit, and dropped dead instantly.

Гарванът яде от плода и падна мъртва на място.

The king, thinking Suka tried to kill him, grew furious.

Кралят, мислейки си, че Сука се е опитал да го убие, се разяри.

He seized the bird and killed him with his bare hands.

Той сграбчи птицата и я уби с голи ръце.

He ordered the seed to be planted outside the city.

Той заповяда семето да бъде засадено извън града.

The seed became a tree with the same glowing fruit.

Семето се превърна в дърво със същите блестящи плодове.

The king feared the fruit would bring more death.

Царят се страхувал, че плодът ще донесе още смърт.

So he had the tree fenced off and guarded.

Затова той оградил дървото с ограда и го охранявал.

There lived in that city an old, poor Brahman man.

В този град живеел един стар, беден брахман.

He and his wife survived only on the town's charity.

Той и съпругата му оцеляваха само от благотворителност на града.

One day the Brahman mourned his long, miserable, life.

Един ден брахманът оплакал дългия си и нещастен живот.

He said, "Instead of begging, I will eat poison fruit."

Той каза: „Вместо да прося, ще ям отровни плодове."
"I'll end my life beneath that deadly tree in silence."
„Ще завърша живота си под това смъртоносно дърво в тишина."
That very night, he rose quietly and left his home.
Същата нощ той стана тихо и напусна дома си.
His wife suspected and followed behind in silence.
Жена му заподозря нещо и го последва мълчаливо.
She had decided to die too, alongside her sad husband.
Тя също беше решила да умре, редом с тъжния си съпруг.
She loved him deeply and didn't wish to stay behind.
Тя го обичаше дълбоко и не искаше да остане по-назад.
The palace guard was asleep that night, unaware of visitors.
Дворцовата стража спеше онази нощ, без да подозира за посетители.
The Brahman reached the garden and plucked a hanging fruit.
Брахманът стигнал до градината и откъснал висящ плод.
He looked at it once and ate the entire fruit.
Той го погледна веднъж и изяде целия плод.
His wife cried, "If you die, my life becomes nothing"
Жена му извика: „Ако умреш, животът ми ще стане нищо"
"I will also eat and die here with you now"
„Аз също ще ям и ще умра тук с теб сега"
So saying she plucked a fruit and ate it.
Като каза това, тя откъсна плод и го изяде.
They thought the poison would act slowly through the night.
Те си мислеха, че отровата ще действа бавно през нощта.
So they both went home and quietly lay down in bed.
И така, двамата се прибраха вкъщи и тихо легнаха в леглото.
They believed they would never again rise from sleep.
Те вярваха, че никога повече няма да се събудят от сън.
To their surprise, they woke up feeling full of life.
За тяхна изненада, те се събудиха, чувствайки се пълни с живот.

Not only were they alive, but they were young again.
Те не само бяха живи, но и отново бяха млади.
And they were strong and had new found energy.
И те бяха силни и имаха новооткрита енергия.
Neighbors hardly recognized them, so changed they looked.
Съседите едва ги разпознаха, толкова променени
изглеждаха.
The old Brahman was now handsome and full of youth.
Старият брахман сега беше красив и изпълнен с младост.
His grey hair vanished, and had colour again.
Сивата му коса изчезна и отново придоби цвят.
His wrinkled cheeks turned smooth, and his skin shone.
Набръчканите му бузи станаха гладки, а кожата му
блестеше.
And as for his wife, she became extremely beautiful.
А що се отнася до жена му, тя стана изключително
красива.
She looked as beautiful as any lady of the kingdom.
Тя изглеждаше красива като всяка друга дама в
кралството.
The king heard of their miraculous transformation.
Царят чул за чудотворното им преобразяване.
He asked his guards to send the Brahman to him.
Той помолил стражите си да му изпратят брахмана.
And he asked the Brahman the source of his youth.
И той попитал брахмана за източника на младостта си.
The Brahman told the king every detail of the story.
Брахманът разказал на царя всяка подробност от
историята.
The king then wept for his poor, loyal pet bird.
Тогава кралят се разплакал за своята бедна, вярна птица.
He deeply regretted killing his faithful bird.
Той дълбоко съжаляваше, че е убил вярната си птица.
And he wished he had known the bird's loyalty.
И му се искаше да беше узнал верността на птицата.
And so the second prince's story concluded.
И така историята на втория принц приключи.

"You might have to cut a man's head off"
„Може да се наложи да отрежете главата на някой човек"
"But first you should establish the facts"
„Но първо трябва да установите фактите"
"You must see whether the man is really faithless"
„Трябва да видите дали човекът наистина е неверен"
"I know Your Majesty suspects me of evil last night"
„Знам, че Ваше Величество ме подозираше в зло снощи."
"Please allow me to explain myself before punishing me"
„Моля, позволете ми да обясня какво мисля, преди да ме накажете"
"While making rounds I saw a woman leave the palace"
„Докато обикалях, видях една жена да излиза от двореца"
"I stopped her, and she said her name was Rajlakshmi"
„Спрях я и тя каза, че името ѝ е Раджлакшми"
"She claimed to be the guardian deity of the palace"
„Тя твърдеше, че е божеството-пазител на двореца"
"She said she was leaving because death was near"
„Тя каза, че си тръгва, защото смъртта е близо"
"The king," she said, "would be killed later that night"
„Кралят", каза тя, „ще бъде убит по-късно същата нощ"
"I begged her to go back into the palace"
„Умолявах я да се върне в двореца"
"And I promised to do my best to protect you."
„И обещах да направя всичко възможно, за да те защитя."
"I ran quickly into Your Majesty's chamber without delay."
„Втурнах се бързо в покоите на Ваше Величество без бавене."
"There I saw a cobra circling your golden bedstead."
„Там видях кобра да кръжи около златното ти легло."
"I fought the snake and killed it with my blade."
„Бих се със змията и я убих с острието си."
"I chopped the body into many exactly one hundred pieces."
„Нарязах тялото на точно сто парчета."
"I placed those pieces inside the pan for proof."
„Поставих тези парчета в тигана за доказателство."
"But something occurred as I was cutting up the snake."

„Но нещо се случи, докато разрязвах змията.“

"A drop of blood fell onto the breast of your wife."

„ Капка кръв падна върху гърдите на жена ти.“

"I feared I had saved my father, but killed my stepmother."

„Страхувах се, че спасих баща си, но убих мащехата си.“

"I wrapped my tongue tightly with cloth seven times."

„Увих езика си здраво с кърпа седем пъти.“

"Then I licked up the drop of venomous blood."

„След това облизах капката отровна кръв.“

"While I was licking the blood, my stepmother awoke."

„Докато ближех кръвта, мащехата ми се събуди.“

"She saw me and opened her eyes with confusion."

„Тя ме видя и отвори очи объркано.“

"This is the truth of what I did last night."

„Това е истината за това, което направих снощи.“

"If Your Majesty commands, then cut off my head now."

„Ако Ваше Величество заповяда, тогава отсечете главата ми сега.“

The king, full of love and joy, embraced his son.

Царят, изпълнен с любов и радост, прегърна сина си.

From that moment, he loved him more than ever before.

От този момент нататък той го обичаше повече от всякога.